宋如珊　主編

現當代華文文學研究叢書

廢墟上的狂歡
——「文革文學」的敘述研究

黃擎　著

秀威資訊・台北

序

舉筆為黃擎的這部《廢墟上的狂歡——「文革文學」的敘述研究》作序，在感謝她的信任的同時，又一次為這些後起之秀的年輕學者的迅速成長感到由衷的欣慰。

記得二〇〇一年春，她入學攻讀博士不久，在確定選題時，因為她當時參與由我主編的《中國當代文學史寫真》的編寫，任務之一是有關「文革」時期的「樣板戲」的，我就建議她是否可以搞「文革文學」研究，側重點是文學本體。她經過慎重考慮，便接受了我的建議，決定從敘事學角度契入進行研究。黃擎原來碩士讀的是文藝學，主要專攻小說的創作規律和敘述藝術，她的碩士學位論文的題目就叫《論當代小說的反諷藝術》。從文藝學專業轉到現當代文學領域，對她來說，無疑是有難度的。但她憑著一股韌性，在北上京城、往返滬杭，廣泛蒐集資料的基礎上，沉下心來認真細讀「文革」時期的大量文學文本，從中獲得了豐茂的學術資訊和藝術感受。這就不僅使她很快地完成了專業的轉換，而且使之迅速地進入到課題研究的角色之中。

「文革文學」是中國特定社會、政治、文化和歷史等多重因素畸變合力作用的產物。它對當代的中國來講，雖已不再是一個諱莫如深的話題，但由於其特殊、複雜和敏感，在「文革」結束至二十世紀八〇年代的這期間，人們對此的評價頗為殊異，有關的研究也一直處於比較冷寂的境狀。各種版本的當代文學史中，「文革文學」所占的篇幅和比重十分輕微。有的人包括名人甚至將「文革」及其文學看成「只不過是一場最好儘快忘卻的惡夢」，從純感性的層面和純政治的角度進行反思。這樣的心態和思維不利於「文革文學」的研究。如果任其繼續發展，就會出現如人所指出的「『文革』在中國，『文革』學在外國」的尷尬局面。

令人欣喜的是，上述情形至九〇年代出現了較大改觀。楊健、楊鼎川、王堯等一批中青年學者開始把目光投向於此，並推出了《「文化大革命」中的地下文學》、《一九六七：狂亂的文學年代》、《遲到的批判：當代作家與「文革文學」》等專門研究「文革文學」的理論專著；與此同時，這些年的碩博學位論文，以「文革文學」作為選題也日漸增多。這表明理論研究的不斷成熟，反思「文革」不僅成為或正在成為不少知識份子向社會、歷史和文化發問的一個新的起點；並且它已出現由泛政治文化向文學文本轉換，開拓新的研究空間的一個新的發展趨向。

黃擎的博士論文寫作就是在這樣的背景下進行的。顯然，這種「發問」和「轉換」在給她增設難度的同時，也給她的學術創新提供了很好的契機。她的睿智在於：不強己之所難，好高騖遠地設定過於宏觀的敘述目標，而是從自己固有的研究旨趣和學術積累的實際出發，把研究的目標鎖定在「文革文學」的敘述這一維度上。她立足敘事學理論，綜合結構主義美學研究方法，並借鑑馬克思主義異化理論、大眾文化批判理論和讀者反應批評理論等，深入文本，從文學敘事之「話語」（discourse）、「功能」（function）、「情境」（condition）和「策略」（strategy）四個方面，對「文革文學」在敘事層面上的各個特徵及其社會文化歷史內涵進行了深層解讀；具體研究和分析了這批數量相當龐雜的作品在生態資源極度貧乏的特殊時代境遇中，順應當時的政治文化和創作原則，是如何敘述的，且何以被這樣敘述出來，也即詹姆遜所談到的文學中的「政治無意識問題」。在文藝學方面，黃擎相對來說是比較知性的，她思維綿密而又充滿靈性，擅長對文本作結構主義的細緻分析。她的這一特點與她的選題無疑是吻合的。因此，整個寫作過程相當順利，主客之間形成了雙向互動的對話關係。論著除個別地方稍嫌瑣細之外，整體上顯得流暢裕如，分析和批判也是清晰有力、恰如其份的，從而有效地擺脫了那種看似宏觀思辨實則虛蹈凌空的尷尬，使文學研究真正成為與文學有關特別是與文本有關的一種研究。

恰恰在這個問題上，我認為當下學界是有偏頗的。特別是有些文化批評往往把文學當作單純的文化符號，而不注意其藝術或審美的本體屬性，這就有意無意地將文學簡單化了。事實上，作為一種審美的意識形態，或用經典的話來說，作為一種「更高地懸浮於空中的思想領域」，文學之中既有文化的內涵，同時更有藝術或審美的意蘊。因此，同樣一個題材，同樣一個主題，它既可寫得味同嚼蠟，也可寫得楚楚動人。「文革文學」也不例外。它們之中的確存在政治是非問題，並適合做政治或文化的批判和把握；但這僅僅是一種批評，它不能取代文學的批評。因為無論怎麼說，它的或拙劣或僵硬的政治理念是通過文學的形式和手段來敘述的。在這裏，它有時可能是非敘述或反敘述，但這畢竟也是一種敘述（嚴格地講，非敘述或反敘述也是一種敘述），是特定時期的一種文學或文字的變體。然而正是這些敘述，它蘊含著極為豐富深刻的經驗教訓，讓我們看到政治憑藉權力的支撐是怎樣對文學進行強制性的窒扼的。當然，也正是這種敘述，它讓我們看到「文革文學」儘管在總體上打上濃重的政治化的烙痕，但它們彼此之間還是有明顯的層次之差的。說實在的，對「文革文學」的研究，如果不從敘事學角度契入，它的許多問題是很難闡釋的，也闡釋不清；即使是批判，恐怕也只能停留在政治審度的淺顯層面。正是從這個意義上，我認為黃擎上述有關建立在文本分析基礎上的敘事研究值得重視，它至少為我們解讀「文革文學」尋找到了一個頗為理想的契點和審視視角，提供了另一種研究思路和可能性；同時對當下批評研究中出現的以文化或意識形態代替文學的新的浮化、泛化現象，也具有一定的啟迪意義。

當然，我深知，作為二十世紀七〇年代出生的新的一代學人，黃擎在進行敘事研究時，與研究對象「文革文學」之間存在一道無法穿越的屏障。她不能像我們以及比我們更年長的一代人那樣，可以調動自己曾經有過的生活經歷和經驗情感，而只能靠第二手材料即大量通讀當時作品的方式進入到批評的話語體系之中，實行對「文革文學」的評價和把握。這在一定程度上的確有損於研究的真切感和鮮活性，使它多少顯得有點「隔」；但另一方面，也由此給她的論文寫作平添了更多的客觀和理性的成分，使其能夠擺脫個人某種狹隘的經驗和體悟，從而實現對批評對象的超越。文學研究作為一種理性活動，固然需要感性經驗的傾力相助；但經驗過的並不等於理性認知，從前者到後者，需要有一個不斷增損剔汰的過程。因此，就像沒有歷史經歷的莫言、蘇童、格非、葉兆言能創作具有超越意義的新歷史小說一樣，沒有「文革」經歷的黃擎也完全可能寫出具有獨到創意的有關「文革文學」的研究論文。這裏關鍵是研究主體對文本和他人經驗有無再度重構的能力，以及能否不斷地開放自己的理論思維，與迅速發展的文學保持審美的同步性。顯然，黃擎也是努力這麼做的。因此，她對「文革文學」的敘述研究，不僅在整體理論框架而且在具體態度和分析方面都有不少新穎獨到之處。如對「樣板戲」和《金光大道》採取理性的、辯證的學理分析，將它們與當時的「陰謀文藝」、「地下寫作」和大批流行作品放在同一平面上進行審視。這從一個側面向我們顯示了年輕一代學者的開放開闊的思維觀念，它真正體現了一種學術民主和平等的精神。學術薪火是需要代代相傳的，我們每一代學人都是這學術鏈條上的一個環節，彼此都在為學術鏈做出屬於自己的貢獻，當然也留下難以逾越的歷史局限。如此，學術在上下承續的同時也有新的超越和突破。從黃擎身上，我又一次感悟到了這樣的道理。

「文革文學」研究是一個大題目，它涉及面廣，需要研究的問題也很多。黃擎於此所做的僅僅是個開始。其他如「文革文學」的反人類性、反人文性，「文革文學」與十七年文學及新時期文學之間的上下連接關係等均具有研究價值。黃擎在論著中已經注意到了這些問題，只是受限於題旨和篇幅未及展開。黃擎從開始讀博到現在的短短幾年間，學業上有了長足的進步。不久，她又將赴復旦大學博士後流動站深造。以她的沉潛、踏實以及對資料的豐富占有，我相信她今後的「文革文學」研究，一定會在現有的基礎上有新的突破，不斷結出更豐碩的成果。

二○○四年八月二日於浙江大學中文系

欣聞黃擎此書即將在臺灣再版，謹此祝賀。

吳秀明

二○一三年七月三十一日於杭州

目次

導論　政治凹凸鏡下的「文革文學」

時間老人終古如斯的匆匆步伐把我們帶入了二十一世紀，回首上個世紀的中華百年文學滄桑，橫亙十年的「文革文學」令人不能視若無睹。觸摸那段顯殊文學史的脈搏，透過或宏大或激情的文字，我們依然能夠隱約感受到溫熱的血流，咂摸出略帶青澀的複雜況味，倍感文學在異常的聲勢浩大與空前的蒼涼落寞之悖論形態中的尷尬境況。

轟轟烈烈的「文革」雖漸被歷史塵封，彷彿離我們越來越遠，但它的精神流毒卻仍像幽靈一樣以各種變體形式在今天的文學領域和現實生活中遊蕩，似乎離我們又很近。「文革」的主導性文化現象和精神景觀——全民性政治狂妄症，也並未因時間的消逝而自動終結，「對全民政治狂妄症的報復，則是延續相當長久的全民的精神災難與信仰危機」[1]。因此，秉持科學態度對「文革文學」進行嚴謹求真的理性觀照，對其間充分暴露的文學與政治關係的異化、民族精神與文化心理的痼疾進行深入探究，有助於我們以史鑑今，營建良性循環、協調共生、繁榮興盛的文藝生態系統。

1 劉青峰主編，《文化大革命：史實與研究》（中文大學出版社，一九九六年），頁一一六。

鑑於目前「文革文學」的研究尚處於初始階段，一些重要術語的涵指和使用仍然存在混用、誤用和濫用現象，因此，在對「文革文學」的敘述研究展開正式論述之前，有必要對本書的研究對象——「文革文學」及其相關概念進行釐清辨析。

一般而言，如何確定研究對象往往在一定程度上折射出研究者的批評方法、研究理念和思維觀念。筆者認為，「文革文學」研究應該成為既面向歷史、又面向當下的開放性研究，既需要研究者主體性的積極介入，彰顯問題意識和自我省思，又要注意避免以道德審判取替學理評判。基於這些考慮，本書將「文革文學」定位於涵指「文革」期間中國大陸公開刊行的文學作品，亦即學界所謂的「小文革」，而非「文革」題材文學，即所謂「大文革」——「文革」結束後出現的以「文革」為題材的文學作品，以有利於從敘事學角度，通過相對理性的文本解讀進入「文革文學」研究。

總體觀之，「文革文學」具有特殊的創作思想和敘述表徵：在戰爭文化心理的深重影響和機械「二元對立」的「文革」思維的強烈作用下，通體浸淫著權力真理觀，秉持「三突出」創作原則，遵從政治化、階級化、革命化、極權化的創作模式，恪守革命的浪漫主義與革命的現實主義相結合的創作方法，以兩個階級、兩條道路、兩條路線的鬥爭為敘述起點和敘述重心，以塑造無產階級英雄典型形象為根本任務。「文革文學」的發展凸顯了文學本體的異化，其獨立性與自足性進一步喪失，使之最終淪為極左政治推進專制主義的重要工具。

「文革文學」也有別於「文革」時期文學和「文革」主流文學。「文革」時期文學，指「文革」期間中國大陸的文學創作，包括公開文學與非公開文學。對於後者，學術界有「潛在寫作」與「地下文學」的不同提法。二者都是相對於官方出版物而言的，即都以公開創作並刊行的文學作品為參照，都注意到了文學創作的複雜性與多面性，昭顯了一種新的研究路徑與思考向度，兩個術語的具體內涵則有差異。陳思和提出的「潛在寫作」指的是一些被剝奪了正常寫作權力的作家在那特殊的啞聲時代裏，依然保持著對文學的摯愛和創作熱情，寫作了許多在當時的客觀環境下不能公開發表的文學作品。其中既有作家們自覺的文學創作，如豐子愷的《緣緣堂續筆》、食指的詩；也有作家們不自覺的文學創作，如日記、書信、讀書筆記等。陳思和認為：「在那些公開發表的創作相當貧乏的時代裏，不能否認這些潛在寫作實際上標誌了一個時代的真正的文學水平。」[2]可見，「潛在寫作」對創作主體及其寫作旨趣、精神追求、審美品格等有較高的要求。不過，一些「潛在寫作」，尤其是書信、日記等，除作家本人和相關親友外，並未能通過「地下」傳播渠道進入更為廣泛的讀者群的閱讀視野，很難稱其為真正意義上的文學作品，就像馬克思所說的：「一條鐵路，如果沒有通車、不被磨損、不被消費，它只是可能性的鐵路，不是現實的鐵路。」[3]而楊健、樊星等人所謂的「地下文學」，是指在「文革」那樣高度專制的畸形時代裏，在大眾審美需求極度饑渴情狀下，出現的不為主流意識形態所容，但作為主流文學的叛逆和覺醒者苦悶靈魂的象徵，於靜默中生發並悄然流傳的文學。其基本內容由以下四個方面組成：以畢汝協《九級浪》、趙振開《波動》為代表的批判現實主義；以靳凡《公開的情書》為代表的新理想主義；以顧城、北島等人的「童話詩」《生命幻想曲》、《銘言》、《迷途》為代表的道家精神和唯美主義；以探案小說《梅花黨》、《一雙繡花鞋》、《林強海俠》，性文學《少女的心》、《曼娜回憶錄》等為代表的通

---

2 陳思和主編，《中國當代文學史教程・前言》（復旦大學出版社，一九九九年），頁一二。

3 馬克思，《〈政治經濟學批判〉導言》，《馬克思恩格斯選集》第二卷（人民出版社，一九七二年），頁九四。

俗文學[4]。「文革」主流文學，則指「文革」期間公開刊行的文學作品中受到當時主流意識形態影響深重、具有濃郁的「文革」精神特質的那類文學作品，如「樣板戲」、《虹南作戰史》、《牛田洋》、《金光大道》等。而《海霞》、《創業》等少數文學藝術作品雖不可避免地烙有「文革」的時代印記，但由於政治傾向、藝術特色等方面對其時文學的主導模式有些許突破，就很難歸入「文革」主流文學之列。

一、「文革文學」的發展脈流：彰顯文學史的「反規律性」研究價值

「文革文學」並非猝然臨世，而是與其母體文化有著臍帶關聯的。在因延數千年「載道」文學傳統的國度裏，它自有萌生的時代誘因和文學土壤。「文革文學」正是在我們引以為豪的煌煌傳統文化的潛在滋養、幾代人為之熱血沸騰的紅色革命文藝的直接蠱惑和現實政治語境的強力催生下現身的，因而，我們應在中國無產階級文學及當代文學發展的歷史脈流中研究和評判「文革文學」。

謝冕在《百年中國文學總系》的總序中指出近現代文學具有「尊群體而斥個性」、「重功利而輕審美」和「揚理念而抑性情」三大共性，而「文革文學」同樣鮮明地體現了這三大特徵。「文革文學」與解放區文藝、十七年文學一脈相承，與新時期文學也有著隱在的承繼關係。「文革」之前，尤其是「大躍進」時期的文藝情

[4] 參見樊星，《世紀末文化思潮史》（湖北教育出版社，一九九九年），頁四七至五三。

狀在很多方面都不同程度地具有「文革文學」的因子，甚至可以說是「文革文學」的預演。「文革」之後，中國文學在不少方面仍然難以擺脫「文革」思維和「文革」話語的影響。「文革文學」不是一個孤立的圓點，而是線形發展的文學史不可漠視的重要組成部分，偶然中包含了深刻的必然性。郜元寶在論及「文革文學」研究時提出：「研究文革，不能把文革放在一個孤立的歷史時段。文革研究，應該是反思整個中國現代文明的一個最好的切入點。」[5]王堯也認為「文革文學」關涉二十世紀中國政治、思想、文化諸多方面，糾纏著中國當代作家思想深處的若干「死結」，研究「文革文學」將重新確立我們理解二十世紀中國文學與思想文化的角度。[6]

由於文學與政治的聯姻是「文革文學」的特殊境況，因而，我們可以按通行的觀點認為「文革文學」的起訖時間與「文革」的始末大體一致，即從一九六六年五月《中國共產黨中央委員會通知》的發布至一九七六年十月「四人幫」的覆滅。「文革」正式發動的標誌是一九六六年五月十六日中共中央政治局擴大會議通過的《中國共產黨中央委員會通知》（簡稱《五・一六通知》）和一九六六年八月八日中共八屆十一中全會通過的《關於無產階級文化革命的決定》（簡稱《十六條》），後者完成了發動「文化大革命」的法定程序，並具體規定了「文革」的領導、對象、方法和依靠力量。然而，文學史從來就不是一塊可以用剪刀任意剪裁的綢緞，文學史的分期只能是相對而言的。「文革文學」也是如此，影響「文革文學」歷史進程和敘述風貌卻又不在此政治性起訖時間段內的重要文學事件也將進入本書的觀照視野。譬如一九六三年的現代戲運動、一九六五年對《海瑞罷官》和吳晗的批判。「文革」的導火索是在一份地方報紙上發表的戲劇評論，即《文匯報》一九

5 郜元寶，《關於文革研究的一些話》，《當代作家評論》二〇〇二年第四期。
6 王堯，《「文革文學」紀事》，《當代作家評論》二〇〇〇年第四期。

六五年十一月十日刊載的姚文元在特定政治背景下撰寫的《評新編歷史劇〈海瑞罷官〉》。這也初步昭示了「文革」時期文學與政治的特殊共謀關係。「文革」大幕拉開後，「樣板戲」至高無上的話語霸權，《金光大道》、《虹南作戰史》、《牛田洋》等備受官方推崇的小說的風行一時，對晉劇《三上桃峰》、湘劇《園丁之歌》，以及電影《創業》、《海霞》等的惡意抨擊，都有力印證了「文革文學」與政治的強勢聯姻。而壯烈激越的天安門詩歌運動是人民表露心聲意願的啼血吶喊，也再次昭顯了文學與政治的殊密關係。正像周揚在第四次文代會的報告《繼往開來，繁榮社會主義新時期的文藝》中用政治色彩濃郁的話語所表述的那樣：「歷史是無情的，也是富於戲劇性的。『四人幫』篡黨奪權首先從文藝戰線開刀，人民則用文藝的重錘敲響了他們覆滅的喪鐘。」

自開拓「無產階級文藝新紀元」後，一系列高度政治化文藝創作模式的推行，使得與重大政治事件相伴相生的「文革文學」整體上呈現出荒蕪局面。「文革」時期，「樣板戲」是主流政治話語大力倡行、影響甚著的文藝樣式，並產生了「三突出」等模式化的文學創作理念，進一步密切了文藝與政治的非常關係。《林彪同志委託江青同志召開的部隊文藝工作座談會紀要》（以下簡稱《紀要》）和江青的《談京劇革命》（江青一九六四年七月在京劇現代戲觀摩演出人員座談會上的講話，《紅旗》一九六七年第六期公開發表）、姚文元的《評反革命兩面派周揚》（《紅旗》一九六七年第一期）、《人民日報》社論《革命文藝的優秀樣板》（《人民日報》一九六七年五月三十一日）、于會泳的《讓文藝舞臺永遠成為宣傳毛澤東思想的陣地》（《文匯報》一九六八年五月二十三日）、上海革命大批判組的《鼓吹資產階級文藝就是復辟資本主義》（《紅旗》一九七〇年第四期）、文化部寫作組「初瀾」的《京劇革命十年》（《紅旗》一九七四年第四期）等「文革」期間的重要文獻全面闡述了政治激進派的文藝綱領與文藝策略，成為「文革文學」創作的理論基石和話語平臺。

「九・一三」事件後，政界高層領導的變更導致文藝政策相應變動，文藝書刊獲准有限度地出版。一九七一年十二月，《北京文藝》以《新北京文藝》為名率先復刊，《廣西文藝》、《廣東文藝》及內蒙古的《革命文藝》等也相繼復刊。[7] 一九七三年，受「四人幫」和上海市委控制的《朝霞》、《學習與批判》先後問世。一九七六年，《人民文學》、《詩刊》等六家全國性的文學專業雜誌復刊。

不過，「文革」中後期，公開寫作仍然處於政治權力的嚴密監控之下，「樣板戲」繼續得到了發展，出現了新的革命樣板作品，以及《金光大道》、《虹南作戰史》、《牛田洋》等典型的「文革文學」範本。一九七五年一月召開的全國人大四屆會議首次提出實現「四個現代化」的奮鬥目標，並確立了以周恩來、鄧小平為核心的國務院領導人選。周、鄧採取的是側重穩定的政治策略及傾向於建設性的經濟、文化策略，與以江青等為代表的「文革」政治激進派之間存在著激烈鬥爭，圍繞電影《創業》和《海霞》展開的尖銳鬥爭就是此時政治鬥爭在文藝領域的映現。兩派的分歧與衝突愈益彰顯，並在一九七六年四月五日以悼念周恩來為契機爆發的「天安門事件」中達到頂峰。「文革」後期，「四人幫」還先後策畫了一批描寫與「走資派」做鬥爭的小說、電影和戲劇，如《盛大的節日》、《春苗》、《決裂》、《反擊》、《歡騰的小涼河》等，這些作品後來被認為是在政治上替幫派陰謀製造輿論的「影射文藝」。

---

7 參見潘旭瀾主編，《新中國文學詞典・附錄・中國文學刊物刊名變更情況一覽》（江蘇文藝出版社，一九九三年），頁一三一〇至一三三〇。

總之，「文革」時期的政治高壓導致中國的社會、文化和中國人的心理等發生畸變並匯成合力，形成了中外文學史上罕見的文學景觀，「樣板戲」的甚囂塵上也成為文學史上獨特而畸形的文藝現象。利哈喬夫認為，反規律性是文學史進程、作家和作品「意志自由」的獨特表現，任何顛覆文學發展時序性和穩定性的偶然因素在某種程度上都服從於一定的規律。[8]「文革文學」的畸變具有明顯的「反規律性」，自有其獨特的研究價值。鄧小平談到「文革」時，曾經說過：壞事也可以變成好事。誠然，秉持科學態度，嚴謹求真地研究「文革文學」走過的彎路、遭遇的挫折，從中汲取慘痛的教訓，「文革」這一給國民帶來深重災難的「壞事」也就能變成「好事」，有助於我們認識在中國文化語境中分外凸顯的文學與政治的關係，這對我們構築良性循環、充滿生機的新世紀文學生態環境也具有重要的啟迪和借鑑意義。

二、「文革文學」的研究現狀：告別反思的靜默與研究的蒼白

「文革」不僅是歷史留給中華民族鞭痕深重的歷史記憶，也彰顯了人類發展史上一次慘痛的精神裂變。然而，「文革」在中國所造成的深重社會後果與「文革」研究的貧弱現狀之間存在著驚人的失衡狀況。有學者認為，「文革」作為重大歷史事件，就其產生的歷史震撼而言，足以與法國大革命和法西斯主義相提並論，但

[8] 利哈喬夫，《文學的規律性與反規律性》，《文藝理論研究》一九九一年第四期。

是，「對這些改變歷史進程的大事件的思考與研究，中國人卻遠遠趕不上西方」，「西方研究法國大革命和近代法西斯主義的成果是如此豐富深入，以至於不僅當代社會及人文科學無不以之為基礎，而且它們已成為西方文明與制度不可或缺的組成部分」[9]。反觀中國大陸，有份量的「文革」研究著述寥寥可數。無怪乎，有學者曾指出：「『文革』在中國，『文革』學在外國。」[10]「文革」研究在海外是顯學，在「文革」原始資料的蒐集整理、研究「文革」症候及其暴露的人類普遍性問題等方面走在了中國大陸學者的前面。然而，海外的「文革」研究多著重於政治學、歷史學和社會學層面，對「文革」當中起著顯殊作用的文學的研究尚嫌單薄。

「對於中國學者來說，文革是一個尚未真正展開而又具有永恆魅力的研究領域。」[11]但對許多人而言，「文革似乎並非亟待分析和探討的大事，而只不過是一場最好儘快忘卻的惡夢而已」[12]，這種心態不利於我們反思「文革」。邵燕祥在一九八六年第四期《文匯月報》上發表了《建立「『文革』學」芻議》一文，倡導「對『文革』做多層次系列性研究、比較研究、綜合研究」，使「『文革』學」成為「囊括政治學、經濟學、社會學、文史哲法以至民俗、『官情』各門的跨學科的科學」。巴金在一九八六年八月二十六日的《新民晚報》上撰文《「文革」博物館》，痛陳建立「文革」博物館的必要性與重要性，指出：「只有牢牢記住『文革』的人才能制止歷史的重演，阻止『文革』的再來。」巴金還曾多次在《隨想錄》中譴責和抵抗遺忘「文革」的態度。高伐林也在一九八六年第八期的《詩刊》上發表長詩《關於設立「文化大革命」國恥日的建議》，痛聲疾

9 同注1，《編者前言》。
10 同注1，《編者前言》。
11 同注1，《編者前言》。
12 同注1，《編者前言》。

呼「記住國恥」。反思「文革」應當成為中國知識份子向社會、歷史、文化發問的起點，我們冀望更多的人關注「文革」，真正告別「文革反思的靜默和研究的蒼白」[13]。

一九八一年六月二十七日，中共十一屆六中全會通過的《關於建國以來黨的若干歷史問題的決議》對「文革」做出了徹底否定性的評價——「『文化大革命』不是也不可能是任何意義上的革命或社會進步。」《決議》給「文革」以明確的定性：「歷史已經證明，『文化大革命』是一場由領導者錯誤發動，被反革命集團利用，給黨、國家和各族人民帶來嚴重災難的內亂。」不可否認，史無前例的「文化大革命」造成了文學與政治關係的極度扭曲變形，這是「文革文學」生成、發展的獨特歷史境遇。然而，倘若僅據此就懷疑「文革文學」的研究價值則是輕率和武斷的，文學本身的價值並不等同於文學研究的價值。

「文革文學」在中國當代文學研究中雖已不再是一個諱莫如深的話題，但相關研究一定程度上還存在失衡狀況，主要體現在兩個方面：一是對「文革」題材文學與「文革」時期文學的研究失衡。新時期以來，伴隨全國性的政治反思，文學也曾以傷痕文學、反思文學等文學思潮的方式對「文革」進行了反思。理論界對此類「文革」題材的作品關注較多，其中不乏研究力作，如許子東的《為了忘卻的集體記憶——解讀五十篇文革小說》（三聯書店，二〇〇〇年）。但由於政治性因素的介入，中國的「文革」時期文學研究和「文革」題材文學研究，都受到了一定的限制。正如戴錦華談到傷痕文學時所說的那樣：「『傷痕文學』對『文革』的書寫，仍包含著潛在的威脅：對『文革』的深究，可能越過『文革』歷史的疆界，觸及現、當代中國歷史的某種延續

13　同注1，《編者前言》。

性與同質性，或則最終顯露了這一歷史複雜的成因與繁複的過程，並引發對『就是好』或『徹底否定』式的思維的質疑。」[14]二是對「文革」時期非公開文學與公開文學的研究失衡。研究者對「文革」時期非公開文學的關注遠甚於對當時主流政治話語的重要載體——公開刊行的文學作品。如楊健的《「文化大革命」中的地下文學》（朝華出版社，一九九三年），張明、廖亦武的《沉淪的聖殿——中國二十世紀七〇年代地下詩歌遺照》（新疆青少年出版社，一九九九年）。陳思和主編的《中國當代文學史教程》（復旦大學出版社，一九九九年）論及「文革文學」時，著重論述了「潛在寫作」，其學術眼光和批評視野令人耳目一新。

對「文革文學」研究的忽視和乏力，曾經是中國當代文學研究一個較大的理論缺憾。在各種版本的當代文學史中，「文革文學」所占的篇幅和比重還相對輕微，有的文學史甚至對此隻字未提。理論界一度僅立足於感性層面反思「文革文學」，從情感態度出發持簡單的全面否定姿態，缺乏客觀冷靜的理性分析。有的批評雖不乏深刻之處，但欠缺系統性，甚至還存在過於注重政治層面的弊端。令人欣喜的是，國內的「文革」研究已在摸索中艱難地行進著。二十世紀九〇年代以來，一批中青年研究者開始關注「文革文學」，做出了可貴的探索，並取得了可喜的進展。迄今，已出版的相關著述主要有許明的《人生大舞臺——「樣板戲」內部新聞》（黃河出版社，一九九〇年）、戴嘉枋的《樣板戲的風風雨雨：江青‧樣板戲及內幕》（知識出版社，一九九五年）、楊鼎川的《一九六七：狂亂的文學年代》（山東教育出版社，一九九八年）、王堯的《遲到的批判：當代作家與「文革文學」》（大象出版社，二〇〇〇年）、李松編著的《樣板戲：編年與史實》（中央編譯出

---

14 戴錦華，《隱形書寫——九〇年代中國文化研究》（江蘇人民出版社，一九九九年），頁四三。

版社，二〇一二年）等，博士學位論文有王堯的《「文革文學」研究》、劉豔的《「樣板戲」與二十世紀的文化語境》、廖述毅的《「文革」十年小說研究》、武善增的《「文革」主流文學論》、陳純塵的《「文革文學」研究》、楊素秋《「文革文學」與「新時期」文學的關聯研究》等，碩士學位論文有張宏圖的《被顛覆與被遺忘的話語——「文革」時期報告文學研究》、張晶晶的《「文革」時期詩歌創作研究》、郭淵足《「文革文學」中女性形象模式之探微》等。「文革文學」研究在廣度和深度上雖已有所拓展和推進，但總體看來，仍然處於起步階段，還有大量深入細緻的甄別梳理工作有待我們秉持科學求真的態度，掌握好歷史的尺度、審美的尺度、真實的尺度來完成。

三、「文革文學」的敘述研究：時代政治規範極度迫近的敘述風貌

「文革」時期，高度敏感的政治語境致使文藝生態資源受到極度擠壓，本應被視為生態資源的文藝遺產的成就和價值遭遇幾近徹底的否定，尤其是所謂的「文藝黑線」更是受到了炮火猛烈的毀滅性批判，被視為「毒草」的文藝作品和遭受批判的藝術家可以開列出長長的一串名單。當然，個中動因更多是繫於政治需要。在這種政治高壓態勢之下，赫赫有名的「文藝黑線專政」論和「空白」論颳起的批判颶風使舊有的文藝大廈傾潰坍塌，成為滿目瘡痍的廢墟。這一切充分體現了「文革文學」的敘述姿態：只有撕裂舊有政治文化的霓裳，才能編織自己的政治文化裙袂，確立合乎主流政治籲求的敘述立場。「文革」時期，官方對文藝進行了重新洗牌，

重組革命文藝隊伍，全力構造表現階級鬥爭、路線鬥爭的時代主題，搭建以「三突出」為標誌的理論平臺，塑造「高大全」式的工農兵時代英雄形象。於是，「文革文學」便以生態資源極度貧乏的文藝廢墟為舞臺，激情上演著「開創新紀元」的革命文藝狂歡，獲得主流政治認同的以「樣板戲」為代表的幾朵烙有鮮明時代印痕的文藝之花絢爛奪目。「九·一三」事件後，政治上出現的些許鬆動使文藝一度擁有一定的自由空間，極少數夾縫中僥倖存留的文藝花朵開始孤獨地綻放。「文革」時期推行的文藝政策雖然有割裂生態資源歷史聯繫的傾向，然而，作為一種思想精神資源的文藝遺產具有彌散性和持久性的特點，仍然在頑強地發揮著生態效能。「開創新紀元」的革命文藝也依然要把手伸向經過審慎甄別的舊有文藝資源，符合其時主流政治需求的程式化極強的京劇因此被發掘為「樣板戲」的最佳載體。

「文革文學」的特質在於它與政治之間的錯綜紐結關係，可以說，它幾乎始終被置放在政治這面光怪陸離的凹凸鏡下，折射著時代政治的光波。「文革文學」與政治之間確實存在著非同尋常的關聯，但倘若就此將政治標準與文藝標準混淆，沿襲以政治取向來判別文學高下優劣的評判尺規，或把凡在「文革」中受主流政治激賞的文藝作品全盤推翻，或將在「文革」中受到批判的文藝作品均視為佳作，有可能使文藝批評再次跌入庸俗社會學的泥潭。正如董健、丁帆、王彬彬在《我們應該怎樣重寫中國當代文學史》一文中批評的，一些研究者脫離十七年文學和「文革文學」的歷史文化語境，採用否定之否定的簡單邏輯推理，以一種貌似公允的態度進行「終極的褒揚」，竟然能夠借用西方後現代的藝術理論在反現代、反人性的「革命樣板戲」中發現一種巨大的現代性元素，竟然也可以大肆宣揚「紅色經典」的「革命性」主體內容，「這些離當時歷史語境和人性化的歷史要求甚遠的誤讀，會在變形的『經典化』過程中造成新一輪的文學史真相的顛覆」[15]。因為，「任何簡單否定或肯定文革的說法都不免流於膚淺。正如所有複雜而驚心動魄的歷史運動一樣，文革有其多面性」[16]。對「文革文學」不能再揮舞著政治棍棒進行棒喝式批評，而應展開多維度、多視角的綜合研究。如果說「文革」是一種革命烏托邦式的提純，那麼，我們今天對「文革」和「文革文學」的印象在很大程度上也被提純了。「文革」政治激進派曾叫囂從《國際歌》到「樣板戲」之間是空白，現在也有人認為「文革文學」是一片空白。其實不然，「文革文學」的創作與影響也並非「八個樣板戲一個作家」這麼簡單，而是政治和文學關係異化後形成的極具混雜性的文學形態。總體觀之，「文革文學」確為政治的回音壁，但並非一切作品都是公式化、概念化的，因為「即使在那個年代，一個簡單地圖解政治的作品，也很難獲得社會和讀者的應有認同」[17]。雲譎波詭的歷史也許慣於製造翻雲覆雨的戲劇性場景，但我們的研究卻不能採取不尊重歷史的輕慢姿態，只有還原「文革文學」複雜的本真面貌，才能談得上科學嚴謹的理性闡析，才能真正有益於文學的健康發展。簡化是對複雜文學風貌的遮蔽，篡改則是對文學真相的閹割。以當時的文學貴族「樣板戲」為例，其中革命歷史敘述的意義構成和表現形態是相當複雜的，沾染了過多的藝術之外的色彩，使京劇、芭蕾舞劇、交響音樂等文藝形態一度淪為政治鬥爭的籌碼。而「樣板戲」也凝聚了眾多優秀文藝工作者耕耘不輟的心血，蘊含了獨特的審美價值，對傳統戲曲的現代化和西洋藝術的中國化做出了有益的探索。也許，這正是「樣板戲」中的部分作品能夠跨越

15 董健、丁帆、王彬彬，《我們應該怎樣重寫中國當代文學史》，《江蘇行政學院學報》二〇〇三年第一期。
16 同注9。
17 吳秀明，《轉型時期的中國當代文學思潮》（浙江大學出版社，二〇〇一年），頁六。

不同的政治時空，至今仍然具有生命力的一個重要原因。除了「樣板戲」之外，不論是後來被稱做「幫派文藝」的《戰船臺》、《盛大的節日》、《我們這一代》、《前夕》、《大海鋪路》等，還是在夾縫中生存的《大江飛虹》、《高山尖兵》、《九龍灘》、《主課》、《生命線》、《爆破之前》等，抑或是《不平靜的海濱》、《三上桃峰》、《園丁之歌》等當時受到批判的作品，其實都不同程度地印刻著「文革」的政治烙痕。

總之，「文革」時期極左思想惡性膨脹造成的特殊社會政治狀況，使文學的創作自由和閱讀自由受到了極大箝制，文學歷經畸變磨難蛻變為政治的奴婢，淪為權力紛爭的工具，不可避免地附著了時代色彩。不過，本書既不是純文本的解讀，也不是將文學與政治硬性捆綁觀照，而是聚焦於「文革文學」的敘述研究這塊尚未開墾的處女地，從敘事學視角對「文革」期間中國大陸公開發表的文學作品進行探究。敘事學，也稱敘述學，是受結構主義影響而產生的研究敘事的理論，在數十年的發展歷程中，形成了「經典」與「後經典」兩個不同的研究派別。前者旨在建構敘事語法或詩學，對敘事作品的構成成分、結構關係和運作規律等展開科學研究，並探討在同一結構框架內作品之間在結構上的不同；後者則不再拘囿於文本內部，而是將注意力轉向了結構特徵與讀者闡釋相互作用的規律，轉向了對具體敘事作品的意義的探討，注重跨學科研究，關注作者、文本、讀者與社會歷史語境的交互作用[18]。

本書立足「後經典」敘事學理論，綜合運用結構主義美學研究方法，並借鑑馬克思主義的「異化」理論、大眾文化批判理論、讀者反應批評理論等，從敘述話語與集體抒寫、敘述功能與理想人格、敘述情境與社會環

[18] 參見申丹，《敘事學》，《外國文學》二〇〇三年第三期。

境、敘述策略與政治需要四個方面對「文革文學」的敘述特質進行深層解讀：以富有時代特質的強制推行的集體創作和接受方式為研究的邏輯起點，探究話語層面上所體現的集權色彩和戰爭文化心理的深重影響；解析在全民狂歡的政治語境中，「文革文學」撕裂舊有文藝外衣，著力鑄造合乎主流政治意圖的英雄形象和具有示範價值的理想人格的敘述動因；探討社會政治生活中被廣泛認同的權力真理觀對「文革文學」敘述立場的影響，以及如何通過體現政治話語權力等級秩序的意象構築渲染具有濃郁革命氛圍的敘述情境；闡明「文革文學」與政治的密切關聯，即在顯豁強大的時代政治規範下，進入文學表現視閾的內容都經過了政治性濾汰，鐫刻著「文革」的歷史銘紋，而倚重彰顯官方意志的宏大敘述方式某種程度上也與民間文化立場合拍，共同搭建了提升日常生活政治意義的敘述景觀。筆者冀望通過上述對「文革文學」畸形發展的歷史拷問，給當代文學營造和諧共存、健康發展的生態環境以理論鏡鑑與現實啟益。

第一章　敘述話語與集體抒寫

「文革」時期，敘述的權力受到國家政權的限制與規定，集體創作升騰為文藝生產的主流模式，顯性集體創作與隱性集體創作均浸染了時代政治話語。在政治極度壓迫文學的時代境遇中，宏大敘述順應潮流成為「文革文學」的主導敘述方式，文學文本變成經過意識形態編碼的政治讀本。「文革文學」青睞於凸現主流意識形態籲求的第三人稱全知敘述視點，視點與人稱的配合符合政治性敘述意圖，但就審美層面而言，則在吞沒創作主體個性和減損審美價值兩方面斫傷文學。每一個貌似個體話語姿態出現的敘述人身後都如影隨形地挺立著標彰國家意志權力話語的集體代言人，敘述眼光和敘述立場的表層差異並未改變敘述聲音深層的高度一致，「我」的聲音實則全然湮沒在充斥主流政治話語的「我們」的聲音之中。公開敘述干預和半隱匿性敘述介入昭示文本的敘述立場與情感傾向，具有濃郁的意識形態意味和集體話語色彩。「文革文學」的時代語境和公共話語的深層影響異常突出，個性化的敘述語言和人物語言鮮見。敘述情感的恣意灌注與戰爭文化心理的強力投射，使「文革文學」激蕩著國家權力話語的時代強音。創作者冀望通過直接呈現政治意圖的敘述語言與人物語言牽引讀者的道德評判和價值取向，然而，這些集體意志的代言人忽略了一個重要事實：隱退至文字背後的「暗中操作」所產生的無形影響遠甚於以精神導師和政治嚮導身份進行的敘述干預。

第一節　中國製造：顯性與隱性集體創作方式的悄然合流

遠古時期自然衍生的口耳相傳的集體創作在中國當代革命文藝中被塗抹上了一層濃重的政治權力色彩，並成為政府加大對文藝創作方式監控力度的表徵。「文革」時期，大力推行以「三結合」為代表的「紅色集體創作」的做法，在很大程度上湮沒了知識份子的性靈化創作，從而強化了國家政權的階級依託力量——工農兵的意志。這種創作方式變更的實質是動用國家政權力量自上而下地限制並規定敘述的權力，即關乎誰來敘述、為誰敘述、敘述什麼和如何敘述的問題。

誰來敘述是通過對言說者政治身份的確認體現了言說權的歸屬；為誰敘述是進一步在「共名」時代語境中凸顯代表官方意志的敘述立場，抹殺創作主體的個體情意流淌，使得多數以個人名義刊發的文藝作品也在集體意志的強勢滲透下，消磨了個性化的審美品格和哲理思考，成為國家權力話語和集體意志的代言人；敘述什麼則是對敘述內容和敘述重心的規約，只有那些被官方認可的有利於鞏固政權統治的「革命性」內容方可進入文本的敘述視閾，而那些凡是被指認為「異己」的因素則受到強力排斥，或是僅以受批判、被改造的襯托姿態得到極為有限的反映；如何敘述涉及敘述的情感指向與是非辨識，具體表現為通過對敘述方式的遴選更好地保障敘述立場、敘述內容和敘述意圖的順利實現。

一、演繹輝煌歷程的集體抒寫

紅色集體創作是「文革」期間相當盛行的文學生產方式，但這並非「文革」的發明。追溯起來，當代文學中的集體創作演繹了三個階段的輝煌發展歷程：肇始於解放區文藝實踐，「大躍進」期間得到大力推廣，「文革」時期升騰為文藝生產的主導模式。

由於解放區文藝的受眾群體多為文化素養不高的部隊官兵和農民，因而秧歌劇《兄妹開荒》、京劇《逼上梁山》、歌劇《白毛女》等較為直觀的表演形式廣受歡迎。這些文藝作品雖多由各方力量通力合作而成，具有顯著的集體創作特徵，但在腳本寫作等藝術處理環節上依然保留了些許個性化寫作風格。以《白毛女》為例，雖然由於周揚對劇本的主題做出了「新舊社會對比」的政治性概括，使編創人員處理有關白毛女的民間傳說素材時注重表現階級鬥爭，但初稿仍有一些顧及人物心理真實的處理，譬如飽受凌辱的喜兒對黃世仁及未來的生活尚存有素樸的幻想，聽說黃世仁將迎娶自己時歡欣得載歌載舞。在演出之後，劇組不斷收到觀眾來信和由《解放日報》編輯部轉來的批評文章，共計四十餘件，十五萬字左右[1]。劇組在演出的同時，繼續聽取各方意見修繕劇本。因此，有研究者指出：「《白毛女》的作者儘管有賀敬之、丁毅的署名，卻是魯藝成員以及解放區各種人員參與的集體創作。」[2]解放區文藝的這種創作方式在相當長的一段後續期內被視為理想的文藝生產方式而得到倡行。

1 參見洪子誠、孟繁華主編，《當代文學關鍵詞》（廣西師範大學出版社，二〇〇二年），頁一〇三至一〇四。

2 同前注，頁一〇四。

一九五八年，在「大躍進」思想的席捲下，積極配合中心工作的文藝創作也風行「躍進」習氣，集體創作被視為實現創作「大躍進」的「多快好省」的有效方式。此時，一種初始被稱為「共產主義的文學藝術」的新文藝形態構想浮出水面，周揚、郭沫若、茅盾、邵荃麟等文藝界高層領導積極倡導並推動了這一文藝「大躍進」運動。黨的領導、專家和群眾三者的結合被視為一切文藝工作的基本路線，「三結合」的創作方法（即「領導出思想，群眾出生活，作家出技巧」）順應時運成為官方大力推行的集體創作模式。《文藝報》一九五八年第二十二期刊登了署名華夫（即張光年）的專論《集體創作好處多》，極力倡揚集體創作的益處。文章認為，在「時間短，任務重，壓力大」的文藝「放衛星」的形勢下，大搞報告文學和集體創作是堅持既大力發動群眾又確保重點創作原則的好方法。文章提出，集體創作適用於小說、戲劇、學術論述、工廠史、公社史、革命回憶錄等諸多文類，可以幾個人一起討論提綱，一人執筆或分別執筆，也可以發動全廠全社或部隊集體力量參加討論和寫作，還可以由各地「盡可能地發動一些可以發動的力量」，包括「青年作者、報刊編輯、新聞記者和文學教員」等具有一定寫作能力的人，「和那些一直生活在鬥爭漩渦中心的人合作，和那些具有豐富生活經歷的老幹部合作」，「運用報告文學的體裁，把那些最具有時代意義的新人新事記錄下來」。

「大躍進」時期，湧現了全民參與寫作的文藝新景觀。尤其是在毛澤東指示各地要蒐集民歌，並認為中國新詩的發展無疑將受到這些歌謠的影響之後，全國興起了遍及大江南北和席捲城鎮鄉村的「新民歌運動」。《人民文學》、《詩刊》、《民間文學》等報刊大量刊載「民歌選」、「新國風」、「采風錄」等，為這場民歌運動推波助瀾。《文藝報》號召「文藝放出衛星來」[3]，各地爭先恐後地你攀我趕，掀起了民歌蒐集和創作的高潮。河南省商丘縣農民創作的一首快板詩，可以說是當時全國如火如荼的群眾文藝活動的縮影：

作家詩人到處有，
詩歌快板順口唱，
男女老少學舞蹈，
歌聲笑聲遍地響。
農民掂起畫家筆，
各種壁畫畫滿牆，
藝術學院辦起來，
樣樣人才都培養。
文化藝術開鮮花，
社員個個喜洋洋，
處處歌頌公社化，
人人歌頌共產黨。[4]

3 華夫，《文藝放出衛星來》，《文藝報》一九五八年第十八期。
4 中共商丘縣委宣傳部，《全黨全民辦文藝，生產文藝雙豐收》，《文藝報》一九五八年第十九期。

商丘縣委宣傳部在總結經驗時，還不無自豪地寫到：「從縣委書記、縣長到鄉、社基層幹部，從工人、農民到學生、店員，從六七十歲的老人到十幾歲的孩子，能動口的動口，能動手的動手，編快板，寫詩歌，學舞蹈，畫壁畫，自編自畫，自唱自樂，處處呈現著一片欣欣向榮，朝氣蓬勃的新氣象。特別是八月八日毛主席來訪我縣後，文藝創作和文藝活動又飛躍到一個新的階段。在全縣六十一萬群眾中有六百一十八個創作組，一萬七千多人參加了創作活動，創作出大大小小的快板、詩歌、短劇、小說二十五萬多件。隨著文藝創作的『大躍進』，又大大促進了文藝活動的大發展，各種文藝組織如雨後春筍，已有歌詠隊四百四十個，一萬七千六百人；舞蹈隊五百六十個，一萬四千三百二十人；民間音樂舞蹈二百三十八班，三千五百人；藝術學院二十二所，一千五百多人；美工組一百多個，五百五十多人；畫壁畫約五萬幅，其他畫十五萬多幅。」[5]河北省則派出輔導力量和全省七個地區的文教部門協作，一連舉辦了以戲劇、音樂、美術、舞蹈和文學創作為內容的二十五期群眾文藝骨幹訓練班，每期十天左右，共訓練了一千八百四十九人，並累積了四點經驗：「政治掛帥，大鳴大放，破除迷信，解放思想」；「配合政治，服務生產，結合中心，開展宣傳」；「切合實際，學用一致，要啥教啥，通俗易懂」；「群眾路線，能者為師，互教互學，取長補短」[6]。安徽省肥東縣在一九五八年上半年，全縣創作民歌共計五十一萬多首。特別是巢司集鄉，自生產大躍進以來，已經創作了十二萬首民歌，預計至年底還要再創作幾百萬首民歌。江蘇省南京市在五十天內即出現了各種群眾創作一百三十萬餘篇，常熟一個縣就

5 同前注。
6 河北群眾藝術館，《提高群眾創作水平的好方式》，《文藝報》一九五八年第二十四期。

創作了四十三萬篇，江蘇全省約在八百萬到一千萬篇。河南省九十六個縣的統計結果表明已經成立創作組三千七百五十一個，創作量是幾百萬上千萬篇；僅許昌一個專區，有組織的業餘作者就有七千多人，「大躍進」以來，創作了作品三百一十六萬件；登封君召區，僅兩個多月的時間就創作出了十七萬件作品。[7]這一組組反映「輝煌」創作成果的數字真是令人瞠目。

「大躍進」時期，將文藝生產的數字化成果與工農業生產的衛星數字相提並論成為一種時尚，呼和浩特市就把蒐集民歌和生產鋼材並提，決意在三至五年內生產五十萬噸鋼材，蒐集五十萬首民歌。內蒙古全區則擬在五年內蒐集一千萬首民歌，旗（縣）的負責同志還嫌這一指標保守。[8]專業文藝工作者與工農群眾的結合也成為當時全國發動群眾文藝的風行做法和主要經驗。河北省開展了名為「歌頌大躍進，回憶革命史」的全民文藝寫作運動，對專業作家、藝術家和文藝工作者在這一運動中提出的要求是：「一馬當先，動手寫作，並大力輔導工農群眾寫作，以增強和群眾的聯繫，改造思想、改進文風，從工農創作中吸取營養，以便寫出更好的作品。」[9]這一時期大量湧現的「新民歌」、「工廠史」、「公社史」、「革命史」等，多被冠以「集體創作」的名義，少量作品署名雖為個人，但也經過了編輯、作家等的加工改造，仍是集體創作的產物。

從解放區文藝開始，文藝活動與政治運動之間的界限就是含混與模糊的。「文革」時期，政治觀念與官方意圖更是直接轉化為文藝作品，成為政治的直接美學化。文藝作品的生產、刊發、閱讀、批評各環節的獨立性

---

7 《東風得意詩萬篇——中國民間文學工作者大會發言集錦》，《文藝報》一九五八年第十五期。
8 同前注。
9 同注6。

與自足性在高壓政治語境中日益消解，被賦予了強烈的政治行為色彩，毋庸置疑地被納入了國家政治運作的一體化軌道。一九六六年開始的「橫掃牛鬼蛇神」大規模政治運動，視知識份子為應徹底鏟除的「舊文化」的主要傳承者，絕大多數作家被扣上了「黑線人物」、「反動文人」的政治帽子，喪失了公開寫作和發表作品的權利。「文革」初期，除了郭沫若、浩然、胡萬春、李學鼇、仇學寶等極少數作家外，作家們普遍被剝奪了寫作資格。一九七二年前後，這種狀況略有鬆動，但多數作家仍然頭頂「緊箍咒」，創作自由受到極大鉗制，個人創作絲毫撼動不了集體創作的獨尊地位。

二、標彰主流話語的顯性集體創作

「三結合」創作在「文革」時期被看作「文藝戰線上的一個新生事物」，具有「巨大的生命力和深遠的影響」。倡導者列舉了「有利於黨對文藝工作的領導」、「是造就大批無產階級文藝戰士的好方式」、「為破除創作私有等資產階級思想提供了有利條件」等諸多理由，並認為「由於工農兵業餘作者的參加，他們也把無產階級的生產方式和先進思想帶進了創作集體」，文藝創作「就像他們在生產某一機件時一樣，絕沒有想到這是我個人的產品，因而要求在產品上刻上自己的名字」[10]。這是公開標彰文學創作如同物質生產，將文藝作品等同於機件產品，漠視文學的心靈化特徵，忽視了文學創作的主體性和個體差異性，使文學創作變成了張揚官方意志的文學生產流水線上的機械複製物。其實，如前所述，這種紅色集體創作方式在「大躍進」時期即被作為一項顯示「共產主義思想」的事物得到提倡與實踐，不過，「文革」時期的「三結合」與「大躍進」運動中的

10 周天，《文藝戰線上的一個新生事物——三結合創作》，《朝霞》一九七五年第十二期。

「三結合」在人員組成上有所不同罷了。「大躍進」時期的「三結合」是指「領導出思想，群眾出生活，作家出技巧」，「文革」時期的「三結合」則由「黨委領導」、「工農兵業餘作者」和「專業編輯人員」三部分組成，專業作家和專業評論的作用進一步受到貶抑。

「文革」時期，「三結合」的寫作程式通常是先學習毛澤東著作及相關政治文件，據此確定主題，再設計人物關係、矛盾衝突和情節演進。「三結合」製造了不少當時頗有影響的作品，如上海縣《虹南作戰史》寫作組的《虹南作戰史》，集體創作、署名南哨的《牛田洋》，集體創作、前涉執筆的《桐柏英雄》，北京大學中文系七十二級創作班工農兵學員的《理想之歌》，短篇小說集《迎著朝陽》、《這裏並不平靜》、《農場的春天》、《盛大的節日》等。取材於農業合作化運動，大寫新中國以來「上海市郊貧下中農堅持兩條路線」鬥爭的《虹南作戰史》被視為執行「三結合」理論的典範文本。《虹南作戰史》寫作組就是一個直接聽命於上海市委寫作組的以貧下中農土記者為主體，實行土記者和農村基層幹部相結合、業餘和專業相結合的寫作群體。

「文革」時期，集體創作還突出地被運用於文藝批評與「樣板戲」的創作上。組織寫作小組炮製批判性文章是「文革」時期流行的文藝批評方式，突出了寫作的非個人性，強化了主流政治話語的權威感。文藝批評的寫作主體多為膺擁政治闡釋權力的「御用」寫作班子或工農兵讀者，他們的政治性解讀對文藝生產影響顯著，並往往直接促成批判運動的大規模鋪展。當時，由「寫作班子」完成的評論文章多採用「集體匿名」的形式。「文革」時期著名的寫作組主要有文化部寫作班子、上海市委寫作組，以及由北京大學與清華大學兩校組成的大批判組。重要的文藝批評文章多由江青、姚文元、張春橋、于會泳等人直接控制的文化部寫作班子承擔。這個寫作班子一九七二到一九七六年間共寫了一百六十多篇文章，僅一九七四年就以「初瀾」、「江天」、「洪途」等化名發表了七十多篇文章[11]。上海市委寫作組下設的文藝組寫作班子撰擬的文章，有時直接署名為「上海大革命批判寫作小組」，有時則據寫作成員的構成或文章內容的不同使用「丁學雷」（上海丁香花園的「學雷峰」小組）、「石一歌」（專寫魯迅作品評論的十一個人）、「方岩梁」（取自毛澤東詩詞「風物長宜放眼量」後三個字的諧音）、「方澤生」、「羅思鼎」、「任犢」、「方耘」、「常峰」等名字。「文革」後期成立的知名寫作班子還有「辛文彤」、「洪廣思」，以及由江青直接控制的「北京大學、清華大學大批判組」（前身為一九七三年十月成立的「北京大學、清華大學批林批孔研究小組」，有時署名「梁效」，即「兩校」的諧音）。「北京大學、清華大學大批判組」成為「文革」後期「四人幫」的重要輿論工具，一九七三底至一九七六年十月，共寫了二百一十九篇文章，其中公開發表的有一百八十一篇[12]。「樣板戲」作為無產階級革命文藝樹立的「典範」，集結了文藝領域的優秀專業人才，是經過反覆改寫和提純的大製作。在各齣「樣板戲」的創作過程中，「三結合」得以全面貫徹和強行推廣，在這樣的名為「創作」，實為「製造」的寫作過程中，作家幾乎完全陷於工具化的機械勞動之中。同時，知識份子文化傳統和民間文化傳統也在「為工農兵服務」的旗幟下被主流政治意識形態不斷地改造和利用。因此，在集體創作的整合和官方話語的箝制下，精英話語與民間話語儘管受到摧殘與壓制，但仍以變異形式得到些許呈現。

11 參見古遠清，《打開歷史的黑箱——文革「寫作組」剖析》，《東方文化》二〇〇〇年第三期。
12 同前注。

三、個性化稀薄的隱性集體創作

如果說「文革」時期的「寫作班子」、「寫作小組」是一種顯性的集體創作，那麼，那些以個人名義發表的文藝作品則可謂之隱性的集體創作方式。這種集體性不僅體現在編輯為適應主流政治話語訴求而做出的修改上，還更深層地表現為個人話語在強調一體化的整體社會情境中已不自覺地被同化了，採用的其實也是集體話語方式，留存的個性化旨趣非常稀薄。隱性的集體創作更能體現「文革」時期意識形態對體制內創作的強大滲透力。可以說，「文革」期間公開發表的絕大多數文藝作品都可以像出口產品一樣直接冠以「Made in China」的標籤。

「文革」之前，這種以個人名義進行的集體創作已經出現了。革命歷史小說《紅岩》是事件的親歷者在報告底稿、革命回憶錄基礎上反覆修改而成的，耗時近十年，四易其稿。其間，介入寫作的有中共重慶市委、文聯組織、中國青年出版社編輯等。作者聽取各方的指示和意見，把原本「低沉壓抑」、充滿「血腥」的敘述基調轉換成為昂揚明朗、富有激情的革命方向。[13]「文革」期間，受到政治權力的嚴密控制，公開寫作必須在《紀要》圈設的範圍內進行。浩然在創作受到主流話語青睞的《金光大道》時就受到了諸多限制，據韋君宜《思痛錄》回憶，當時主管這部書的編輯組長是外單位調來的一位從未當過文學編輯的造反派，他不顧所寫故事與抗

[13] 同注1，頁一〇七。

美援朝毫不相干，硬性要求添加有關抗美援朝的內容[14]。因而，《金光大道》（第一、二卷）雖然是個人創作，但從主題、人物到情節結構都成為「文革」時代共名的自覺演繹[15]。

「文革」時期集體創作與個人創作的區別已然不明，儘管集體創作被標舉為「新生事物」無疑是以原有的個人寫作方式為參照，但事實上，除了那些明確署名為集體創作的文本，在「文革」前後的許多個人署名的創作中，也不同程度地體現了「三結合」精神。很多情形下，個人寫作即隱在的集體創作。一位短篇小說的作者就在創作體會中將自己的作品喻為「千人糕」[16]，這的確是個人署名作品潛隱幕後集體創作實質的形象化表述。

「文革」時期風行的「三結合」的集體創作模式，是繼「大躍進」後，主流話語對「一大二公」式的集體主義的極度推崇思想在文學創作領域的反映。韋君宜憶及當時她第一條需要編織進去的內容就是「以階級鬥爭為綱」。在「文革」期間銷售了幾十萬冊的《千重浪》，本來寫的是「走資派」不准搞機械化，農民積極份子弄來拖拉機零件，自己製作了一臺拖拉機的故事。為了體現階級鬥爭，只好把意見不同的雙方寫成兩個階級，還要表現敵對階級的具體破壞行為。作者設計了一個在地窖裏隱藏多年的階級敵人暗中搞破壞，身為編輯的韋君宜的主要任務則是幫助作者「深入」生活，以便把「作品」編圓。韋君宜自嘲道：「這個時代，給我的任務就是編出這樣的書來，使它像個故事。我是一個補鞋匠。」[17]還有一次韋君宜奉命到延安組織插隊青年寫歌頌

---

14 韋君宜，《思痛錄》（北京十月文藝出版社，一九九八年），頁一六五。
15 陳思和主編，《中國當代文學史教程》（復旦大學出版社，一九九九年），頁一六六。
16 同注10。
17 同注14，頁一六三至一六四。

「第一號英雄人物」的小說。初稿寫的是插隊青年想方設法改善窮困的陝北農村，於是進行種子改革實驗，又與不衛生的習慣鬥爭，還冒險學做醫生，救活農民的孩子，寫得較有生活味。然而在「以階級鬥爭為綱」的時代，非要在小說中安插一個地主作為鬥爭對象。但是，當時陝北土改已經結束了幾十年，「肉體消滅地主」是當時人人盡知的口號，歷史真實讓人無法完成這一藝術虛構。於是，韋君宜建議改設一個新生的資產階級份子作為反貪污鬥爭的對象。但陝西省文化局派來指導創作的人卻認為如此安排，階級鬥爭不夠尖銳，堅持要寫地主。為了避免過於失真，編創人員只好將地主編成是外地偷遷過來的。最後，地主開閘放水，女英雄則拚死堵住閘門，敵我雙方展開了生死搏鬥。這樣牽強的情節設置和人物設計在荒唐的年代，自然在開「集體創作」會時順利通過了。[18]

「文革」時期這種集體創作方式的盛行，不僅表明了意識形態監控下文藝寫作的特殊性質，也反映出群眾性政治文化運動中個人與集體的衝突。文學更多地應是由個人獨立進行的精神性創造，但在「文革」時期，「聲勢可觀的集體創作以階級共性遮蔽人的個性，以物質生產的普遍性取消文學創作的特殊性，它的所有努力都只把文學拉到了遠離文學的路上去」[19]。這種意識形態對敘述方式的規束，決定了寫作中個人情感與體驗表達的「集體打造」性質。「文革」後期，部分文學刊物得以復刊，一些知識青年開始以個人署名發表作品，「儘管這些作品還不可能擺脫時代共名的規範，但他們畢竟將自己的生活感受帶入了寫作活動」[20]。他們中的一

18 同注14，頁一六六至一六七。
19 同注1，頁一一一。
20 陳思和主編，《中國當代文學史教程》（復旦大學出版社，一九九九年），頁一六七。

些人還成為了「文革」後文學創作的中堅力量。「文革」時期一些個人署名、實為集體運作產物的重量級批評文章，對整個運動的開展起著舉足輕重的作用。如以姚文元名義發表的《評新編歷史劇〈海瑞罷官〉》、《評「三家村」》、《評反革命兩面派周揚》等文章，多為江青、張春橋等操縱的寫作組集體寫就的，用個人名義發表是為了使政治用心和幕後操作的痕跡更加隱晦些。

綜觀「文革」時期的集體創作，也並非一無是處。在開掘民間文化資源，發動群眾積極參與文化活動，鼓勵知識份子出身的作家深入生活第一線、啟動創作源泉等方面有一定的積極意義。但更多的是弊端，甚至相對「大躍進」時期的「三結合」而言還是一種倒退。「大躍進」時期提倡集體創作尚能考慮到文學創作的特殊性，華夫在《集體創作好處多》一文中還是注意到了「結合」應該是「自由的、自願的」，並提出這其間應「有思想的交流，心靈的溝通，對事物的分析和理解從某些不一致到一致，也還有執筆者對材料的熟悉、消化和集中的過程」[21]。「文革」時期的集體創作則在開歷史倒車，忽視個體性靈抒寫的自由性和創作方式的多元化，以集體創作為理想模式，並將其有限的積極意義絕對化，使文學創作變成了近似「流水作業」的文學操作或文學製造。此外，「三結合」在具體人員組成上也毫無自由組合可言，而是完全聽命於上級黨委安排的「拉郎配」式的強行「結合」。

「文革文學」的顯性集體創作與隱性集體創作悄然合流，不論是徹頭徹尾的「三結合」式的集體創作，還是以個人名義刊發的作品，實際都受到時代政治話語最強音的浸染，充斥著集體的聲音，並無多少真正的個性

21 華夫，《集體創作好處多》，《文藝報》一九五八年第二十二期。

化寫作。「文革文學」的集體創作具有以下三個特徵：其一，是政治訴求在文學生產中的直接體現。當時的集體創作強調一切必須依靠黨，具體流程是首先依靠黨委選定主題、題材和作者，再由編輯與作者們研究提綱，作者們寫出初稿，編輯參與反覆研究修改，最後由黨委拍板。這種創作過於注重文學的普遍性，強調高度一致性和一體化，抹殺其間的個性差別，漠視文學創作主體鮮活的個體情思。其二，與「大躍進」時期相比，「文革」集體創作主導形式的「三結合」在人員組成與主要依託力量方面有一定變化。「文革」時期的「三結合」以黨委意志（具體表現為政府主流話語的制定者與執行者）為核心，工農兵業餘作者為中流砥柱，編輯人員取代了專業作家扮演輔佐角色。知識份子在「三結合」中的地位、作用進一步受到排擠，日趨遠離話語權力中心，走向邊緣。其三，忽視文學創作作為一種精神生產的特殊性，將文學生產等同於物質生產。集體創作盲目追求「多快好省」，創作速率確實得到提升，但政治主題先行的創作理念客觀造成了多數成品質量低劣，幾無文學性、藝術性可言，集體創作的理想預設與實際成效相去甚遠。

第二節　敘述視點：「我們」對「我」的全面置換

完整的敘述活動由作者、敘述者、敘述對象、讀者等要素組成，作為其中重要一環的敘述者在作品中具體體現為視點與人稱。視點即敘述者採取的方位與角度，人稱則體現了敘述者對自己在敘述者、敘述對象與讀者之間位置關係的確定。敘述者的視點又可以分為內視點和外視點。內視點指敘述者與作品中的人物眼光同一或索性借取人物眼光來看，有助於人物自然表露見聞情思，便於作者刻畫人物心理活動的豐富性與複雜性，利於塑造豐滿的人物形象、開掘人物深層心理。外視點指敘述者與人物相離，僅以局外人和旁觀者的身份進行講述。第三人稱敘述中的全知視點和客觀視點就是外視點的常見形式。全知視點視閾開闊，敘述者對所敘之人、所敘之事無所不知、無所不曉，適宜展現宏闊場面、釐清紛繁頭緒、剖析人物情思流動，益於直接顯露敘述意圖，這一視點在「文革文學」中被廣泛採用。客觀視點指描敘人物言談、外貌、動作時不添加評判分析，敘述者也不直接進入人物的內心世界，留給讀者更為廣闊的思考空間。作者使用客觀視點時，若能靈活安置視點人物與視點方位，則可以增添作品的層次感與立體感[22]。「文革文學」中，客觀視點鮮被選用，其實，這種含而不露地達到敘述目的的敘述視點同樣能收到良好的敘述效果。然而，在政治極度壓迫文學、功利主義封扼文學之喉的特殊時代境遇中，主體色彩淡薄、未能直接體現官方意志的敘述方式顯然受到了冷落。

一、宏大敘述與全知視點

理論界在論及人稱時多認為只有「我」、「他」、「你」三種形式，其實不然，人稱首先應劃分為單數人稱和複數人稱兩大類型。在「文革文學」的主導敘述方式——宏大敘述中，就表層構成和自然性質而言，敘述人是個體性的，即使是集體創作，在文學作品中也只能用一個口吻來敘述。但是，究其實質，宏大敘述的敘述

22 參見金健人，《文學：作為語言的藝術》（百花文藝出版社，一九九四年），頁一三六至一三八。

人是超越個體的，具有一種代言人的政治身份與敘述功能，是某一群體、集團、階級甚至國家意志的代言人，是大寫的複數人稱——「我們」。在宏大敘述中，「敘述人被定位為某一制度、國家、民族、集團、人民和他們觀念及其信仰的『代言人』這一『大我』的社會角色」[23]，自信能把控知曉歷史事件的發展規律，是真理的代言者。宏大敘述的敘述人把隱含讀者預設為「人民」，從而使自己獲得集體意志代言人的定位。宏大敘述以全面審視人物事件、探究因果關聯為敘述重心，敘述人以預言人和代言人的身份把自己關於社會、歷史、革命的一整套理念加諸文本，並以之解釋社會、歷史、革命的錯綜繁複關係。宏大敘述是一種意識形態色彩濃厚的社會歷史敘述，追求敘述的嚴整性與權威性，以擬真性藝術虛構將諸種敘述要素整合成意識形態語碼，並與國家權力話語構成深層隱喻，文學文本甚至由此成為經過意識形態編碼的政治讀本。

「文革文學」採用最多的是第三人稱全知敘述視點，將敘述定位於政治敘述，體現了主流意識形態籲求的敘述觀照角度。「文革文學」中，不論採取的表層敘述人稱是什麼，絕大多數情況下，深層敘述人稱為複數人稱形式，個體敘述者承擔的實際上是「我們」的集體敘述功能。這種敘述有著久遠的本土傳統，浦安迪曾經概歎：「一翻開中國的正史，讀者立刻會發現，中國敘事裏的敘述者往往不是某一個作者，而是史臣的集體創作，這種情形在世界敘事文學史上是絕無僅有的一個例子。」他認為：「偉大的敘事文學一定要有敘述人個性的介入，集體創作永遠稍遜一籌。」[24]一般而言，全知敘述者多與人物保持一定距離，因而頗具權威性，讀者

23 孫先科，《頌禱與自訴：新時期小說的敘述特徵及文化意識》（上海文藝出版社，一九九七年），頁一五。
24 浦安迪，《中國敘事學》（北京大學出版社，一九九六年），頁一五。

在評判時也極易受到全知敘述者的左右。全知全能的敘述者像無所不能的上帝那樣可以從任何角度、任何時空觀察事物，並有甄別地進行敘述。這種超凡的敘述能力可以統攬全局地設置和把握宏闊的時空背景，纖毫畢現地描摹細節、展示場景，深透細膩地揭示人物的隱祕心理。全知敘述具有較大的敘述自由，然而，其全能型的敘述姿態又破壞了作品的真實性與親近感。全知視點適用於鳥瞰敘述對象、聚合人物關係、勾連事件線索。但是，全知視點的敘述者與人物、讀者的距離較遠，有導致讀者閱讀興致低落、心智情感疲鈍之虞。因此，為了達到更為真實和有效的敘述效果，作者通常運用視點轉換，將全知視點與其他敘述方式配合聯用，消除單純使用全知敘述的枯燥感，以期實現敘述層次的豐滿多維，從而喚起讀者的閱讀興趣。

「文革文學」的典範作品《金光大道》（第二卷）也數次運用視點轉換，譬如：

> 摸底的人清楚，昨天晚上，芳草地所有的長期互助組都開了會。先是組長們開，接著組員們開，後來組長們又碰頭彙報，鬧個通宵。組長們最後在高臺階的大槐樹下邊碰頭的時候，按照組員們的意見和要求，又根據他們摸底的情況，決定了一個解決眼前困難的辦法：大家一齊伸手，飯碗裏省，腰包裏掏，有糧借糧，有錢借錢，集少成多，讓劉祥還上帳，讓高大泉組買上車。

高大泉交糧買車的三日期限將至，作者借用他者（「摸底的人」）的眼光進行限制性敘述，表現了在以高大泉為代表的走集體合作化生產道路和以一小撮人為代表的私人化單幹生產道路的鬥爭中，各組組員及組長做出了正確的抉擇，傾盡全力支持高大泉的工作。

申丹在《敘述學與小說文體學研究》一書中指出，「不少全知敘述者巧妙地利用旁觀視角與人物有限視角之間的反差」，讓讀者時而從故事外的角度遠處旁觀，時而藉人物眼光近距離觀察。[25]「文革文學」在全知敘述之外，也會有意採用限制性敘述來調節敘述效果，不過，較少通過視點的對比性差異多層面、立體豐富地表現人物和事件的複雜性，而恰恰是為了從不同方面佐證主流意識形態。可以說，「文革文學」在視點、人稱的選擇上主動追求與政治相榫合，以主流意識形態的訴求來錨定方位，而並非意在渲染歷史的駁雜色彩。敘述者有時為了製造懸念，渲染跌宕的敘述效果，會起用佯裝不知實情者的限制性視點進行敘述。浩然在《金光大道》（第二卷）中就採用了此種手法：

> 芳草地又掀起一陣騷動。從下午到深夜，家家戶戶都在議論有關劉祥賣地的事兒，還有跟賣地有關聯的事兒。
>
> 這番議論的結果怎麼樣呢？這樣的結果對不同地位、心境的人發生了什麼影響呢？這是沒辦法統計的情況。因為很多的東西都裝在人們的心裏，這一切複雜的後果，可能在今天，也可能在今後一年兩年，甚至十年以後才能明顯地表露出來。或許，那會的人們，在接受「後果」的時候，早已經忘記聯想這一「前因」。沒關係嘛，歷史就是這樣延續下來的！

[25] 申丹，《敘述學與小說文體學研究》（北京大學出版社，一九九八年），頁二四五。

這段引文從全知敘述轉到限制性敘述，意欲製造一種貌似真實的客觀化敘述情境，以稍加隱晦的敘述方式來表明敘述立場。應該說，在「文革文學」中有這種敘述意識還是難能可貴的，但操作上卻顯得稚幼生硬。

二、凸顯意識形態性的敘述立場

在凸顯政治性、強化意識形態的寫作盛極一時，淡化政治色彩、規避意識形態的寫作傾向遭遇強力抑制的總體社會背景和文學情境中，「文革文學」因沿了革命文學突出意識形態的敘述傳統，並不斷推衍至極。當然，純然不具備意識形態性的文學作品是不存在的，正如詹姆斯・卡瓦納所言：「如果他、她或一部作品否認任何系統的政治理論，便說他們處於『非意識形態』，那就像他或她沒有系統的細胞組織理論，便說他們是『非生物性的』一樣可笑……堅持『非意識形態』並不表明他擺脫了意識形態，而反映他落入某種十分狹隘的意識形態。」[26]

福勒提出視角或眼光有三層涵義：一是心理眼光（「感知眼光」），屬於視覺範疇，涉及誰是事件的觀察者；二是意識形態眼光，指由文本語言表達出的價值或信仰體系，涉及誰在文本結構中充當意識形態體系的工具，是僅有一種占統治地位的世界觀還是多重交互作用的思想立場（通過互為對照的語言風格表達出的不同眼光經常處於衝突與挑戰的狀態，能賦予作品一種帶有爭辯性質的動態結構）；三是時間與空間眼光，時間眼光指讀者得到的有關事件發展快慢的印象，包括倒敘、預敘等打破自然時間流的現象，空間眼光指讀者在閱讀時對故事中的人物、建築、背景等成分的空間關係的想像性建構，包括讀者感受到的自己所處的觀察位置，言說

---

[26] 詹姆斯・卡瓦納，《意識形態》，《文藝理論研究》一九九四年第四期。

者與觀察者的文化立場、價值評判、情感意味滲透其間，言說方式與言說內容都具有意識形態性[27]。

「文革文學」的隱含作者絕大多數為官方主流意識形態的代言人。「隱含作者」是韋恩・布斯在《小說修辭學》中提出的概念，指讀者從作品中推導出來的作者形象，亦即作者在文本中表現出的「第二自我」。隱含作者雖不能等同於現實作者，但二者有著密切關聯，敘述話語滲透了作家的生存憬悟，是其所處的現實性社會文化語境的折射。因此，確立何種隱含作者形象，關乎敘述意圖的實現程度與表達效果。「文革文學」的隱含作者與深層敘述人是一致的，均為超越創作主體個體性的國家意志代言人，實際功能也都在於凸顯主流政治話語的導向。《金光大道》中的兩段文字典型地體現了「文革文學」敘述的意識形態性：

高二林嘴唇張了幾下，沒有出聲；只見跑過來一個人，就把嘴巴閉上。跑過來的這個小夥子叫張小山，細高個、赤紅臉，跟高二林一天成的親。他是張金發的遠房侄子，舊社會的要飯花子，土改的翻身戶，「發家致富」的上當者；見人家走互助合作道的人得到好處，後悔了半年多，今天聽了宣傳員講中央文件，下決心走新道。

忽然，一隻熱乎乎的大手伸進她的胳肘窩，用力地把她攙扶起來。同時，一種親切的、動聽的聲音響在耳邊：「老大娘，別急，先喘口氣，我再扶您過河。」

27 同注25，頁二一二。

鄧三奶奶站穩身子抬起頭。因為迎著太陽，她用芭蕉扇遮著光，眯著眼，細細打量這個好心人。

這個人三十多歲，中等的身材，清瘦的臉，濃黑的眉毛，閃光有神的眼睛；戴一頂大草帽，穿一身舊軍裝，挎一個文件兜，揹一個方方正正的背包，顯得精明、英俊，讓人一看就覺得可愛、順眼。

第一段引文用的是高度概括性的敘述，三言兩語卻體現了強烈的意識形態性，以鑑定評價式口吻極其準確地交代了張小山的政治身份、一生經歷和目前心理，其實是為了給在發家致富與互助合作兩條道路的選擇上一錯再錯的高二林樹立思想轉變的範例。第二段引文中，鄧三奶奶想為高大泉湊糧買車一事分憂，決定瞞著高大泉到區裏去，路上巧遇田雨。全知敘述轉化為鄧三奶奶的限制性敘述，最後才點出是區長田雨。在尚不知曉田雨身份的敘述情境中，鄧三奶奶對眼前的「這個人」就已飽蘸了褒揚情感。鄧三奶奶也是高大泉的引路人之一，其實，她這個老革命的眼光是作者推崇的，與全知敘述眼光的所見並無本質差別，只是藝術手法上略有變化，避免了單一敘述眼光帶來的單調枯燥和閱讀疲勞。

三、敘述眼光與敘述聲音的形異實同

大衛・洛奇認為，確定從何種視點敘述故事是小說家最重要的抉擇，「因為它直接影響到讀者對小說人物及其行為的反應，無論這反應是情感方面的還是道德觀念方面的」[28]，作者在構築文本的過程中，面臨誰來敘述、如何敘述、為誰敘述等諸多選擇，作者的世界觀和文化立場對敘述人的主體定位與敘述方式有決定性影

[28] 大衛・洛奇，《小說的藝術》（作家出版社，一九九八年），頁二八。

響。讀者也會遭遇站在何種位置觀察、是否接受敘述人的敘述立場等問題。「文革文學」較為注重敘述人的政治身份、道德立場、情感褒貶等，敘述方式與主題表現是完全吻合的。選擇敘述人或聚焦人物也具有意識形態性，因為，「在把我們的興趣、同情或愛慕集中在一個人物身上時，必須排除我們對其他人物的興趣、同情或愛慕」[29]。敘述人或焦點人物在很大程度上代表了作家的情感傾向和意識形態性，「而沒有被選作敘述人或焦點人物的人則始終處於被藏匿、被遮蔽、被書寫的狀態，他們被敘述意識的光亮所遺漏，處於無名和被動的失語狀態，他們的行動得不到寬宥和諒解」[30]。

其實，在政治主題先行的「文革文學」中，大部分敘述視點的類型都出現過，但第三人稱全知敘述視點無疑是主打形式，其餘則是無足輕重的配角。各種敘述視點的變換都只是表層現象，深層的視點仍是以複數集體人稱「我們」的形式出現的，文本中顯露的單數形式第一人稱「我」只是它的幻影而已。整體而言，《金光大道》以第三人稱全知敘述為主，也採用了視點轉換。然而，轉換到第三人稱限制性敘述時，多以高大泉、鄧三奶奶等正面人物為應選者，如通過高大泉的限制性視角描寫了幾乎所有的正面人物、中間人物和反面人物，間接傳遞了隱含作者對這些人物的品評。小說轉換為第一人稱限制性敘述時，也高度契合「文革」主流政治的需要，下面這兩個例子就較為突出：

29 韋恩・布斯，《小說修辭學》（北京大學出版社，一九八七年），頁八八。
30 孫先科，《頌禱與自訴：新時期小說的敘述特徵及文化意識》（上海文藝出版社，一九九七年），頁六三。

高大泉雙手捧著三張摺皺的信紙，先是全神貫注地默默地看，接著激動地大聲地唸起來：

……當我端著衝鋒槍向兇惡的敵人拚殺的時候，想起跟互助組的同志們在土改分到的土地裏間苗鋤草；當我捧起油印的材料在防空洞的油燈下學習的時候，想起跟互助組同志們坐在周家熱炕頭上討論毛主席的《組織起來》；當我在戰壕裏吃著用泉水拌的炒麵，想起彩霞河邊、大草甸上無邊的餘地、茂盛的莊稼……有一次，首長派我執行一件艱巨的任務，我立刻想起大泉哥的那把大板斧，渾身就產生了無窮的力量！……眼下，咱們的互助組又大發展了吧？地裏的小苗都拔節了吧？永振家的小牛長大了吧？久寬家的黑牛上學了吧？鄧三奶奶更硬朗了吧？……我們距你們雖然隔著山山水水千萬里，心是連在一塊兒的。我們都為一個共同目標並肩戰鬥。我決心把這一百多斤交給黨，交給抗美援朝的偉大事業；絕不給芳草地丟臉，一定為祖國爭光，同志們，加油呀，努力呀！

夜晚，徐萌回到宿舍裏，收拾下鄉用的東西，每往兜子裏裝一件，都讓她猶豫許久。牙刷子和牙粉帶不帶呢？帶上這些農民會不會笑話呢？還有，是帶香皂還是帶肥皂呢？幾件日用的東西，她裝進去，又拿出來。後來她索性把這些丟在一邊，先寫日記：

谷縣長很關心我們青年幹部的成長，特別像我這樣的無知識的知識份子……

明天，我如願以償，到鄉下去，到農民中去，第一次單獨作戰……我要像趙大姐囑咐的那樣，立場堅定，方法對頭，認真、嚴肅地工作，一絲一毫也不苟且，爭取把這個任務完成得十分出色，讓同志們刮目相看。

第一則是通過呂春河從朝鮮戰場前線寄來的信突出了抗美援朝、保家衛國的主旋律；第二則是用徐萌日記的形式從全知第三人稱敘述轉到第一人稱敘述（「我們」、「我」），表現了知識份子的自我思想改造心路歷程的縮影，都是通過表層視角、人稱的轉換凸顯了「文革」主流政治話語。

《金光大道》敘述視點和人稱的變換體現了鮮明的「文革」特徵：敘述眼光雖有所不同，敘述聲音卻高度一致，都表達了隱含作者和敘述人的真實意圖。《金光大道》即便通過中間人物、反面人物視點進行觀照，也未體現他們的真實立場或客觀立場，無論是他們眼中的正面人物，還是中間人物或反面人物仍然與作者或隱含作者的情感褒貶相一致。譬如通過張金發、馮少懷、秦富的限制性視點寫「滾刀肉」即是如此：

> （張金發、馮少懷、秦富在一起議論時）突然，又聽見小柵欄門「嘩啦」一聲響，一個人摔進來，趴在地上。接著，他一邊往起爬，一邊罵：「媽的，誰把菜葉子往道上扔，把爺爺絆一交！」
>
> 張金發一見滾刀肉又喝得醉醺醺的，就皺起眉頭。他聯想剛才秦富說的那句話，真想過去踢滾刀肉幾腳，出出氣。

而曾被「壞人」蒙蔽，做出錯誤判別的區辦公室工作人員、知識青年徐萌眼裏的高大泉也與「我們」眼中所見的無甚區別：

忽然，前邊傳來一陣人喊聲和車輪響，大家扭頭一看，是一輛舊式木輪車，朝這邊過來。高大泉在前面拉轅……

用不著別人介紹和指點，徐萌很快就從拉車人那烏黑的頭頂、通紅的臉膛、明亮的眼睛和那穩健有力的腳步中，認出他就是高大泉。

私心濃重的中農秦愷眼裏的高大泉等正面人物依然是飽含崇敬之情的英雄形象：

不遠的地方又傳來人們熱烈說話的聲音。接著，又從那邊飛過一群小鳥。

秦愷趕快把手裏的那粒種子埋上，在褲子上擦去手指上的土，又磕打了煙袋灰，這才站起身，扭頭朝有人說話的地方看一眼。

在東方，移來三個健壯的身影，燦爛的陽光，好像給他們每一個人都披上一件金線繡成的斗篷。

秦愷此時擔心自私行為被發覺的緊張心理與文本表現出的歡欣輕快的敘述語調極不和諧，可見，這顯然並非秦愷所見所感，而是作者的主觀情感使然。

視點與人稱可以有多種搭配方式，選擇視點與人稱配合時要注意敘述者與敘述對象之間的距離方位、敘述者以何種身份和口吻進行敘述、作者預設的隱含讀者是何種定位、作者的敘述動機和預計的敘述程度等問題。視點與人稱之間的種種變化，可以在時空設置、因果關聯上造成對比或錯位，從而形成豐富的藝術張力，拓展藝術表現的容量，開掘思想蘊涵。「文革文學」敘述視點與人稱的配合，包括表層選擇和深層同質，都是符合政治性敘述意圖需要的特殊語境的產物，具有一定的合法性與必然性。就審美層面而言，卻從兩方面斫傷文學：一是高揚國家意志的宏大敘述和集體代言人敘述吞沒了張揚創作主體個性的敘述，「我們」的眼睛和聲音全面取代了「我」的見聞與言說；二是文學主題呈現出高度政治化特徵，審美價值大打折扣。

「文革文學」中，作者經常對人物、事件或寫作本身發表公開評論。布斯在《小說修辭學》中指出，公開評論具有提供事實或概述，塑造信念，將具體行為與已建立的規範相聯繫，昇華事件意義，概括整部作品的意義，控制情緒，直接評論作品本身等功能。「文革文學」敘述人的評論語氣、立場、態度製造出了一個敘述權威，這種居高臨下、斷言式的評論對凸顯主題意義、影響讀者評判具有重要影響，但也存在說教意味濃重、生硬造作、畫蛇添足、有損真實感等弊病。《虹南作戰史》的作者就多次躍居臺前，對讀者進行直露的說教導引。虹南鄉支部書記浦春華來虹南村找村團支部書記洪雷生，正巧洪雷生被區領導安克明叫去開會了，於是浦春華找到了中農出身的村團支部宣傳委員高曲文。因為擔心讀者們不理解設置這一巧合的意義，作者用預敘提醒讀者注意——「這好像很偶然。讀者們還不知道後面事情的發展。讀到後面，某些好心的讀者可能覺得有些惋惜。似乎因為這點偶然性，生出了許多麻煩事。」除此之外，作者又不惜篇幅，就此事聯繫馬克思主義唯物辯證法和毛澤東的《矛盾論》大談偶然性與必然性的關聯，指出這件看似巧合的偶然事情體現了黨內兩條路線鬥爭的必然性。

我們在本書《引子》中敘述了共產黨員安克明同雷生之間的關係，安克明看準了雇農的後代洪雷生是棵好苗苗，正在努力用馬列主義、毛澤東思想教育他，把他培養成虹南村走社會主義道路的帶頭人。現在，我們又看到浦春華是另外一種做法，他起先毫不關心農村的社會主義道路，中央決議一下來，為了要搞點「名堂」，他來到虹南村了，卻又嫌洪雷生伴工組家底子薄，把眼睛轉到家底子厚的高曲文身上去了。浦春華到虹南村來沒碰到洪雷生去找了高曲文這件事情上，偶然性同必然性兩個方面互相聯結著。偶然性只在於，正巧安克明通知雷生去開區裏重點互助組的彙報會，而恰恰浦春華不重視這個彙報會，來到虹南，沒碰上洪雷生，去找了高曲文，在同一天上，兩個共產黨員的不同觀點、不同做法碰在一個人身上了。這件事體現的必然性是，黨內兩條路線鬥爭在這裏反映出來了。

其實，在隱匿的評論方式中，敘述人較為隱蔽地對人物進行評論，更易使讀者在不知不覺受到價值評判的牽引。「文革文學」幾乎沒有純然的隱匿性評論，多與公開評論間雜，不妨謂之半隱匿式評論，主要有兩種形式：其一，通過敘述情境或事實的對比性敘述突出真實表達意旨。《虹南作戰史》中通過富裕中農牛貴發向浦春華講述的斷章取義的順口溜和貧下中農徐苗青所編的快板全文進行對比，以突出高級合作社的優越性。但作者顯然擔心這種半隱匿式評論的用意還不夠明確，又加上了一段公開評論：

但是，這首快板，同牛貴發編的那首順口溜對比起來看，卻有它的特別的意義。一首快板，一首順口溜，它們在某些地方用的語言差不多。然而，它們所表達的思想感情卻完全不相同。一個表達的是工人階級和

> 貧下中農的感情；一個表達的是具有資本主義自發傾向的富裕中農的感情。

其二，藉人物視點敘述，通過人物之言思表現作者的觀點。《牛田洋》藉副師長任維民之口為攔海造田的意義做了政治性闡釋——「從毛主席建軍路線的高度來理解攔海造田的意義」，「只有著眼於路線，我們的事業才能開闊，才不會把牛田洋的攔海造田，局限在建立一座生產基地上，而是把它看成是建築一座防修反修，鞏固國防的南海長城！」《麥收之前》的主幹情節是改姓換名潛逃隱伏的惡霸地主之子黃金生，利用上中農出身的錢成寶的私心破壞了小苗育秧試驗田，在青年女隊長鍾春英和廣大貧農的支持下，此事最終水落石出。作者藉「當了半輩子長工的老雇農、人們尊重的老宏根」之口做出了這樣半隱匿式評論：

> 新的一代在迅速成長，但階級敵人妄想用燒死秧苗那樣狠毒手段把新生力量扼死。在這場鬥爭中我們每一個革命者，都有一個站在哪一邊的問題。

在高揚宏大敘述旗幟的「文革文學」中，每一個貌似個體話語姿態出現的敘述人身後都如影隨形地挺立著標彰國家意志權力話語的集體敘述人，敘述眼光和敘述立場的表層差異並未改變敘述聲音深層的高度一致，「我」的聲音實際上已經全然湮沒在充斥著主流政治話語的「我們」的聲音之中。「文革文學」擅用赤裸裸的公開敘述干預或「猶抱琵琶半遮面」的半隱匿性敘述介入，昭示了文本的敘述立場與情感傾向，具有濃郁的意識形態意味和集體話語色彩。

第三節　集體語碼：敘述語言與人物語言的時代銘紋

一般來講，文學語言包括敘述語言與人物語言兩大基本系統。敘述語言指作者描敘故事、塑造形象時所運用的語言，人物語言指人物的對話和獨白。兩者的個性化是文學創作的基本審美要求，敘述語言的個性化主要體現在作品的語言風格上，是作家創作個性的集中映現和創作成熟的重要標誌，在表現作者複雜性情緒投射、文學要素整體鏈結等方面具有不可替代的功用；人物語言的個性化則指作品中人物的語言與其身份、經歷、思想等應保持一致，並通過人物語言顯露其社會地位、道德品質、心理狀態、性格特徵、思想觀念等相關資訊，產生使讀者如見其人、如聞其聲的藝術效果。敘述語言與人物語言既可以緊契主流話語，也可以與之保持相對疏離的關係。不過，即便是看似相對疏離的關係，也難以避免地會受到時代語境的薰染。羅傑・福勒在《語言學與小說》中指出：「小說的構思及其實施均由語言作為中介，而語言是社會所共有的，它蘊含那個社會的價值觀和思維方式。作者在寫作時對語言結構的選擇會使他在一定程度上失去自我控制，因為文化價值觀（其中包括對於不同種類的隱含作者的不同期待）會滲透作者的言語，這樣一來，個人的表達必然會被屬於社會的意義所限定。」[31]可以說，任何個體話語的表達都難以逃脫時代語境和公共話語的深層影響。這種影響在「文革文

[31] 同注25，頁二三一。

學」中異常突出，致使個性化的敘述語言和人物語言鮮見。

一、迴響國家權力話語的時代強音

「文革文學」中不乏語言較為鮮活生動、富有生活氣息的文藝作品，如浩然的《楊柳風》、克非的《春潮急》、黎汝清的《萬山紅遍》、李雲德的《沸騰的群山》、朱蘇進的《鎮海石與瞄準點》等。「文革」後期，一些知識青年的創作雖不可避免地留有時代印痕，但也有反映個人生活體驗、語言生動流利的較好作品，如諶容的《萬年青》、張抗抗的《分界線》等。總體觀之，「文革文學」對材料進行了以意識形態為導向的濃縮和加工，將集體預設與公眾憧憬融入了文學的語言、形象、情節和結構之中，這是意識形態極度膨脹的必然結果和國家權力話語的時代強音的集中體現。

敘述語言對作品的表現與控制是一種需要慘澹經營才能獲致的能力，安・羅洛普曾說道：「小說家敘述故事所用的語言，描繪畫面採用的色調，對他來說當然應該是一件很費推敲的事。」[32]「文革文學」的敘述語言雖然在作品中具有顯而易見的積極作用和主導地位，也並不缺乏對作品整體的統握調控能力，卻缺乏個性化與審美性。敘述話語中迴響的是充斥「文革」社會每個毛孔的時代共名的聲音，每一位敘述人、主要英雄人物都儼然是政府的官方發言人，具有顯著的政論色彩。「文革文學」的敘述語言主要有以下三種類型：

其一，報告式。《牛田洋》表現主要英雄人物趙志海思緒的敘述語言就具有顯著的報告式特點：

[32] 安・特羅洛普，《談小說的創作》，《文藝理論研究》一九八二年第一期。

洶湧澎湃的南海，是祖國的南大門。那些不甘心在中國土地上失敗的帝國主義者及其走狗蔣介石匪幫，正在南海的對面虎視眈眈，蠢蠢欲動。這兩三年來，我國遭到了嚴重的自然災害，蘇修社會帝國主義乘機卡我們的脖子，造成了我國國民經濟的暫時困難；蔣介石也做起了許多企圖「反攻大陸」的黃粱美夢。美國的第七艦隊、蔣介石的海盜船和飛賊，不斷騷擾，他們妄圖在一天早上捲土重來，讓我們的紅色江山改變顏色！

偉大領袖毛主席親自領導和指揮的中國人民解放軍，絕不能讓敵人的陰謀得逞。我們在這裏執行生產任務，正是加強戰備的重要措施，我們一定要在為國家生產糧食的戰鬥中，提高部隊的政治素質和軍事素質，在南海邊建築起一道摧不垮、打不爛的鋼鐵長城，讓那些膽敢來犯的侵略者，碰得頭破血流！

其二，論戰式。《虹南作戰史》中虹南初級社分紅會的召開，標誌著合作社在與富裕中農的兩條道路鬥爭中取得了初步勝利，敘述語言通過兩個反詰問句和兩個強有力的否定性回答，表明了敘述人鮮明的政治立場和虹南合作社的社會意義，敘述語言具有明顯的「文革」時期的論戰式口吻。

難道僅僅是一個虹南村如此嗎？不！虹南村僅僅是上海郊區的一個縮影，或者擴大些說，僅僅是中國農村的一個縮影。一九五五年初的中國農村，已經出現了社會主義高潮的苗頭。廣大農民，正在黨的過渡時期總路線的教育下，在已辦的合作社的示範作用的影響下，猛烈地擺脫私有制的桎梏，要求向毛主席指引的社會主義大道上迅速奔跑！

但是，兩個階級、兩條道路、兩條路線的鬥爭難道就此結束了嗎？混進黨內的右傾機會主義先生們難道就此洗手不幹了嗎？不！革命的道路不可能是筆直筆直的！沒有矛盾就沒有世界。那些右傾機會主義先生們，正在力圖扼殺中國農村的社會主義新事物，把中國拉回到資本主義道路去呢！

自然，有毛主席領導，一切革命的人們都堅決相信，烏雲終會驅散，社會主義道路終會取得勝利！星星之火，可以燎原，共產主義是不可抗禦的！

其三，詮釋式。電影文學劇本《閃閃的紅星》兩處以畫外音的形式從路線高度對紅軍失利的原因做出政治性詮釋，強調當年紅軍第五次反「圍剿」失敗後被迫長征是因為背離了毛澤東思想的正確指引，而後來的轉敗為勝則應歸功於毛澤東恢復了對黨和軍隊的領導。第一次是以成年後的潘冬子的回視進行敘述，第二次是純粹的旁白，然而就實際功能而言都當歸屬為敘述人語言。

激憤有力的旁白：這次紅軍的遠征，是第三次「左」傾路線造成的嚴重惡果！他們排斥了毛主席的領導，奪了毛主席對紅軍的指揮權，結果，沒有能夠粉碎敵人的第五次「圍剿」，最後，被迫把毛主席親手締造的中央革命根據地放棄了。

沉重悲憤的旁白：胡漢三回來了。階級敵人復辟了。在毛主席革命路線指引下我們得來的勝利和幸福生活，被錯誤路線給斷送了。

這種詮釋顯然存在簡單化的傾向：勝利緣於遵從了毛澤東的革命路線，失敗則歸因於排斥毛澤東的領導，執行了錯誤路線。

與敘述語言相同，人物語言的政治報告化也是「文革文學」的一大顯徵。他們動輒直接引述毛澤東的教導，體現出高度的革命化、政治化特徵。即便看似個人性的人物話語，依然是對時代共名的應和。《奇襲白虎團》中嚴偉才說的「敵人是不會自動放下武器的。我們必須用革命的兩手，對付美帝國主義反革命的兩手」，連毛澤東看後都笑曰：「這些話不都是我講的嘛！」[33]《牛田洋》中，師政治委員、師黨委書記趙志海，副師長（後擔任師長）任維民，大紅山連政治指導員陳大忠，大紅山連一班長羅國生等正面人物的語言高度相似地充斥著政論式、報告化的話語。政治話語的這種強勢入侵導致個性化聲音微弱乏力。而個性化的人物語言應是人物思想、性格、經歷等的綜合反映，也是人物性格的重要組成部分。但「文革文學」過於注重從人物的政治身份、階級立場出發設置人物語言和心理活動，導致了人物語言多數情況下雖合乎出身、地位、經歷，但是拘泥於理性的邏輯推理，缺少生動鮮活的人物語言。這種不深入研究人物的思想、性格和心理，「只在習慣語上用功夫，打主意」的做法，「勢必捨本逐末，生編硬造，造出的所謂習慣語往往不是標誌，而是標籤」[34]。「文革文學」的多數人物語言是從外部粘貼上去的，顯得生硬、突兀、失真。這樣的標籤式話語不勝枚舉：《金光大道》中高大泉反覆宣講的「把這一百多斤交給黨」；陸天明創作的三幕話劇《揚帆萬里》中的張紅也叨唸著

33 戴嘉枋，《樣板戲的風風雨雨——江青・樣板戲及內幕》（知識出版社，一九九五年），頁八九。
34 馬振方，《小說藝術論》（北京大學出版社，一九九九年），頁一八三。

「把自己交出來，整個地交出來，交給革命，交給黨」；《牛田洋》中趙志海則銘記「一個革命者的生活永遠是戰鬥」。

二、情感滲透與敘述干預

情感是文學作品的審美要素，在很大程度上可以說，文學作品就是投注著創作主體的主觀情感的語言編碼。這種情感的投注一般是隱在地發生效用，通過人物、場景等間接投映出來。「文革文學」主要體現為集體編碼和符號集成，而非創作主體的個性化創作，創作主體的情感滲透是直接呈現的。因此，「文革文學」的敘述語言往往自覺地承荷起褒貶辨識的責任，但情緒把控不夠，多導致政治情感氾濫。

有研究者認為，「對敘述定向性的偏離正是要掙脫既定的敘述秩序」，「偏離敘述維度的定向性，是主體認識活動進化的產物，也是主體進入更自由的審美境界的標誌」[35]。「文革文學」則非但不允許偏離敘述定向，而且不斷地累加、聚向、強化敘述定向，使浸透著作家情感的畫面、人物和由此產生的小說主題意蘊融為一體，「作品畫面的情感內核、人物形象的本質特徵、小說主題的意義指向表現為同步關係」[36]。《西沙兒女・正氣篇》中阿寶出生的背景畫面的前後對比和程亮、大張入黨時的畫面設置，都體現了「文革文學」在定向敘述中通過正面疊加的方式和強化畫面情緒的特徵。阿寶出生時遭遇難產，畫面背景為狂風滾動、巨浪掀跳、暴雨潑灑等風雨肆虐的自然徵候；而她出生後則是狂風膽怯、巨浪低頭、暴雨躲避、豔陽高照，一派光明景象。作

35 唐躍、譚學純，《小說語言美學》（安徽教育出版社，一九九五年），頁一四一。
36 同前注，頁一二九。

者為程亮和大張加入中國共產黨配置的背景畫面也具有明顯的象徵意味——「一雙矯健的海鷗，在雲朵飛渡的長空翱翔」。

《牛田洋》中大堤合攏工程開始時的場面描繪既是戰爭話語的鮮明體現，又注入了強烈的情感色彩，一派熱氣騰騰、幹勁沖天的勞動景象，連轉變後的中間人物謝文和都不禁慨歎：「這簡直就像當年打仗一樣！」

百多斤重的塊石，從兩側的堤上、從船上，傾瀉下來，像千萬發炮彈同時落在這裏，把攏口的水流掀起一層層白浪，濺起一根根水柱。

敘述語言的情感色彩決定了相應文本情緒氛圍的生成，「文革文學」的敘述語言存在著情節鏈與情緒鏈非同步行進的趨向。從情節鏈看，隱藏的反革命份子的真實身份在作品的中後部才得以揭示，然而敘述語言的情緒鏈卻早在反面人物第一次登場亮相時就顯露出貶斥意味。《牛田洋》的敘述情節尚未暴露陶才的真實身份時，敘述語言的情感意味就已然明瞭，用「斜視」、「挑逗」、「擺出一副道貌岸然的面孔」、「陰陽怪氣」等詞彙描摹陶才，濃厚的貶責語調顯然已經揭示了陶才歸屬敵對陣營的真實身份。此外，小說的敘述語言在表現趙志海、謝文和、陶才（分別作為堅定信念的革命者、搖擺不定者和冒充革命者的敵對階級的代表）聽完張阿媽痛說家史後的不同反應，以及三人關於鯊魚、權力的不同看法時亦是褒貶赫然。趙志海是「莊重地說」、「一字一句地咀嚼著陶才的話」、「深沉而又炯炯發光的眼睛」；謝文和卻是「聽著不作聲」、「有意岔開話題」；陶才則是「滿懷仇恨」、「皮笑肉不笑」、「咬牙切齒地在心裏罵著」、「瞟見」、「不寒而慄」。陶才一見鯊魚的氣勢，猛然聯想起日寇和國民黨匪幫的威風，「恨不得使自己也變成鯊魚，在海上、在整個世界上橫行霸道」。在陶才的心理活動中怎麼可能用「橫行霸道」這樣的貶義詞來形容自己？這顯然是敘述人的情感傾向使然。

敘述人有對文本和人物進行干預的權力，適宜合理的敘述干預在創作實踐和理論研究上不應受到盲目拒斥。然而，「文革文學」中，附庸政治指揮棒的敘述干預卻是不適當的。除上一節談到的公開和隱蔽的評論方式之外，「文革文學」較為常見的干預還有通過營構瀰漫於文本間的敘述氛圍進行整體敘述干預，並通過相應的敘述方式得以實現。敘述方式有講述與顯示、場景與概述的區別。講述是作者明顯介入並直接告訴讀者怎樣看待人物，判斷是非。顯示則是作者退避在語言之後，通過再現場面、描摹對話，讓讀者自行甄別善惡賢愚。場景指發生在特定時空內的具體事件，能賦予事件即時性和直觀性，並產生行進感。如「文革文學」中的兩大經典場景——「痛說家史」和回憶戰鬥故事，就具有此種敘述功能。概述則由作者或其代言人展開敘述，具有高度的概括性、包容性，可以開拓場景的表現廣度和深度。概述還可根據敘述需要進行時空更迭，既可斷裂場景，亦可鏈結場景。

《西沙兒女·正氣篇》對程亮入黨的瞬間思緒的表現，就是運用概述手法交代了他在成長歷程中所經受的正反兩方面影響，把前文以場景形式詳述的事件在思想昇華的層面上予以重新聯結：

漁霸的皮鞭抽打；
日本鬼的槍彈飛落；

廟堂裏響起的《國際歌》的歌聲；
海洋上伸出的指引道路的大手；
金銀島繁星下的深夜談心；
羚羊礁火光中的激烈戰鬥。

同樣的人物話語採用不同的表達方式會產生不同的藝術效果，這是「形式」賦予「內容」的新的意義。因此，變換人物話語的表達方式成為作家控制敘述角度、調節敘述距離、變換感情色彩的有效工具。蘇格拉底就對人物話語的不同表達方式進行了研究，將其分為「模仿」與「講述」。他認為「模仿」是直接展示人物話語，「講述」則是詩人用自己的言詞來轉述人物的話語。通常情況下，「模仿」的敘述干預相對較輕、敘述距離較近；「講述」則敘述干預相對較重、敘述距離較遠。在「文革文學」中，「模仿」的成分卻同樣具有強烈的干預性。《虹南作戰史》中關於「模仿」與「講述」的安排就頗有「文革」特色。在敘述虹南初級社分紅會時，只用了一個短小的自然段表現虹南初級社正主任高曲文的講話，而且以「講述」為主，輔之以簡短的「模仿」，突出強調了高曲文與反面人物浦春華是一條線上的。而副主任洪雷生的發言，則以「模仿」為主、講述為輔，三大段的「模仿」與三小段的「講述」（藉以突出聽者的反應）間雜，更好地突出了洪雷生講話的效果與意義。下面選錄的是這三小段「講述」：

這幾句話，雖然講的是大家都懂的道理，卻說得實在。聽得人都點頭。

這幾句話，舉的都是眼前的例子。人們聽得出神。不光是初級社的社員們，就是互助組的組員們，都有切身的體會。有的人一時沒想到，被雷生這一提，都覺得有道理。

洪雷生講完了。一陣熱烈的掌聲。雷生的充滿階級情感的樸素語言，同會場上的大多數人們的思想感情溝通了，融合了。人們情不自禁地拍起手。

從篇幅的多寡、敘說的詳略比較，可以顯見作者的厚此薄彼。小說中還有一處非常簡約的「講述」：「浦春華用大叛徒劉少奇的公私融化論安慰高曲文」，這更是明顯的敘述干擾，從中央到基層畫出了一道「修正主義」和資產階級路線的代理人和影響線路圖：劉少奇→浦春華→高曲文。

三、戰爭文化心理的深重烙印

革命戰爭時期，文學藝術已然成為革命事業頗有戰鬥力的重要組成部分，在建國後的相對和平時期，文藝仍然沿襲了戰時職責，擔綱社會主義建設事業的排頭兵。正如陳思和指出的那樣：「當帶著滿身硝煙的人們從事和平建設事業以後，文化心理上依然保留著戰爭時代的痕跡：實用理性與狂熱的非理性的奇特結合。」他還精闢地闡析了當代文學觀念中戰爭文化心理的三大特徵：明確的目的性和功利性，文學宣傳職能與文學真實性的衝突；二分法思維習慣被濫用，文學製作出現各種雷同化的模式；英雄主義和樂觀主義基調的確立，社會主義悲劇被取消[37]。「文革」時期，文學更是自覺遵奉戰時文化規範，服從、服務於現實政治鬥爭的需要。套用戰爭話語來說，「文革文學」以極端的形式成為現實生活銳利的武器、衝鋒的號角和戰鬥的尖兵。

戰爭話語的大舉「侵入」就是戰爭文化心理在「文革文學」話語層面上的一個表徵。除中國人民解放軍工程兵《桐柏英雄》創作組集體創作、前涉執筆的《桐柏英雄》和鄭直的《激戰無名川》等軍事題材的作品天然填充著軍事詞彙、瀰漫著戰爭氛圍外，其他以反映日常工作、生活為主的作品也留有深深的戰爭印跡。把工農業生產比擬為戰爭是戰爭話語最常見的表現形態。《萬年青》中萬年青大隊黨支部書記江春旺聽到萬年青大隊已包產到戶的謠傳後表現了高度的思想警覺，展現他心理活動的敘述語言就具有鮮明的戰爭話語特色，用了「戰場」、「勝負」、「陣地」等軍事詞彙。

> 包產到戶和反對包產到戶的鬥爭已經全面展開，萬年青不是一個孤立的戰場。這裏的勝負，對這一帶地區的鬥爭，會有一定的影響。他有信心堅守萬年青的陣地，絕不讓包產到戶的惡風在這裏打開缺口，也絕不允許別人製造謠言，打著萬年青的旗號，到別處推波助瀾。

按照包產到戶是「修正主義妖風」和「復辟倒退的資本主義傾向」，而反對包產到戶是堅持人民公社集體經濟、堅持社會主義路線的邏輯推理，將這兩條道路之間的鬥爭比擬為敵我戰爭是「文革」時期合理的基本

[37] 陳思和，《雞鳴風雨》（學林出版社，一九九四年），頁一三至二〇。

思路。縣委書記黃光主張包產到戶，準備召開宣布實行包產到戶的大會，對不贊成包產到戶的江春旺和廣大貧下中農而言，黃光這是「下戰書」、「擺戰場」，必須「應戰」。當大會「挫敗」了黃光強行包產到戶的計畫後，敘述語言仍然運用了戰爭話語——（黃光）「這一仗，還是落花流水似地敗下陣來。」

人物語言應符合人物的身份、閱歷及言說語境，尤其應做到個性化與口語化，老舍曾強調：「對話是人物性格最有力的說明書。」[38]然而，「文革文學」過於注重從人物的政治身份、階級立場等出發設置人物語言和心理活動，甚至往往會出現以作者之言或敘述之言取代人物之言的現象。如此拘泥於理性的邏輯推導是寫不出鮮活的人物語言的。正如德國猶太族文學家阿爾弗雷德・德布林所說的：「每一種語言風格都包含著一種創造力和一種強制性特性，那就是一種形式和一種思想的特性。」[39]「文革文學」的人物語言同樣充斥著戰爭話語，讓人從中更多地感受到對火熱戰爭生活的嚮往和對戰鬥英雄的崇敬。《特別觀眾》的主要英雄人物「特別觀眾」季長春，是從部隊復員到飛躍無線電廠負責音頻技術工作的，敘述人以激賞的口吻這樣描敘他：

在生活上，他還保留著一些部隊的習慣。在思想上，他更從來沒忘記過自己是個戰士。戰士，這是多麼令人驕傲的稱號！他是為戰鬥而生存的，活著就要像條龍，就要為共產主義英勇戰鬥。無論革命的浪濤把他推到哪裏，他都知道怎樣尋找自己的哨位，怎樣尋找進攻的目標。所以，即使在昨晚看戲的時候，也被他發現了「敵情」。

38 老舍，《戲劇語言》，《出口成章》（作家出版社，一九六四年），頁三八。
39 喬・艾略特等，《小說的藝術》（社會科學文獻出版社，一九九八年），頁三一一。

他認為不能按時保質完成試製高傳調音控制桌的任務就像「打了個大敗仗」，「很不光彩」，但若因此而不敢承擔這項任務，就是「對著敵人的碉堡不敢衝鋒」，「更不光彩」。他把這項試製任務的意義上升到「是一場捍衛毛主席革命文藝路線的戰鬥」的高度，他的回答則是斬釘截鐵軍人式的「進攻」二字。話劇《老廠新礦》中青山鐵廠掘進隊在為新礦打通運輸巷道碰到困難時，指導員李軍（作者給這個主要英雄人物的命名便包含了對軍人的推崇心理）與工人洪伢子之間的一段對話，也是典型的戰爭話語：

李　軍　洪伢子，停止工作！

洪伢子　停止工作？指導員，我們是在打仗啊。

李　軍　是打仗。

洪伢子　是啊，你不是常說打仗就是一分一秒，也不能耽擱嗎？現在我們碰到的情況，就好比是碰到敵人的封鎖線，如果我們過不了封鎖線，運不出新礦，那高爐就會停爐啊。

李　軍　不能停爐。

洪伢子　是不能停爐，現在你要我們停止工作，那不是要我們退卻嗎？

李　軍　洪伢子，現在「敵人」封鎖線的火力很猛，如果硬闖，將造成「傷亡」，結果任務還是完不成，你說我們怎麼辦？

洪伢子　那……

李軍還以「火藥味」濃重的話語強調礦山之仗是工業戰線上的一場重要戰役，是「一場自力更生的政治仗、志氣仗，這仗我們一定要勝利。」

《鋼鐵洪流》強調攻克生產國產合金鋼的難關是場「硬仗」，在試煉爭氣鋼的關鍵時刻，廠長白顯舟反對試煉，爐長趙四海鼓勵大家堅持試煉時的一番話語，也將煉爭氣鋼與打仗並提：

趙四海　同志們，你們說，當前方戰士跟敵人拚刺刀的時候，能夠退讓嗎？

眾　不能！

趙四海　當尖刀班眼看就要把紅旗插上山頂的時候，司令員能下達撤退的命令嗎？

眾　不能！

趙四海　現在，正當我們跟帝、修、反爭時間，搶速度的時候，廠長讓我們下馬讓路，這不是讓我們把到手的爭氣鋼給丟掉，把眼前的勝利讓給敵人嗎？煉出爭氣鋼，打擊帝、修、反，這是黨的號召，就是撤職開除，也要煉！

眾　對！

這段以對話面貌出現的「獨白」與《老廠新礦》中的那段對話一樣是典型的「文革」戰爭話語。

「文革文學」不論表現波瀾壯闊的光輝革命歷程，還是風起雲湧的社會主義建設浪潮，敘述語言和人物語言都明顯附著了作者所處時代的現實語境色彩，表現了敘述情感的恣意灌注和戰爭文化心理的強力投射，字裏行間激蕩著國家權力話語的時代強音。敘述人和正面人物則多以真理代言人自居，「指點江山，激揚文字」，刻錄了時代銘紋，帶有濃厚的集體抒寫特色，體現了高度的革命化、政治化特徵。正如福柯所說：「重要的不是話語講述的時代，而是講述話語的時代」。「文革文學」的敘述語言與人物語言大都表現出與主流話語的高度一致，祈望通過這種直接體現政治意圖的話語方式更好地導引讀者的道德評判和價值取向。其實，這些集體意志代言人忽略了隱退至文字背後的「暗中操作」，對讀者情感、道德、價值判斷所產生的無形影響，遠甚於大張旗鼓地以精神導師和政治嚮導身份公然進行的敘述干預。

第二章　敘述功能與理想人格

「文革文學」通過正反人物對比凸顯正面人物，並憑藉成熟型與成長型人物的烘托映襯完成塑造工農兵英雄人物這一社會主義文藝的根本任務。成熟型與成長型人物臻達理想化狀態的行進路徑形質同一，先行者是同行者實現理想化的助推器和加速器。「文革文學」多採用「同向合成」方式塑造出具有「扁形人物」特徵的正面人物，是合乎其時為極左路線異化了的主流政治需求的理想形象。然而，人物形象的藝術性、層次性、深刻性貧弱，成為徒具象徵功能的理念與符號。在煊赫強勁的時代政治規範下，「文革文學」的敘述重點、敘述姿態等方面均烙有鮮明的時代印痕，大到敵我陣營分明的總體人物設計，小到緊契現實政治褒貶傾向的命名方式，都是對「三突出」人物塑造律令的遵從踐行。「文革文學」還不厭其煩地在半碗米飯等細微處做文章，實現了階級鬥爭的日常生活化和日常生活的階級鬥爭化。禮讚毛澤東領導的共產黨的優越性和社會主義新中國的合法性，是「文革文學」緊承官方意欲的敘述動因和預設功效之所在。然而，用政治干預的方式簡化原本推進敘述進程的多種可能，實則削損了藝術感染力，成為廉價而空洞的讚歌。「文革文學」的正面人物塑造經歷了正面人物的英雄化和英雄人物的理想化的雙重神化過程，成為主流意識形態籲求的璀璨光豔的聖人。這在很大程度上歸因於政治權力的革命烏托邦與大眾審美理想烏托邦的兩相契合，以及對浪漫主義創作方法的倚重。

第一節　人物設置：成熟型與成長型理想形象的烘托映襯

「文學是人學」，文學的創作主體、接受主體和主要表現對象都是人。傳統的小說界定強調的也是以人物的塑造為中心，通過完整的故事情節和具體的環境描寫，廣泛地多方面地反映社會生活。[1]中國近代以降的危亡時勢，使文學百餘年來一直被視作療救社會、醫治民瘼的藥餌。「中國文學就這樣自覺地拒絕了休息和愉悅。沉重的文學在沉重的現實中喘息。久而久之，中國正統的文學觀念就因之失去了它的寬泛性，而漸趨於單調和專執。文學的直接功利目的，使作家不斷地把他關心的目標和興趣集中於一處。這種『集中於一處』，導致最終把文學的價值作主流和非主流、正確和非正確、健康或消極等非此即彼的區分。被認為正確的一端往往受到主流意識形態的嘉許和支持，自然地生發出嚴重的排他性。」如此這般不斷強調文學為現實的政治或中心運動服務的必然結果，「是以忽視或拋棄它的審美為代價的：文學變成了急功近利而且相當輕忽它的藝術表現的隨意行為。」[2]

「文革文學」正是這種「受主流意識形態嘉許和支持」，「為現實的政治或中心運動服務」的集中體現。「文革文學」以塑造工農兵先進人物形象為主要意旨，高度重視刻畫符合其時主流意識形態期許的成熟型與成

1　《辭海》（縮印本）（上海辭書出版社，一九八〇年），頁一一〇八。
2　謝冕主編，《百年中國文學總系・總序一：輝煌而悲壯的歷程》（山東教育出版社，一九九八年）。

長型這兩類正面人物形象，期望起到為大眾樹立可效仿的先進人物的典範，並給予通達路徑的啟示的直接現實功利作用。成熟型是先行者，他們屬於定型式人物，在出場之前性格就已確定，直至作品終結，並無什麼變化，只是作者預計突出的理想化性格的主導方面表現得越加充分和全面些罷了；而成長型是同行者，他們屬於發展型人物，人物性格從出場到作品結束有程度和梯度不同的變化。成長型人物具有相對性與階段性，有的在作品中完成了從成長到成熟的衍生，有的則一直處於成長過程的上升階段。《西沙兒女》中的成熟型人物「火種」隊長趙明是程亮從自發走上自覺革命道路的引領者，相對於趙明而言，程亮是成長型人物；但在全書的正面人物形象體系當中，相對於阿寶而言，程亮又扮演著成熟型的角色，是成長型革命女青年阿寶的革命引路人；同樣，阿寶由成長而成熟，影響了周圍的一大批人。總的來說，「文革文學」注重建構或簡或繁的形象體系，正面人物形象多為採用「同向合成」方式塑造出的「扁形人物」。

一、「扁形人物」與「同向合成」

「三突出」是「文革文學」建構形象體系與人際關係的理論基石，除運用正反人物對比手法凸現正面人物之外，還多通過英雄人物與主要英雄人物（在「文革文學」中多具體體現為成長型人物與成熟型人物）的烘托映襯完成《紀要》提出的塑造工農兵英雄人物這一社會主義文藝的根本任務。「文革文學」中的正面人物多具有突出的極端特徵，反面人物則被不同程度的醜化和漫畫化。「文革文學」中的人物多是福斯特在《小說面面觀》中所謂的「扁形人物」，即「依循著一個單純的理念或性質而被創造出來」，「可以用一個句子描述殆盡」[3]的類型人物或漫畫人物，是根據觀念創造出來的純類型人物，具有定型化的特點。「文革文學」中的人物形象描寫具有醒目的階級性，以農村題材的作品為例，正面人物幾乎都是貧農、雇農出身，中間人物多屬於中農階層，反面人物則是地主、富農或暗藏反革命份子的特權與專利，這種人物塑造方式具有公式化和臉譜化的特點。

「同向合成」與「異向合成」是塑造人物形象的兩大方法，二者調配適當，能夠使典型人物既鮮明突出，又豐厚多面。「同向合成」指作者調集各種藝術手段，加強人物的本質特徵，將某些本質方面沿著同一方向增長、強化，從而得到強烈的藝術表現；「異向合成」則指將各個原型性質不同的性格、事蹟結合在一起，使人物的本質特徵不是在同一個方面增長，而是朝不同的方向發展，從而加強形象的多面性[4]。「文革文學」則注重「同向合成」，而忽略「異向合成」。「同向合成」合乎「文革文學」的審美訴求，平面化的「扁形人物」則是其必然伴生物。「文革文學」通過提煉、綜合、藝術誇張等「同向合成」手段，不斷強化革命者的精神品格，同時遮蔽、淡化了其他方面，私人生活，尤其是感情生活，就被視為枝蔓剪除了，人物形象趨於單純化。

在一個正面人物身上進行同向品質的累積，或在成長型人物和成熟型人物的同向行進中疊加映襯，這是「文革文學」正面人物塑造的主要渠道，具體體現在肖像描寫、行動描寫、心理描寫等方面。「文革文學」對正面人物的肖像描寫多注重以下幾方面：

3 愛・摩・福斯特，《小說面面觀》（花城出版社，一九八一年），頁五五。
4 馬振方，《小說藝術論》（北京大學出版社，一九九九年），頁九四。

其一，不同視角中的正面人物均凸顯同樣品質。《萬年青》中主張包產到戶、反對合作社的反面角色縣委副書記黃光眼中的江春旺是「兩道濃眉挺拔威嚴，一雙大眼炯炯逼人」；通過第三人稱限制性視角展現的遭遇逆流的江春旺形象是「兩隻粗壯的胳膊曬得烏黑發亮，輕輕地抬著車把，挺胸抬頭走得穩穩的」；縣委宣傳部部長、縣委下派工作組成員之一的周蘭民眼中的江春旺「神情自如」，「純樸的臉上絕對找不到委屈和抱怨，也看不到痛苦和不滿」……作者通過不同現實身份和政治立場的人的眼睛，始終在同一個方向上塑造了在抵制包產到戶、堅持合作社的抗爭實踐中成長的江春旺形象，確立了一個剛毅、果敢、責任心強、意志堅定、路線正確、方向明確的偉岸革命者形象。

其二，通過成長型人物與成熟型人物的「互視」達到相互映襯的寫作效果。《西沙兒女》就多次採用這種交互襯托的方法，藉成長型人物的眼睛寫成熟型人物，藉成熟型人物的眼睛寫成長型人物。程亮眼中的趙明是「又粗又黑的眉毛，又大又亮的眼睛，臉色紫紅，牙齒潔白」，「胸臂寬厚」，「寬厚的背，閃光的紅彤彤的臉」，一如程亮心中不由讚歎的那樣是「英俊」、「威武」的俊朗形象；通過三個比喻——「像一條海魚在波浪上跳躍」、「像一隻海鷗在雲天中飛翔」、「像高大的桅杆」，寫出了阿寶眼中矯健硬朗的程亮形象；程亮眼中的阿寶則是「猛然長高了，長壯了」，「健康的紅臉，彎細的黑眉，明亮深沉的眼睛」，是積極進取、沉著穩重的革命者形象。

其三，以受影響的群體形象襯托英雄的個體形象。《龍潭虎躍》、《牛田洋》都運用了戰士群像與主要英雄形象相映生輝的表現手法，而主要英雄人物的長相氣質則彷彿是一個模子鑄造出來的：

五三二艦副艦長梁保根，結實的身材，中等個兒，濃眉大眼，方臉龐，穿著一身半新不舊的呢制服，樸實，英俊。

五三二艦像一座小山，威武地停靠在那裏。戰士們人人精神抖擻，個個喜氣洋洋，猶如臨戰前磨刀擦槍一樣，忙得不亦樂乎：運彈藥的，沖甲板的，補給養的，來來往往，熱氣騰騰。

陳大忠一步跨到隊列前，一百幾十個戰士的眼睛，馬上集中到這年青威武的指揮員身上。他，三十上下的年紀，中等身材，不胖不瘦，全身堅實得像鋼鑄鐵打一般。方圓臉，黑裏透紅；一對濃眉給人剛毅的感覺，一雙靈活的大眼睛，飽含著智慧。

《牛田洋》和《西沙兒女・奇志篇》則都有以成長型女民兵群像襯托相對而言是成熟型的正面人物的相同設置：

大家回頭看，只見大堤上屹立著一個姑娘。她，紅衣藍褲，腰間紮著一條寬皮帶，兩條短辮垂在耳邊，背後是一支步槍，手上舉著一隻大螺號，向牛田洋使勁地吹著。

從討海的人群中射出十幾個姑娘，她們一個個都踩著海馬，揹著長槍，立即匯成一個隊伍，向新港方向飛去。十幾條腿一齊起落，像是舞臺上的集體舞，整齊，健美。

霞光裏，跑來一群朝氣蓬勃的漁家女青年。
她們列成整齊的隊伍，一個個精神抖擻，面色特別地莊嚴。
阿寶站立在隊伍的前邊。
她頭戴竹帽，胸掛圍單，腰繫武裝帶，顯出一副颯爽英姿。
她莊嚴地挺起腰桿，用高亢的聲音操練她的隊伍……

人物的一系列彼此相關的動作組成所謂「行為動作的體系」，最能夠體現人物極富特徵的氣質秉性。[5]「文革文學」中正面人物的動作系列體系的特點是性別界閾模糊，主要體現為女性動作的中性化，甚至男性化。《萬年青》有意將相對成熟型的江春旺與成長型的桂英並置在同一個勞動畫面中，雖然由於遵循突出主要英雄人物的「三突出」原則，前者著墨較多，後者著墨較少，但兩人的動作絲毫未顯示出性別差異，都意在通過兩人勞動英姿的映襯展現人物的完美形象。這種女性性別的銷蝕在「文革文學」中比比皆是：《虹南作戰史》中的團支部組織委員張寶珍是個火辣性子，人稱「女張飛」；《牛田洋》中的牛少蘭的動作也是中性化的，「跨出船，踏著跳板，上到岸來，用手往遠處一指」；《萬年青》中的桂英因反對包產到戶準備找黃光理論包產到戶與人民公社的優劣高下時的一連串動作描寫皆具濃郁的性別異化色彩——「一躍身跳出來，把手中的鐵鍬『咣噹』一聲往圈牆邊一撂，雙手重重地一拍身上，短髮一甩，抬腿就走」——活脫脫一派爽直男子的行為舉止。

[5] 傅騰霄，《小說技巧》（中國青年出版社，一九九二年），頁七〇。

「文革文學」在刻畫成長型人物的心理活動時，較多通過直接心理描寫或間接心理描寫表現其成長經歷，凸現成熟型人物的重要影響和榜樣作用。《萬年青》在表現江春旺面臨開展包產到戶還是堅持合作社的鬥爭的心理活動時，用的就是具有顯著「文革」特色的直接心理描寫：「階級陣線清楚了，階級鬥爭的弦一拉緊，什麼事兒不好辦！」還有兩處則是通過江春旺對李文甫言行的反應，間接寫出李文甫這位成熟型革命者對江春旺革命道路的重要影響。一處是間接描寫江春旺遭到重挫後，聽到縣委書記李文甫託金柱帶來「黨相信你，支持你！」的巨大鼓舞後的激動心理：

春旺握著金柱的手，他那寬黑的眉毛伸展了，他那額上特有的皺紋似乎消失了，他那倔強的嘴角在不平靜地抖動，他那似驚似喜的臉上，突地升起一陣紅暈。他渾身的熱血在飛快地滾動，他心中立下千百樣誓言，卻一句話也說不出來。然而，那強大的力量，黨的支持和信任，已經像鋼水一樣流入他心中，鑄成堅強的意志，變為巨大的力量，鼓舞著他去進行任何新的戰鬥。

另一處是表現兩人見面後的相互激賞：

春旺從人群中擠了過來，伸出了雙手。

李文甫趕緊迎上去，用力握住伸過來的雙手，感到滾燙滾燙的。他望著站在面前的江春旺，那麼熟悉的臉，那麼熟悉的眼睛，經過這一場鬥爭，面前的這個同志，對他是更加親切了。

春旺的心撲撲跳動著，他的眼裏滾動著熱淚。如果不是周圍有這麼多人，他早就撲在李文甫身上了。

《西沙兒女‧奇志篇》中有一大段符海龍面對挑釁的敵艦思緒聯翩的直接心理描寫：

他感到南海在憤怒地抖動。
他感到寶島在痛苦地掙扎。
他懷念起南沙太平島上的串串古錢。
他懷念起西沙金銀島上的藍花瓷盤。
他懷念起高大參天的椰子樹。
他懷念起明亮如鏡的水井甘泉。
他懷念起「火種」阿叔高亢的聲音。
他懷念起韋阿公慈祥可親的笑臉。
……
這一切，又使他聯想起跟西沙漁民並肩創業，興建碼頭、高樓、燈塔的日日夜夜，還有跟阿寶同坐在舢舨上的一次出自肺腑的交談。

> 這一切，又使他的心，飛到偉大的首都北京，天安門前，金水橋邊，來自祖國天南地北的英雄和四大洲國際朋友們中間；在那幸福的時刻，他仰望著敬愛的領袖毛主席，默默地立下的要用生命和鮮血保衛祖國的誓言。
>
> 聯想起這一切，戰鬥的豪情，好似烈火在他的胸膛裏燃燒。

從個人到集體、從海島到首都、從國際友人到毛主席……典型的「文革」式遐想，高度濃縮地表現了他成長歷程中受到的方方面面的革命影響。

二、正面人物形象體系的建構

文學作品中的人物如同現實生活中的人物一樣，總是處於各種紛繁複雜的關係之中，組成龐大的人際關係網絡。文學作品，尤其是中、長篇作品，往往會營建嚴密而豐富的形象體系，為通過人際影響塑造人物形象提供了便利。我們可以枚舉數例成熟型與成長型的形象關係影響圖式示意「文革文學」中正面人物形象的建構：

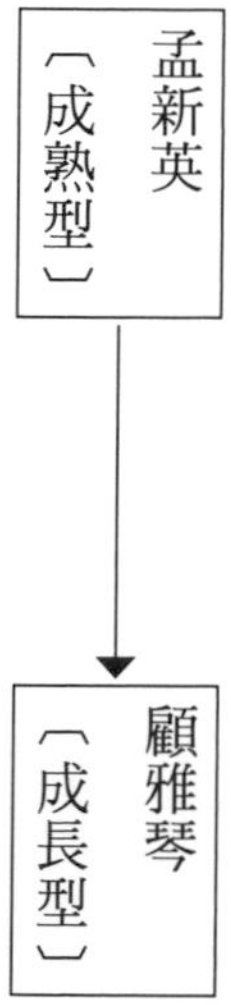

（《孟新英》）

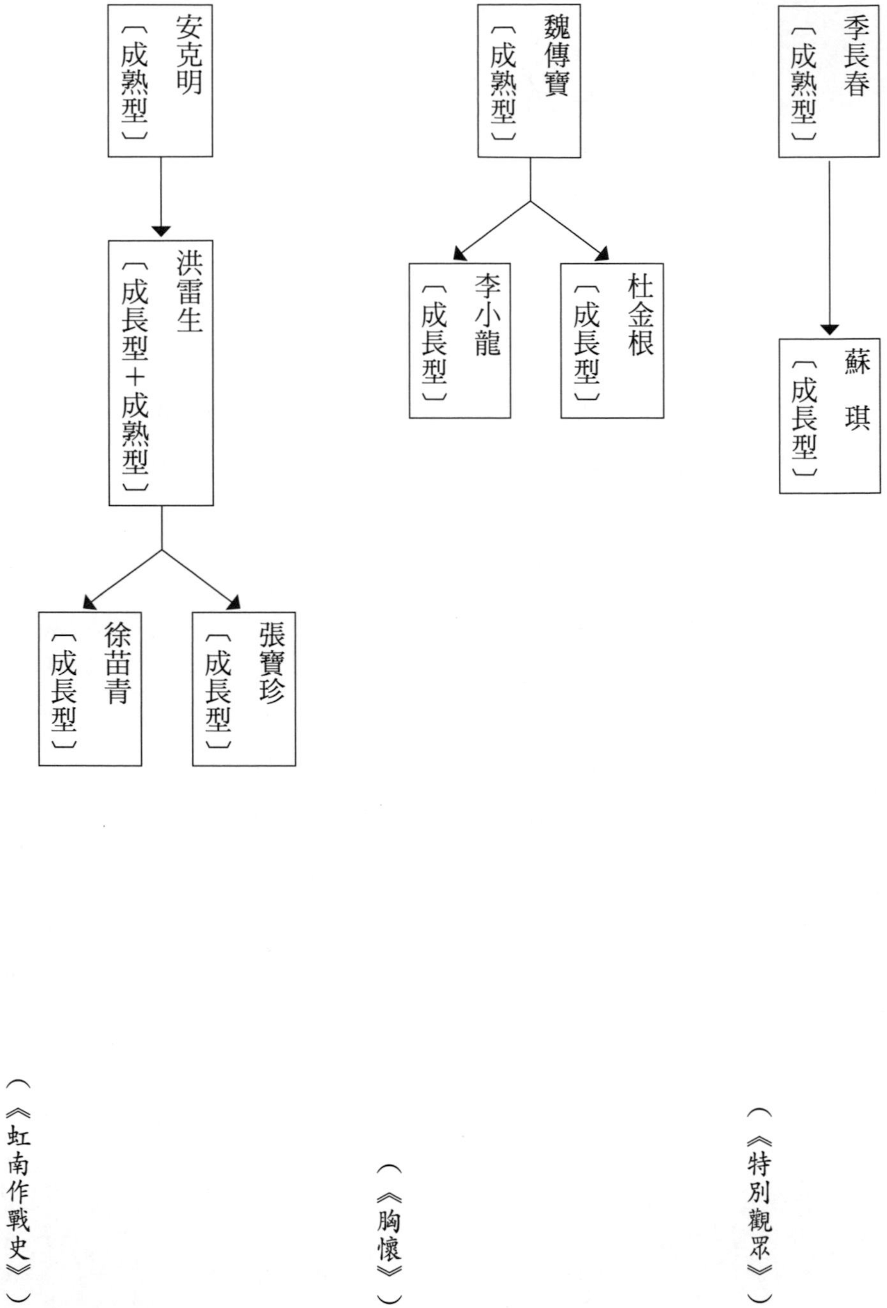
季長春（成熟型）
蘇　琪（成長型）
（《特別觀眾》）
魏傳寶（成熟型）
杜金根（成長型）
李小龍（成長型）
（《胸懷》）
安克明（成熟型）
洪雷生（成長型＋成熟型）
張寶珍（成長型）
徐苗青（成長型）
（《虹南作戰史》）

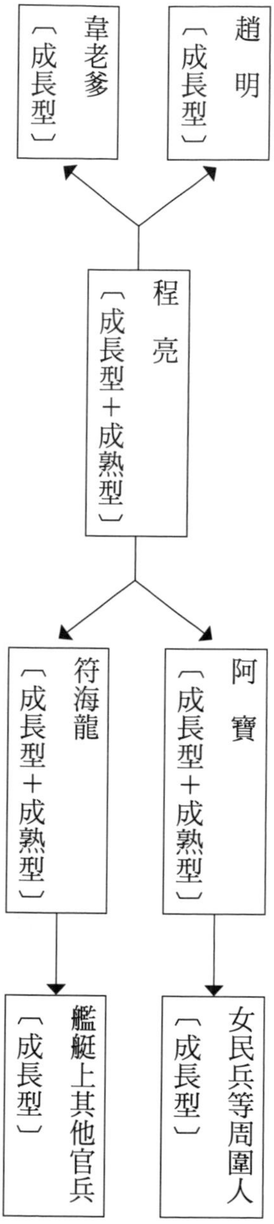

（《西沙兒女》）

通過「文革文學」人物命名方式也可以管窺人物形象體系建構的正反對比，以及成熟型人物與成長型人物相互襯托的特點。結構主義認為符號具有任意性，能指與所指之間不存在必然聯繫。正如莎士比亞所言：「一朵玫瑰即使換上另外的名稱也照樣能發出芳香的氣味。」然而，文學作品中的人物命名卻並非如此。大衛・洛奇認為：「小說中的人物名字從來都不是毫無意義的，總帶有某種象徵意味，即便是普通名字也有其普通意味。喜劇、諷刺或說教型作家在給人物命名時總是具有非凡的創造性或明顯的諷喻特徵。現實主義作家喜歡用帶有一定涵義的世俗名字。總之，在刻畫人物過程中命名也是創作的一個重要組成部分，要考慮很多方面，有時頗費心思。」[6]中國傳統小說就偏好在人名上做文章，《金瓶梅》、《紅樓夢》中的人物姓名就大都具有雙關語義，除人物指代符碼功能外，另附有對人物的身世遭際、性情才分或寫作旨趣的暗示功能。

6 戴維・洛奇，《小說的藝術》（作家出版社，一九九八年），頁四〇。

「文革文學」中人物的命名也多具有暗示功能，最典型的莫過於高大泉（諧音為「高大全」）。雖然浩然本人極力否認這種聯繫，強調《金光大道》的構思及人物名字在「文革」之前就已確定——「早在五十年代就寫過大綱，文化大革命前寫出草稿，人民文學出版社的編輯謝思浩同志翻閱過，至今我還保存一部分原稿，『高大泉』等人名和書名，都是當時擬定的。」[7]「文革文學」對成熟型和成長型人物的全力謳歌，從人物的命名便可窺斑見豹。不少「文革文學」人物命名一看便可明確判斷其敵我陣營之歸屬，這與現實生活的取名趨向有關聯。新中國成立以來，現實生活中的人們多喜歡以政治標準來給孩子取名，「文革」時期，此風更是越演越烈。毛澤東接見紅衛兵時，建議某高校女生宋彬彬改名為宋要武成為經典的「文革」掌故，許多城市、街道、工廠等也紛紛更改為革命性、政治性、戰鬥性顯著的名字，以表忠心和決心。今天看來，「文革文學」這種人物的命名方法過於單調、直白、淺露，卻饒富時代特色。就敘述功能而言，「文革文學」的人物命名主要有以下幾種類型：

其一，身份確認與情感褒貶。

「文革文學」常見的人物命名方式是按照人物的現實政治身份和階級出身設置相應的名字，以進行身份確認並顯示作者的情感褒貶。凡是正面人物的名字多是彰顯革命色彩的鏗鏘有力型，或與人物的身世經歷密切相關的苦難記憶型。如《西沙兒女‧正氣篇》中的無產階級革命英雄形象名為程亮，對其成長有重要影響的成熟型英雄人物「火種」隊長則叫趙明，顯而易見二者的關聯及其寓意在於趙明點亮了程亮前行的革命道路；《海

7 轉引自楊鼎川，《一九六七：狂亂的文學年代》（山東教育出版社，一九九八年），頁九四至九五。

霞》給解放軍排長後任同心鄉鄉黨委書記的英雄人物命名為方世雄；中型歌劇《心紅眼亮》中某縣中醫院眼科醫生、黨支部委員、全心全意為老百姓治病的好醫生叫陶紅雲，農村的赤腳醫生叫莊為農；《虹南作戰史》中的「保地」是貧農的後代，爺爺為保住荒草灘上的兩畝地給他取了這個名字，但這個微渺的願望在舊社會卻無法實現，土地仍舊被地主霸占，只有在加入農業社後「保地」才真正保住了土地。

反面人物的名字本身或諧音則多與已醜化了的人物形象相貼合，具有諷刺意味，並多以其名字中對財富占有量的多寡來暗示其現實身份。如《西沙兒女・正氣篇》中的漁霸夏雲雅擁有一個諧音綽號「鯊魚牙」，他的二管家則叫獨眼蟹，書中還對獨眼蟹進行了釋名——「顧名思義，本來螃蟹走路就不正，加上獨眼，更加橫行霸道」；《海霞》中的反面人物漁霸叫陳占鼇，其走狗叫尤二狗，尤二狗之妻叫臭三島；《虹南作戰史》中的富農叫賴富財；革命現代越劇《半籃花生》中的摘帽地主叫王有財；荊河戲《紅哨兵》中的逃亡地主、偽保長則有一個反諷意味頗濃的名字——馬仁。其他人物的命名也準確體現了各自的現實身份，如中農的名字多表現其自私自利的一面和對財富的追逐欲望。《西沙兒女・奇志篇》中的老中漁鄭安，安於個人利益，打小算盤，自私糊塗；《萬年青》中的關啟，本應劃為中農，因添了兩口人而劃為了下中農，他給自己的三個兒子分別取名為「滿囤」、「滿倉」、「滿垛」。

其二，階級仇恨與教育意義。

電影文學劇本《海霞》有關海霞父親「李八十四」這個奇怪名字來歷的鋪陳是表現敵我兩大階級陣營深仇大恨的重要細節。海霞父親十二歲時押給漁霸陳占鼇當漁工換了一百斤番薯絲，回家過秤發現只有八十四斤，為了記住這筆債，遂改名為「李八十四」，用黎汝清原著《海島女民兵》中的話說，改名的目的是為了記住這「仇恨和苦難化成的名字」。《彈著點》中的蕭坦克本來因為「生得矮，長得胖，又粗又壯，勁頭大，嗓門高，說話嗡隆嗡隆響，再加上火星子脾氣，以往在民兵班裏常常沒頭沒腦地橫衝直撞」而得綽號「坦克」。入伍時，縣人武部認為：「消滅帝、修、反，正需要坦克。」依然保留了這個名號。而團長強調的是：「沒頭沒腦橫衝直撞可不行，要有頭有腦，看準方向直衝直撞才行。」小說通過成熟型正面人物團長對成長型正面人物蕭坦克的釋名，賦予了「蕭坦克」這一戰爭色彩濃厚的姓名以革命方向的教育意義。《西沙兒女・正氣篇》中程亮給自己的女兒取名阿寶，體現了男女平等意識，也是對阿望、符阿婆等周圍人的教育：

古往今來，為什麼這麼多的人都嫌棄女仔？財主惡霸這般看，我們窮人也昧著心跟著這樣看嗎？這對理嗎？再不能這樣接續下去了！從我這一代人起個頭，要扭轉這乾坤，要打碎這傳統！窮漁家的男仔是寶，窮漁家的女仔也是寶——靠她接根，靠她爭氣，靠她埋葬這個吃人的世道！所以，我下了決心，要用自己的性命保護我家女仔。今日當著眾人的面，給我家女仔起個名字，就叫阿寶！

其三，革命志向與美好祈願。

《朝霞》中的葉美麗在「文革」大串聯時到了南泥灣，一位素昧平生的大爺受到山間「通紅」的楓葉和「鮮紅」的紅衛兵袖章的啟發，建議她改名為「葉紅」，葉美麗欣然接受。

在無產階級文化大革命大串聯的時候，葉紅步行長征來到南泥灣。那天，她站在一座小山的山坡上，正出神地凝望著山間的紅楓。一個鬚髮花白的老大爺健步走過來，出神地凝望著葉紅臂上那鮮紅的紅衛兵袖章。不知過了多久，這一老一小的兩雙眼睛突然碰在一起了，葉紅靦腆地微笑著，老大爺深情地問道：「孩子，你叫什麼名字？」葉紅回答說：「葉美麗。」「葉美麗？」老大爺深思了一會問：「你喜歡這通紅的楓葉嗎？」「我太喜歡了。」「那你的名字改成葉紅不好嗎？」葉紅興奮地說：「太好了，老大爺，你就叫我葉紅吧。」

這一段「改名」情節，今天讀來覺得牽強、生硬，不大符合人之常情。但「紅」是具有革命傳統意味的特殊政治色彩物語，不僅在「文革」時期，在整個中國共產黨領導的革命戰爭年代和社會主義建設時期，都一直被寄寓了革命、奉獻、先進等積極的象徵意義。從具有資產階級色彩、俗氣的名字「葉美麗」到具有革命象徵意義的「葉紅」，絕不只是名字元碼的簡單轉換，更加昭示了紅衛兵思想境界的提升和革命意志的強化。《初春的早晨》特地談到「文革」開始後，包小蘭礙於自己的姓氏「包」與「保」同音，而鄭重宣布從此不再用姓氏，就直接叫「小蘭」。通過對姓氏的棄之不用，突出革命小將強烈的叛逆精神和堅定的革命意志。《前進，進！》中工人出身的丁文娟在「文革」中懂得了造反有理，掌握了新的鬥爭哲學，遂改名為「丁敢闖」。《萬年青》中滿倉媳婦的名字「照男」的寓意是「長大了照男的一樣有出息」。《海霞》中劉大伯從海上抱回棄嬰時適逢「天邊露出一線朝霞」，因而起名「海霞」，海霞的名字與父親「李八十四」名字由來的對比，表現了對新生活的嚮往和革命成功的期盼。

綜觀「文革文學」人物形象體系的建構，大到敵我陣營分明的總體人物設計，小到緊契現實政治褒貶傾向的人物命名，都是對「三突出」人物塑造律令的遵從踐行。「文革文學」依託「同向合成」手法全力塑造具有鮮明階級性的類型化、漫畫式「扁形人物」，並通過成熟型與成長型正面人物的相互襯映，強化了合乎為極左路線異化了的「文革」主流政治需求的理想形象。這種正面人物形象的塑造無疑存在著簡化和提純的一面，導致了人物形象的藝術性、層次性、深刻性貧弱，成為徒具象徵功能的理念與符號。

第二節　行進路徑：先行者與同行者理想化軌跡的形質同一

「文革文學」中成熟型與成長型兩類正面人物的理想化軌跡，即臻達理想化狀態的行進路徑，是形質同一的。一般而言，前者的理想化軌跡在作品中是刪節或簡略呈現的，甚至是空白和缺失的，是已然如此的狀態；而後者的理想化軌跡則得到了正面翔實地展現。成長型人物往往是在成熟型人物言傳身教的感召和引領之下步入當時主流政治意識形態預設的理想狀態。先行者是同行者實現理想化的助推器和加速器，先行者的理想化軌跡是隱在的，潛藏於深受其影響並赫然顯現的同行者的理想化軌跡之中。在很大程度上，我們甚至可以說，同行者的今天就是先行者的昨天，而先行者的今天就是同行者的明天。「文革文學」中的同行者其實是由不同梯級的人物組成的，有的幾近完美，稍加點撥即成「英雄」，如《紅燈記》中的李鐵梅、《虹南作戰史》中的洪雷生、《西沙兒女》中的程亮、《萬年青》中的江春旺、《海霞》中的海霞等；有的大體甚佳，小節略嫌不足，經過一次或數次教育便趨於理想化，如《杜鵑山》中的雷剛、《激戰無名川》中的吳興良、《萬年青》中的鄧大牛等；有的思想覺悟、實際行動雖與理想化狀態差距較大，但經過多次鬥爭的錘鍊，最終也都自覺自願地「在路上」了，如《海港》中的韓小強、《牛田洋》中的謝文和、《特別觀眾》中的蘇琪等。總之，這些人物「在成為英雄之前須從不同的方面暴露其各種各樣的缺點，以示其成長改造的必要，讀者在其鏡式映射中反觀自身然後獲得啟示或覺悟。」[8]他們的具體成長經歷雖各不相同，有的神清目明、方向明確，有的一時迷茫、終見曙光，但都體現了中國共產黨和毛澤東思想朗照下社會主義新人的理想化進程。

一般來說，人物與情節總是緊密相連的，而「情節作為人物間相互關係的一系列事件的發展過程，是人物性格發展的歷史。」[9]「文革文學」主要通過以下幾種典型的具體情節設置來體現成長型人物作為同行者的理想化路徑：一是毛澤東思想的宣教，強調同行者用心學習毛澤東著作，牢固掌握毛澤東思想，時刻銘記毛澤東教導；二是由先行者、長輩或其他人「痛說家史」、講述艱險的革命鬥爭故事，這些「家史」和故事中蘊含的階級鬥爭的舊仇新恨和先驅者的豐功偉績進一步煥發了同行者的革命鬥志，催生革命激情，堅定革命信心，鞏固革命意志；三是暗藏的階級敵人惡意製造的事故、人民內部個別思想不堅定者被敵對份子利用釀成的事端等錯綜複雜的現實鬥爭對同行者的理想化具有巨大的現實教育意義。在「文革文學」的理想化通衢中，毛澤東無疑是全國人民的最高引路人，作品中的先行者則是具體的指引者。上述第一大路徑是政治思想保證，第二大路徑是歷史傳統教育，第三大路徑則是現實激發，三者的結合可謂是「文革文學」表現正面人物朝著理想化目標挺

8 孟繁華，《眾神狂歡：世紀之交的中國文化現象》（中央編譯出版社，二〇〇三年），頁六三至六四。
9 饒芃子等，《中西小說比較》（安徽教育出版社，一九九四年），頁九八。

進的三大「法寶」，尤其是前兩條可謂是同行者實現理想化升騰的羽翼。

一、毛澤東思想的宣教：先進思想和正確路線的保障

「文革文學」充斥著正面人物認真學習馬列毛著作的場景描摹和情節設置，老幼男女咸無例外。《牛田洋》特意展示了一群大媽大嬸學習毛澤東著作的場景：「玉港大隊張作田的家，臨時托兒所，張阿媽和另外幾個阿姆、阿嬸……圍坐在天井旁的一張小圓桌周圍，專心致志地聽著張阿媽讀《紀念白求恩》。張大媽逐字逐句地讀，阿姆、阿嬸們一字一句地聽，邊讀，邊聽，邊議論，讀得清楚，聽得認真，議論熱烈。」《鐵面無私》也突出了房東大娘學習毛澤東哲學著作的細節。《閃閃的紅星》則多次強調年幼的潘冬子對《列寧小學課本》的珍視。李心田的原著著意進行了如下設置：吳修竹贈給冬子《列寧小學課本》；宋大爹給他講書中的革命道理；趙叔叔二度贈書並告誡冬子：「要利用晚上時間看點書，多懂點革命道理，多長點知識，將來幹革命都是有用處的。」冬子在鍾師長處學習毛澤東的《為人民服務》。四位身份不同的先行者都注重從加強思想教育的向度培養冬子這位革命接班人，希望他藉此掌握好革命航向。電影文學劇本《閃閃紅星》只是把贈書人由吳修竹改成了潘行義，此外，更加突出了冬子對《列寧小學課本》的珍愛和親近：胡漢三回來了，冬子在緊急撤離時，還不忘帶走《列寧小學課本》；他一邊燒水還一邊認真學習《列寧小學課本》。

極力宣教毛澤東思想是「文革文學」的核心敘述功能，主要有以下幾種表現方式：

其一，第一品質。

「文革文學」的一大特色景觀是大段引述毛澤東語錄，而且在形式上還特地遵從「文革」規範，採用黑、

粗、大字體，以示區別於其他文字的至尊地位。尤其在「文革文學」典範文本——《虹南作戰史》和《牛田洋》中體現的最為充分。在「文革文學」中，學習毛著是正面人物必須具備的第一品質。先行者牢固掌握毛澤東思想，時刻銘記毛澤東的教導，注重宣教毛澤東思想，並對同行者自覺學習毛著產生了重要影響：方書記教導海霞學習毛澤東著作，學會用毛澤東思想武裝頭腦（《海霞》）；程亮一遇到問題，尤其是開展重大而艱巨的工作之前，總要事先習讀毛澤東著作，從偉大領袖的教導中尋找方向、方法和力量，阿寶也仿效他，認真研讀毛著（《西沙兒女・奇志篇》）；生產隊長趙宏亮在擔任大隊黨支部書記、哲學輔導員的父親趙海泉的影響下學習毛著（《永無止境》）；陳福康受春霞影響學習毛著（《青出於藍》）等。

《虹南作戰史》中的先行者安克明在感慨「《毛澤東選集》實在印得太少了」之後，贈送給同行者洪雷生一套《毛澤東選集》，並引導他學習毛澤東的《中國社會各階級的分析》和《怎樣分析農村階級》，使洪雷生明白了什麼叫做兩極分化。洪雷生又激發了其他同行者學習毛著的熱情，如龍三就向洪雷生借閱毛澤東的《中國社會各階級的分析》和《怎樣分析農村階級》。小說還用了近十頁的篇幅敘寫洪雷生「如饑似渴地反覆學習」《關於農業合作化問題》，並突出了一「點」一「面」。「點」即是強調在洪雷生反覆學習、體會、思考《關於農業合作化問題》的同時，安克明也在學習《關於農業合作化問題》；「面」則通過「毛主席《關於農業合作化問題》的傳達，極大地鼓舞了虹南村的廣大貧下中農」，反映了群眾熱心學習毛著的情況。「文革文學」中正面人物學習毛著的特寫比比皆是：羅國生深夜仍在學習《毛澤東選集》（《牛田洋》）；陳大忠誠懇地邀請李一民一同學習毛澤東的《論持久戰》（《牛田洋》）；向梅學習《實踐論》（電影文學劇本《青松嶺》）；四海學習毛澤東親自批示的《鞍鋼憲法》和《毛澤東選集》第四卷（電影文學劇本《火紅的年代》）；春霞認真學習馬列毛著作（《青勝於藍》）；馬基光在宿舍裏攻讀毛澤東著作（《助手》）。

而不注重思想學習往往成為中間人物的主要缺點之一，如電影文學劇本《青松嶺》以不參加或少參加學習八屆十中全會公報為由批評孫福。擔任領導職務的中間人物不僅不注重思想學習、放鬆階級鬥爭的弦，還主張唯生產論，只關心經濟生產，因而極易被階級敵人牽著鼻子走，差點要中或已經中了破壞者的奸計。如《鋼鐵洪流》中的廠長白顯舟、《海霞》中的生產隊長雙和等。反面人物或準反面人物則非但不學習毛澤東思想，還深受劉少奇等「修正主義」思想毒害：《牛田洋》中的陶才就愛讀劉少奇的《論共產黨員的修養》，《虹南作戰史》中浦春華的講話精神則體現了與劉少奇思想的密切關聯，幾乎可以被視為劉少奇「修正主義」路線的基層代理人。而《牛田洋》中謝文和轉變與成長的重要標誌之一就是開始認真學習毛著。作品中對謝文和一遍又一遍地學習和實踐毛澤東的教導有幾處著墨頗多的細描鋪陳，強調他通過學習認識到：「過去，就是因為不認真讀書，分不清真假馬列主義，辨不清是非，這才偏離了毛主席的革命路線，犯了錯誤。」

其二，學習姿態。

「文革文學」中的正面人物是以虔誠得幾近膜拜的姿態來學習毛著的，體現了對毛澤東這個其時被神化為「人民救星」的救世主帶有狂熱宗教情感的「感恩」心理。李心田著《閃閃的紅星》中的冬子「雙手捧起那本《為人民服務》」，電影文學劇本中的冬子「喜愛地望著課本封面上那顆鮮豔的紅星」，「把書本貼在胸前」，表現出一種對毛著的親近。《虹南作戰史》中的洪雷生娘兒倆平時只點一根燈草，但在洪雷生晚上學習毛著時，洪媽媽會主動給他添一根燈芯，因為在她對毛著的樸素情感中，「兒子念毛主席的書，這是大事」。《海霞》中的方指導員抱病學習毛著，在方指導員和戰士們的教育下，海霞也開始自覺學習毛著，一字一句地唸著《為人民服務》。文本中還有一個海霞學習毛著的經典造型——「海霞手裏緊緊握著毛主席著作，迎著狂風挺立著。」

「文革文學」表現正面人物，尤其是通過同行者眼中表現先行者學習毛著的認真程度出奇地一致，有靜態呈現和動態表現兩種方式。靜態呈現主要是認真做好閱讀記號和筆記，如阿寶發現程亮看過的《青年運動的方向》「用紅鉛筆畫著許多重點符號」（《西沙兒女・奇志篇》）；潘冬子發現鍾師長看過的《為人民服務》「用紅筆畫著些記號」（《閃閃的紅星》）；陳福康發現春霞讀過的《為人民服務》「點點畫畫的做了很多記號」（《青勝於藍》）；呂老師發現江勇剛的筆記本上密密麻麻地寫滿了學習馬列和毛澤東著作的心得（《遲到》）；秦華「光《反杜林論》的學習筆記她就寫了這麼厚」（《暗礁》）。動態展現的多是學習的認真模樣，如程亮夜讀毛著，燈油都熬乾了，阿寶在他的影響下，也以極為認真的態度學習毛著，「讀了一遍，思考一陣，又讀一遍，這才洗臉、梳辮子，又滿懷信心地往外走」（《西沙兒女・奇志篇》）；洪雷生在安克明處「如饑似渴、爭分奪秒地學習《中國農村的社會主義高潮》，尤其是毛主席寫的序言和按語」（《虹南作戰史》）；對八屆十中全會公報，李一民是「一字一句地看」，陳大忠也是「從頭至尾地讀了一遍」（《牛田洋》）；浩然描摹了黃久明學習態度的認真嚴肅——「端端正正地坐在炕頭上，兩手捧著一本《毛澤東選集》正在看。他看得那麼會神，表情嚴肅而又自豪。」（《幸福源》）

其三，學習動機。

「文革文學」中正面人物學習毛著的首要目的是為了深刻領會毛澤東思想，更好地投身於社會主義革命建設事業。海霞堅持刻苦學習的力量「就是為了看懂毛主席的書」，「誰要教我幾個字，給他磕八個響頭我也幹」。海霞認為民兵排成立婦女識字班的目的就是「為了叫大家明白革命道理，為了讀毛主席的書」（《海島女民兵》）。趙志海要求全師搞一次戰備生產的政治教育，組織大家學習毛澤東的《組織起來》、《論軍隊生產自給，兼論整風和生產兩大運動的重要性》等幾篇「光輝著作」，弄清生產與戰備的關係，提高大家執行毛澤東建軍路線的自覺性，把那股子積極要求上前線殺敵的勁頭，用到牛田洋攔海造田上，完成上級交付的任務。陳大忠為解決工作中遇到的困難，「很自然地打開毛主席著作，結合目前實際情況」，反覆研讀《論持久戰》關於人和武器的關係的論述，「進一步弄通了在共產黨的領導下，只要有了人，什麼人間奇蹟也可以創造出來的真理。」李一民激動地把八屆十中全會公報喻為「及時雨」，並表態「一定認真學習，提高階級鬥爭和路線鬥爭的覺悟，把青石山這場鬥爭進行到底」（《牛田洋》）。

其四，學習成效。

毛著在「文革文學」中具有無比神奇的超凡能力，只要學習毛著，一切問題，哪怕是天大的困難，都能迎刃而解，而且毛著的這一強大威力是極為靈驗的，一學就立馬生效。洪雷生學習毛著的心得是「文革」毛著神力的典型體現：「越學越覺得心明眼亮，長時期以來積在腦子裏的許多問題，現在一下子感到理出一個頭緒來了。」他在農業合作化運動的革命實踐中積累了大量感性材料，「經過《關於農業合作化問題》的學習，這些感性材料迅速上升為理性認識」。「長期來在腦海裏不斷盤旋著的問題，現在彷彿一下子找到了總答案了。」（《虹南作戰史》）「文革文學」毫無創造性與想像力地一再把毛著的偉力比擬為「鑰匙」、「明燈」、「太陽」、「燈塔」之類的。八屆十中全會公報「像一盞明燈，把大家的心照得通明透亮」。「公報像一把鑰匙，打開了陳大忠的心竅。」（《牛田洋》）潘冬子在鍾師長處看到《為人民服務》時的生理和心理反應是：「一股暖流通過我的全身，心頭像升起明亮的太陽。」（李心田著《閃閃的紅星》）陳福康看到《為人民服務》時，也是「心潮澎湃，思緒萬千」，明白這是青年「成長的根本，前進的燈塔」（《青勝於藍》）。曉華爹、曉華娘認真學習《矛盾論》，由衷慨歎：「毛主席的寶書讀千遍，讀萬遍，越讀眼越亮，越讀志越堅，紅日心頭照，真假能分辨。」「毛主席的哲學思想真像一把金鑰匙，打開了我的心竅！」（革命現代越劇《半籃花生》）趙海泉認為毛澤東的哲學思想是把金鑰匙，教育細滿等人學會用毛澤東哲學思想分析山塘漏水的原因（小話劇《永無止境》）。

其五，學習方式。

「文革文學」中除了凸顯正面人物以個體姿態認真學習毛著外，還多次強化表現同行者群體性學習毛著的場面。這種「集體學習」場景的敘述目的在於既突出群體效應，又表現了先行者與同行者之間的良性影響關係。

阿寶叫亞娟等人學習毛著和政治理論，很快在西沙金銀島成立了第一個毛澤東著作學習小組（《西沙兒女・奇志篇》）；民兵每週至少進行一次政治學習，對毛澤東講的和民兵有關的話，差不多全都能背下來（《海島女民兵》）；趙海泉要把學習毛澤東哲學思想的群眾運動推向一個新的高潮（《永無止境》）；方紀雲建議向梅組織大家學習《愚公移山》和《為人民服務》（電影文學劇本《青松嶺》）。洪雷生組織帶領互助組成員學習毛澤東著作，「一字一句的給他的互助組員們朗讀毛主席的《中國社會各階級的分析》和《怎樣分析農村階級》」，「讀一段，討論一段，再議議本村的情況」。互助組成立大會上，洪雷生又領大家再一次學習《怎樣分析農村階級》，還打算開個農會委員、團支委、小組長會議，學習毛澤東的《組織起來》這篇「光輝著作」，以「結合改良棉豐收，掀起一個宣傳社會主義道路優越性的高潮」。洪雷生和寶珍、龍三等人從全社的貧下中農子弟中挑選成立了青年隊，認真學習《中國農村的社會主義高潮》等毛著（《虹南作戰史》）。

二、歷史記憶的時代闡釋：痛說家史與戰鬥故事的激勵作用

在煊赫強勁的時代政治規範下，「文革文學」中呈現的革命歷史記憶經過了政治網篩的過濾，敘述話語、敘述重點、敘述姿態等方面均烙有鮮明的時代印痕，具有鮮明的意識形態性。痛說革命家史與重溫戰鬥故事就是「文革文學」典型的敘述情節設置，並對所敘內容做出了符合「文革」主流政治需要的時代闡釋。

其一，痛說革命家史。

「文革文學」通過「痛說家史」敘說「舊仇」意在增添「新恨」，最終服務於現實政治闡釋的需要，讓人們擦亮眼睛，不要忘記慘痛的歷史教訓，不要安逸於和平生活的表象，而要珍惜大好的革命果實，繃緊階級鬥爭弦，強化階級意識和鬥爭觀念，涇渭分明地劃清階級陣營，更好地辨識新的時代境遇下階級關係的新動向和新的鬥爭形式，善於發現並積極參與階級鬥爭，堅決捍衛革命勝利局面。

「痛說家史」是「樣板戲」常見的概述性設置，大體可以分為主動型與「誘」說型兩種情況。前者如《紅燈記》中李奶奶和《龍江頌》中盼水媽的「痛說革命家史」，都是為現實情勢促動有感而發的主動訴說。尤其是李奶奶的訴說再現了李玉和在「二七」大罷工中的英勇鬥爭歷史，也有益於突出李鐵梅的每一步成長都折射出了李玉和的精神力量和革命影響。後者如《智取威虎山》中的小常寶、《沙家浜》中的沙奶奶則分別是在楊子榮和新四軍戰士小凌、小王的循循善誘或懇切敦催下訴說家史。小常寶在楊子榮的感召下，不再裝扮啞巴，而是痛快淋漓地控訴血淚家史——「八年前風雪夜大禍從天降！座山雕殺我祖母擄走爹娘。夾皮溝大山叔將我

收養，爹逃回我娘卻跳澗身亡。娘啊！避深山爹怕我陷入魔掌，從此我充啞人女扮男裝。」她迫切要求「討清八年血淚帳」，「恨不能生翅膀、持獵槍、飛上山崗、殺盡豺狼」！這兩種情況在敘述意圖上並無多大差別，都是為了達到雙重目的：進一步確證階級敵人的狠毒險辣和被壓迫者在舊社會的水深火熱處境，藉此匯聚並強化訴說者和傾聽者的階級仇恨意識；張揚感恩心理，直接或間接地印證並宣揚毛澤東、共產黨是拯救勞苦大眾掙脫苦海的救星。

在「樣板戲」的表率作用下，「文革文學」大量出現了「痛說家史」的情節設置，主要有以下三大敘述功能：一是通過回憶窮苦貧困的家史，追溯其根源在於階級剝削和階級壓迫。如程亮對前來幫助接生的符阿婆訴說自己和妻子經歷的種種磨難（《西沙兒女・正氣篇》）；郭子坤講述秦寶昌的家史（《初春的早晨》）；車爺爺回憶苦難的童年生活和共產黨的引路（《車家新傳》）。

二是通過控訴苦難史和血淚帳激發現實階級仇恨。如程亮想起符阿婆二兒子出海被日本鬼子的巡邏小兵艦撞死的慘痛歷史，仇恨史、血淚史激勵他更加堅定地投身於現實革命鬥爭（《西沙兒女・正氣篇》）；牛少蘭之父牛阿進痛說家史和對許魚虎的血債仇恨（《牛田洋》）；東風公社貧農社員周大媽講述四十三年前被地主婆用銀頭簪刺瞎雙眼的慘痛身世（中型歌劇《心紅眼亮》）；老貧農劉大伯從老病說起舊社會留下的血淚帳，「階級仇血淚恨銘刻胸膛。憶苦思甜我紅心向黨，跟著毛主席永向前方」（荊河戲《紅哨兵》）。

三是通過從個體仇恨上升到集體仇恨，體現了鮮明的階級立場。這種仇恨意義的昇華主要以兩種方式體現：（一）先行者的點化，如程亮尋找紅軍時奇遇韋老爹，當他把家世遭遇告知韋老爹時，韋老爹引導他不要只看到自家的苦難——「我們國家大，窮苦人數不清，世世吃苦，輩輩遭難，大仇大恨，比這南海的水還要深，你不要光看著自己家那一點一滴。」（《西沙兒女‧正氣篇》）。（二）群體反應，由傾聽者變為訴說者，由個體言說變為集體敘說。如在鬥爭漁霸陳占鼇的大會上，海霞「滿腔仇恨，憤怒地控訴」陳占鼇害死劉李兩家五口人的罪行，激起群眾高呼口號（《海霞》）。張作田之母張阿媽痛說張作田的阿爺、阿爸在日本鬼子的迫害下喪生，「張阿媽的控訴，使大家心裏充滿了對毛主席、共產黨的無限感激，更加激發了保衛無產階級專政的鋼鐵決心」（《牛田洋》）。徐土根詳細講述了他爺爺被姜有貴、姜官寶毆打致死的情況，「徐土根的血淚控訴，把周圍的貧下中農對舊社會、對大土匪的滿腔仇恨都引出來了。這時，姜有貴墳山的周圍，已是裏三層、外三層，擠了個水泄不通，人們有的穿到前面來控訴，有的就在人堆子裏講自己的悲痛家史……前後足足控訴、揭發了兩個多小時」。洪媽媽痛說家史後，眾人群情激憤高呼口號：「不忘階級苦，牢記血淚仇！」「翻身不忘共產黨，幸福不忘毛主席！」（《虹南作戰史》）這兩句口號是對「文革文學」中反覆出現的痛說家史情節的敘述功用的最佳詮釋。

不僅是戲劇、小說等敘事性極強的文體採用「痛說家史」的情節設置，就是張永枚的詩報告《西沙之戰》這類敘事性相對較弱的雜交性文體也在「樣板戲」的楷模示範下，仿效搬挪了具有同一敘述意旨的情節設置：

阿沙老船長，
出身苦漁家，
世代浪裏闖。
漁霸逼稅打死了阿爹，

阿媽懷他流浪遠海上，
船泊西沙生下他，
取名阿沙記下血淚帳。
毛主席，共產黨，
救他出苦海，
漁工當船長；
文化革命的暴風雨，
使他像戰刀又淬火，
鋒刃加了鋼。

這段血淚家史的回溯將阿沙的苦難史與成長史合為一體，不僅烘托了毛澤東、共產黨救民於苦海的偉大功績，還明確賦予「文革」以成長加速器的功用，具有更為顯著的時代色彩，把「痛說家史」直接納入了為「文革」現實政治服務的軌道。

其二，重溫戰鬥故事。

「文革文學」中回憶戰爭年代的戰鬥故事也是常見的穿插情節，具有多重敘述功效。「文革文學」多是標語口號式的蒼白平板敘述，加入戰鬥故事無疑可以稍稍增加一些驚險刺激的情節，增強可讀性與藝術性。當然，這一做法更直接的敘述功能在於以下三方面：

一是個人家史與國家歷史合而為一，增加敘述的歷史厚度。如韋老爹給程亮講述廣州三元里人民抗英的故事時就融入了個人家史和鬥爭史：阿公在三元里鬥爭中犧牲；阿爸參加太平天國，戰死沙場；大兒子在廣州鬧過革命，親眼見過毛澤東，在一九二七年的「四・一二」政變中被蔣介石屠殺，自己接過兒子的事業參加無產階級革命隊伍（《西沙兒女・正氣篇》）。

二是通過戰鬥故事鑄造正面人物高大完美的英雄形象。如林纓回憶四年前一次演出後隨部隊快艇出海演習，目睹危急關頭時任班長的季長春迎險而上主動請戰力排天線故障的經歷，突出了當年的戰鬥英雄，今天為保障「樣板戲」達到最佳演出效果而在調音控制桌的設計上精益求精（《特別觀眾》）；沈麗萍由「靠嘴唇吃飯」和「掛羊頭賣狗肉」兩句話回想起一九四七年參加反對蔣介石賣國政策的遊行示威被特務機關抓捕入獄的往事，作者在此強化了她的革命氣節和革命經歷（《較量》）；站長回憶游擊戰爭經歷和軍民魚水深情（敘事詩《三棵棗樹》）；錢大伯的追憶展現了杜惠南在游擊戰爭中的英勇壯舉（《金色的早晨》）。

三是通過追憶戰鬥精神和革命傳統強化現實教育意義。如趙大爺回憶南泥灣的歷史變遷和毛澤東「自己動手，豐衣足食」的偉大號召，對葉紅具有強大的現實激勵作用（《朝霞》）；劉團長通過講述戰鬥經歷，教育蕭坦克要牢記血的教訓，不能打了勝仗就忘了敵人，思想上一放鬆就會被敵人鑽空子（《彈著點》）；方世雄講述中隊長的戰鬥故事，強調階級兄弟、革命同志間的情感是珍貴而崇高的（《海島女民兵》）；阿寶給夥伴們講述韋老爹的英雄故事，參觀甜水井，體會泉水的甜與苦、血與淚（《西沙兒女・奇志篇》）；趙志海給大紅山全連指戰員講述當年惡戰大紅山的光榮戰史，「這故事就像萬鈞的雷霆、倒海的颶風，在每個戰士的心田裏，掀起了萬丈的波瀾。一雙雙明眸裏閃耀著激動的光芒，凝望著那面『大紅山英雄連』的光榮錦旗」（《牛田洋》）。

「文革文學」中不論是革命歷史題材作品，還是社會主義建設題材作品，都極力抒寫了作為無產階級代表的同行者的成長過程，通過臻達理想人物的行進路徑的設計，凸顯謳歌中國共產黨的正確領導、毛澤東思想的光輝指引和先行者的率先垂範作用的敘述功能。「文革文學」對以學習毛著為第一品質的正面人物的學習姿態、學習動機、學習成效和學習方式的渲染，誇張性地宣教了毛澤東思想的偉力；並通過敘說家史和戰鬥故事的描寫，對歷史記憶進行了符合「文革」時代語境的政治性整合與闡釋。禮讚毛澤東領導的共產黨的優越性和社會主義新中國的合法性，正是「文革文學」緊承官方意欲的敘述動因和預設功效之所在。「文革文學」多將原本推進敘述進程的多種可能方式，譬如激烈繁複的心理鬥爭、緊張刺激的情節跌宕或錯綜交雜的矛盾糾纏等，做了簡單化處理，或將毛澤東思想庸俗化為戰無不勝、包治百病的「萬靈丹」，一學毛著就頓添神力，不論何等艱難的問題即刻迎刃而解。然而，這些苦心經營的設置未必能達到上述預期敘述功效。這種以政治干預簡化敘述進程的做法是對文學教化功能的廓大，實際上恰恰削損了藝術感染力與真實性，使文本成為廉價而空洞的讚歌。

第三節　理想人格：官方意識形態與民間審美憧憬的兩相契合

「文革文學」的正面人物塑造經歷了正面人物—英雄人物—理想人物的三級跳，即正面人物英雄化和英雄人物理想化的雙重神化。英雄意味著在某些方面貢獻卓越，但並不意味著毫無缺憾，作家完全可以採用平實可信的方式來塑造英雄形象。然而，「文革文學」的英雄形象多是理想化呈現的，尤其是成熟型與成長＋成熟型的英雄形象。這種追求了無瑕疵的高大全式完美形象的做法，使正面人物時時處處都籠罩著理想的炫目光環，英雄成了人們雖然嚮往但卻難以企及的神話。這在很大程度上可以歸因於政治權力的革命烏托邦與大眾審美理想烏托邦的兩相契合，以及對浪漫主義創作方法的倚重。毛澤東本人的文藝思想就存在矛盾：「一方面堅持用實踐唯物論指導文藝，主張文藝家在生活實踐中獲取創作源泉並改造世界觀，主張根據實際生活創造出各種各樣人物來推動歷史的前進；另一方面，又耽於主觀意志的空想浪漫主義，特別是耽於帶民粹主義烏托邦色彩的浪漫理想，主題的重大、人物的高大要純而又純。」[10]被神化了的領袖偏好浪漫主義的審美趣味對「文革文學」人物形象的塑造頗具影響力。姚雪垠完成於「文革」期間的《李自成》（第二部）也未能完全擺脫這種影響。小說雖以嚴謹恢弘的結構和靈動曲致的筆法塑造了一批鮮活的藝術形象，表現了明末農民起義波瀾壯闊、

[10] 黃曼君主編，《毛澤東文藝思想與中國文藝實踐》（華中師範大學出版社，二〇〇二年），頁九。

錯綜繁雜的歷史畫卷，較為客觀地呈現了農民軍的歷史與階級局限性，但主要人物李自成的形象仍然帶有政治化、理想化的「文革」時代印記。

一、正面人物英雄化和英雄人物理想化的時代趨向

英雄總是特定時代所呼喚的傑出人士，在不同程度上被理想化了。別林斯基認為：「理想就是把散布在自然和現實中的各種特徵在一個形體上集合起來。」「文革文學」中理想化了的英雄形象就集中了幾乎所有先進人物的全部優點，而且大都「有一些常人所不能做到的壯舉，同時也失去了一些正常的人性」，往往成為主流意識形態籲求的聖人[11]。

「文革文學」中那些看似「璀璨光豔」的英雄形象，具有積極進取、樂觀向上、勇於實踐的精神品格和濃郁的浪漫主義、理想主義色彩，成為「文革」時期理想人格的卓越體現者。這與文藝界對典型的理解有關，典型觀念在中國曾經走過了一條異化的傳播道路。二十世紀二〇年代末無產階級革命文學興起伊始，典型被片面宣揚為必須及時反映時代的本質，具有鮮明的政治化傾向和深刻的類型化印跡。在數十年的戰爭文化背景中，階級和階級鬥爭觀念一再被廓大強化，典型多被囿於共性與個性兩者相統一的一般哲學意義，強調的是通過典型反映時代本質和社會主流的一面。「文革」時期，「一個階級一個典型」的極左觀念更是氾濫成災。可以說，在很長的一段歷史時期內，文藝界對典型這一美學和文學理論概念做了狹隘的政治化理解。在「文革」這個特別崇尚英雄的時代，正面人物的英雄化和英雄人物的理想化就更加不可避免了。這些英雄成為「點亮一個

11 陸志平、吳功正，《小說美學》（東方出版社，一九九一年），頁二二。

時代精神天空的火光」和「一次次樂觀的精神再生的前奏與序曲」。「文革文學」中那些以「三突出」模式塑造出來的因貧血而蒼白的英雄，是「文革」期間和此前就長期存在的極左路線對文學異化的惡果。

「文革文學」中的正面人物形象大都具有相似的面孔，浩然筆下的三位革命老人——《雪裏紅》中的黃久明、《金色的早晨》中的杜惠南、《西沙兒女・奇志篇》中的程亮——外形、氣質讓人覺得彷彿是三胞胎，甚至可以相互置換。

> 擠進一個大個子、寬肩膀的老頭。看他那樣子有五十多歲，一頭厚密的灰髮，兩隻眼睛特別亮，一口牙齒特別白。我立刻猜到，他一定就是我多年想要見的黃久明。

> 門口出現一個壯壯實實的老人（引者注：指杜惠南），寬寬的額頭，大大的耳輪，兩隻深沉明亮的眼睛；他穩穩實實地站在早晨的金色陽光裏，像一面紅旗，像一把火炬，像一根屹立於狂濤巨浪的中流砥柱！

> 他（引者注：指程亮）那檀木一樣顏色的胸膛硬棒棒地挺著。
> 他那刻滿皺紋的臉孔驕傲地笑著。
> 他那鐵錨一般的大腳，穩健而又有力地邁動著。

李存葆的《猛虎添翼》是軍事題材作品中較富有生活氣息的一篇小說，但其主人公宋傑仍然是一個帶有「文革」時代烙印的高大全式的理想化英雄人物。小說對其外形做了這樣的褒揚性描繪：

略瘦的臉盤，黑中透紅，兩道劍眉下，一雙犀利的眼睛炯炯放光，加上與年齡不太相稱的黑鬍茬，更溢滿虎生生的英氣。

他的言行更是完美無瑕：演習組織周密，指揮果斷，顯現了「革命的新一代正在鬥爭的風雨裏成長」；為保護人民生命財產，及時命令司機扭轉方向盤，雖使炮車陷入深溝，但避免了撞車事故，並勇於承擔了指揮責任；作為一位新同志，在擬定長途奔襲路線和羊角山阻擊戰戰鬥方案時敢於堅持原則。

戰爭年代的「戰鬥英雄」與和平建設環境中湧現出的「當代英雄」是十七年文學中惹眼的兩類英雄人物，充分表現了他們的崇高品德與壯美心靈，彰顯了革命者的英雄氣概和理想追求。「文革文學」沿襲了十七年文學的英雄形象塑造傳統，極力突出人物的「社會主義當代英雄」特質。「戰鬥英雄」既有戰爭年代的戰鬥英雄，如《桐柏英雄》中的董向坤、趙永生等；也有建國後局部戰役中湧現出的新時代戰鬥英雄，如反映抗美援朝戰爭的《激戰無名川》中的王寶貴、郭鐵、吳興良等；還有戰備、生產雙線作戰的英雄，如《牛田洋》中的趙志海、陳大忠、牛少蘭，《西沙之戰》中的趙明、程亮、阿寶、符海龍等。「文革文學」的當代英雄則匯集了各條建設戰線的楷模。工業戰線上主要有《鋼鐵洪流》中的趙四海、《沸騰的群山》中的焦昆、《珍泉》中的宋珍泉、《特別觀眾》中的季長春、《暗礁》中的秦華、《孟新英》中的孟新英等；農業戰線上主要有《虹南作戰史》中的洪雷生、《萬年青》中的江春旺、《青松嶺》中的張萬山等。總之，「文革文學」大力弘揚了工農兵的英雄主義主旋律，塑造了光彩照人、臻達完美境界的理想化英雄形象。可以說，十七年文學中的人物形象塑造是「文革文學」的前奏，「文革文學」則將其極致化。十七年文學中尚有不少豐滿生動的人物形象，在「文革文學」中則罕見。當文學高度政治化並在社會主義新人身上寄予共產主義理想品格期許的時候，工農兵形象就「已經『異化』為一個政治象徵物，一個負載著共產主義的理想的符號而不是活生生的『人』的書寫」[12]。政治對文學功能做了帶有意識形態性質的預設，文學功能也主動屈從、膺服於政治功能，自覺地通過文藝作品培養合乎主流意識形態需要的具備理想人格的社會主義新人，這就形成了一些等式關係：創作者的主觀意圖＝政治傾向；文學作品中的正面人物＝假定讀者＝現實讀者＝社會主義新人。

「文革文學」為了完滿圖解政治理念，著意壘砌一切所需形象，甚至主觀臆測地美化或者醜化人物，導致出現極為嚴重的人物概念化傾向。「文革文學」對正面人物，尤其是理想人物極盡美化之能事，毫不吝嗇地將所有美好的詞彙堆用在他們身上；對反面人物則極盡醜化之能事，不是醜陋愚笨之相，就是粗俗兇險之徒。在正反對比中凸顯理想人物的高大形象是「文革文學」採用的慣招之一。

李心田著《閃閃的紅星》藉潘冬子的眼睛頌讚宋大爹：「古銅色的臉上布著深深的皺紋，剛毅的眼睛裏閃動著堅定的目光，他多麼像那高山上的青松啊！」對胡漢三則反覆強調其眼光的毒、狠、寒：「像兩隻狼的眼睛，那眼睛裏閃出了我永遠不會忘記的兩道寒光」；「一臉橫肉，留著一小撮鬍子，兩隻賊眼還是那麼又冷又

12 陳順馨，《社會主義現實主義理論在中國的接受與傳播》（安徽教育出版社，二〇〇〇年），頁三六四。

尖」；「由於他的眼醉得發紅，從他眼中射出來的光更冷更兇」；「他的腮上、鼻子上和下巴上，都有燒傷的疤痕，可是那兩隻眼仍然閃著惡狠狠的寒光」。小說中還多次描繪米店老闆的種種醜態：「頭上冒著青筋，臉色烏紫，腦袋活象個豬頭」；「爬在米包上，小短腿亂蹬，圓腦袋亂晃，活像一隻烏龜」；「像一隻落水的肥母雞，一冒泡兒，咯地一聲喝了口水又沉下去了。……活像一隻鼓足了氣的癩蛤蟆」。小說不僅醜化黑心的米店老闆，連其家人也成了醜化描繪的對象：「一個女人，有三十多歲，她個兒很高，身體很瘦，大長臉兒，顴骨高高的，嘴唇又大又薄，兩個大門牙向外呲著。……在一條長方凳上，坐著一個小女娃子，正在向嘴裏放冰糖塊兒，她有十一二歲，臉煞白煞白的，尖鼻子，眼有點斜，當她咕嚕咕嚕吸著冰糖水的時候，露出一排讓蟲蛀了的牙齒。」

浩然的《一擔水》也突出了理想人物馬長新與反面角色富裕中農韓笆子形象的對比，前者是：「中等以上的個子，說不上十分英俊，倒也是個五官端正、體魄健壯的漢子；那黑白格外分明的眼睛，透著一股和善、有心數，又堅定的神情，使人感到他是個很可親近的人。」後者則是：「乾瘦的身體，蠟黃臉，圓眼睛；一隻腳跐著門檻，兩手扳著門框，是一副堵著別人進院的姿勢。」《底腳》中倡議為適應造船工業的飛速發展在平臺上添造一部龍門行車的船體車間總支書記李國英：「身材均勻，步伐矯健……樸素大方。」支持她的關師傅：「個子不高，但很壯實。臉膛黑裏透紅，一對濃眉像兩柄刷子，給人一種嚴峻剛直的印象，其實，他卻有著一副挺和善的脾性。」而反對者劉師傅則：「個子不高，臉孔紅冬冬，滿腮鬍茬，頭戴一頂人造革鴨舌帽，身穿一件寬大的舊棉襖，扣子照例是不扣的，兩手插在棉襖口袋裏，搭拉著腦袋，一衝一衝地走過來。」

《牛田洋》裏的幾個反面人物也是醜陋粗鄙形象的集合體：陶才「禿腦袋，瘦猴臉」，騎單車則「像無頭蒼蠅似的東搖西晃，亂碰亂撞」。陶才與張大媽形成了鮮明的對比：「前面跑的是一個瘦筋巴骨的矮個子，禿頂在陽光下像面鏡子一樣，閃閃發亮。後面追的是一位老大娘，五十多歲，身體還挺硬朗，步子跑得咚咚直響。」杜亞民則是「一個水泡眼、蒜頭鼻子、臃腫下巴的矮胖子」，長著「像香蕉杆似的腿」。他躺在太師椅上，「搖晃著胖得像豬頭一樣的腦袋，伸著大胡瓜似的手指，在一五一十地數著一疊鈔票」。地主二禿子等反面人物組成的歡迎隊伍更是一幅典型的群醜圖：「只見路兩邊，稀稀拉拉地站著幾個人，有的提著鑼拚命亂敲，有的拿著鈸散散地亂拍，那個打鼓的，好像沒吃飯似的，鼓槌半天才擂一下。還有的叼著紙煙，歪頭斜腦地捏著小紙旗。」

集眾多尖端品質於一身是「文革文學」塑造理想人物的慣招之一。「文革文學」理想人物集納各種尖端品質於一身，都是全才全能型的超人。他們重視學習毛澤東著作、自覺提高政治覺悟和思想認識，始終保持高度的警惕性，人人都是「心紅眼亮」的社會主義新人。他們還善於理論聯繫實際，活學活用毛澤東思想分析生活中錯綜複雜的階級鬥爭，而且一運用毛澤東思想就能撥開雲霧，辨清是非，什麼難題都會土崩瓦解、煙消雲散。此外，這些理想人物還個個都是政治標兵和生產能手，是又紅又專的典型。張抗抗《分界線》中的知識青年耿常炯就是這樣的理想人物，他刻苦學習馬克思主義、列寧主義和毛澤東思想，在黨委書記周朴和老貧農李青山的培養教育下，善於區分政治、經濟、思想領域裏的馬列主義與修正主義、社會主義與資本主義，敢於反潮流，勇挑革命重擔。

基於「三突出」準則，理想人物在「文革文學」中占盡天時地利人和，真是做到了「『好』話盡讓他說，好事盡讓他做，好思想、好本領盡讓他一人具備，別人都得給他『讓戲』、『讓路』」，然而，這般「讓來讓去，英雄也就成了『高大完美』的概念的化身」[13]。狄德羅在《論繪畫》中曾指出，藝術誇張本來就能「使德行顯得更為可愛，惡行更為可憎，怪事更為觸目」，但是，在強化人物本質特徵的同時，也會使人物形象附著更為明顯的主觀因素，「文革文學」中的人物形象就因此成為浪漫主義和主觀主義色彩濃厚的理想化典型。

《牛田洋》中的趙志海第一個琢磨出殘堤未沉的奧祕，第一個識破陶才的「苦肉計」，妄圖用「捨己救人」的「英雄」姿態騙取信任，抵消組織和群眾對他真實身份和不軌動機的懷疑。《暗礁》中的秦華「豪邁、穩健而又大方」，處理問題柔中有剛，織網也是令周圍人嘖嘖讚歎的在行好手，並第一個準確判斷出「先鋒」號測探到的不是暗礁而是一條沉船。《西沙兒女・奇志篇》中的阿寶簡直是個「全能阿寶」，正如作品中寫的那樣：「用她那燒飯抓柴的手，打魚搖櫓的手，縫衣捉針的手，不僅執筆寫字，開動機器，又握起了槍桿子。」她考取了海南島漁業專科學校，卻因學校風氣不好，不能教給自己建設西沙、保衛西沙的知識和思想而主動退學，充分體現了「文革」時期極為推崇的叛逆精神；她特別重視學習政治理論，並在西沙金銀島成立了第一個毛澤東著作學習小組；她自己填詞編寫新歌，表達對西沙的熱愛；她打靶的槍法極準；她僅用一個晚上就寫出了修築棧橋的施工計畫；她還第一個用樹枝成功試編籮筐。陳建功的《火紅的袖標》以飽蘸激情的筆觸記述了一九六六年八月十八日毛澤東在天安門接見紅衛兵的盛況，並聚焦於擁有眾多「第一」的先進典型——關巍：

13　同注4，頁九六。

我們的目光，一齊集中到關巍的身上。這個貧農的後代，風風火火，英姿勃勃。是他，無私無畏，帶頭貼出第一張「對修正主義造反有理」的大字報；是他，英勇果敢，代表我們寫出了第一篇《紅衛兵宣言》；是他，挺身而出，在黨內走資派組織的圍攻中，在被打成所謂「反革命」的「鬥爭會」上，第一個戴上了火紅的「紅衛兵」袖標……他當之無愧成為最最幸福的人，代表我們紅衛兵戰士，去和毛主席握手，去向毛主席彙報！

電影文學劇本《海霞》中的海霞形象較之黎汝清原著《海島女民兵》中的海霞形象有較大的拔高。原著中海霞建議寫封公函到福建去查問一下劉阿太，但並非因為懷疑其身份，而是出於保衛海防前線的高度警惕心和責任心，她尚未一眼識破真相，是爺爺最先把劉阿太疑點告訴海霞的。在電影文學劇本中則改成了海霞和爺爺共同發現了劉阿太的疑點。原著中海霞先是懷疑發報機藏在劉阿太的理髮工具箱裏，找尋未果、苦思冥想之後才想到可能藏在假肢裏。電影文學劇本中則改為海霞否決區治保主任提出的發報機藏在理髮工具箱裏的可能，一下就準確判斷藏在假肢裏。

二、政治意圖與民間憬悟合力打造的理想人格

康・西蒙諾夫針對戲劇創作粉飾生活的現象曾指出：「在任何情況下都不可以用理想人物的概念來代替正面人物的概念。」他反對「企圖多餘地規定一張正面人物應有的和不應有的特點的名單，企圖把我們戲劇創

作中的一切可能出現的正面人物公式化地歸納成一種或數種類型」，並認為正面人物「應該有他自己的正常溫度」，而不必人為地去給人物「加熱力」，不應該強迫每一位劇作家在任何情形下都必須把正面人物放在自己劇本中的中心位置。[14]「文革文學」恰恰就是用理想人物逐步取代正面人物的概念，把正面人物放在作品最中心的位置，並孜孜不倦地為其加熱增溫，使他順利企及理想人物的高度。

在一九四二年的延安文藝座談會上，毛澤東就提出文藝要表現「新的人物」、「新的世界」的任務。「新的人物」即指已經走上歷史舞臺中心位置的工農兵。他在《講話》中以蘇聯文學為例子，強調了表現代表「光明」的「新的人物」應在文學中占主導地位。「蘇聯在社會主義建設時期的文學就是以寫光明為主。他們也寫工作中的缺點，也寫反面的人物，但是這種描寫只能成為整個光明的陪襯，並不是所謂『一半對一半』。」[15]周揚在第一次文代會的報告《新的人民的文藝》中，也採用了「新的主題，新的人物，新語言、形式」的提法。他雖然提到了「正面人物」，但意指的是「積極人物」和「英雄模範」。陳荒煤在《為創造新的英雄的典型而努力》中主張應創造「集中了人民的好的品質」的英雄，「樹立人民前進的榜樣」。一九五二年五月至十二月，《文藝報》開設「關於創作新英雄人物的討論」專欄，主要討論創造英雄形象的兩個問題：是否要寫英雄人物由落後到轉變的過程；是否必須寫英雄人物的缺點。在一九五三年舉行的第二次文代會上，周揚做了題為《為創造更多的優秀的文學藝術作品而奮鬥》的報告，明確倡導「創造正面的英雄人物」是「文藝創作最崇高的任務」。他指出，「文藝作品需要創造正面的英雄人物」，但是，「絕不可以把在作品中表現反面人物和

14 康・西蒙諾夫，《蘇聯戲劇創作的發展問題》，《文藝報》，一九五三年第二十一期。

15 中共中央文獻研究室編，《毛澤東文藝論集》（中央文獻出版社，二〇〇二年），頁七六。

表現正面人物兩者放在同等的地位」，他認為為了突出地表現正面英雄人物的光輝品質，「有意識地忽略他的一些不重要的缺點，使他在作品中成為群眾所嚮往的理想人物，這是可以的而且是必要的」。茅盾也曾從時代使命出發強調要創造正面人物，但他注意到了應避免「神化」，要寫出人物的個性和性格的複雜性[16]。周揚在作協第二次理事會的報告中也曾批評一些不良的創作現象：「往往先設定一個主觀的『框框』，如甲是『正面人物』，乙是『反面人物』，『正面人物』或『反面人物』應當具有如何如何的特點等，然後按照這個『框框』在對象身上去尋找作者所需要的和願意尋找的東西，因而就把人們的性格簡單化、片面化了，對象就不是一個完整的活生生的人，等到進入作品的時候就更加缺乏生命了。」[17]這種聲音在十七年的整體文學語境中是相對微弱的，有一定的積極意義，但是並未對當時文藝界高揚的創造趨於完美的「正面人物」、「英雄人物」、「理想人物」的理念產生實質性影響。在一九六〇年召開的第三次文代會上，周揚再度強調「創造新英雄人物」，並指出這些英雄人物是「最能體現無產階級革命理想的人物」。《紀要》出臺後，「三突出」成為占據至尊統治地位的人物塑造準則。

「文革文學」的主要英雄形象正是按照政治需要的目標模式塑造理想人格的，藝術創作上更多地遵從革命浪漫主義。注重革命浪漫主義的創作方法是中國革命文學的重要傳統之一，革命浪漫主義強調的是「不拘泥於細節的真實，表現人民的英雄氣概和對於未來的夢想」[18]。一九五八年，毛澤東提出「革命現實主義與革命浪

16 茅盾，《新的現實和新的任務》，《文藝報》一九五三年第十九期。
17 周揚，《建設社會主義文學的任務》，《文藝報》一九五六年第五至六期。
18 郭小川，《我們需要最強音》，《文藝報》一九五八年第九期。

漫主義相結合」，取代了已有二十多年歷史的「社會主義現實主義」口號。革命文學雖認為浪漫主義應與現實主義攜手共進，但更多強調的還是浪漫主義能夠彌補現實主義之不足。周揚雖然表露了對浪漫主義與現實主義結合的負面影響的擔心——「容易變成虛張聲勢的革命空喊或知識份子的想入非非」，但還是大力宣揚浪漫主義，認為「沒有浪漫主義，現實主義就會容易流於鼠目寸光的自然主義」，而「自然主義是對現實主義的歪曲和庸俗化」[19]。安旗認為「從現實出發而又高於現實」的浪漫主義能夠使現實主義免於「在地上爬行」[20]。

「文革文學」中這些政治導向性鮮明、宣傳意味濃重、說教色彩濃厚的理想典型是如何被大眾接受的？雖然，有的觀眾內心抵制，卻是在「樣板戲」等帶有強制性政治推行色彩的「集中轟炸」式宣傳下被動接受的，但是，在政治洗腦和多年「紅色經典」的薰陶下，加之審美饑渴使然，不少觀眾還是欣然主動接受的。在二十世紀八〇年代以前，民眾對「紅色經典」的接受大都是由衷的，主要有兩大原因：一是他們確信新中國改變了他們的命運和國家面貌，故而傾心認同「紅色經典」對革命歷史和英雄人物的敘述與想像；二是「紅色經典」通俗的表達和傳奇性的結構，易於被民眾理解和接受，其中包孕著浪漫情緒和悲壯詩性會引發人們的嚮往並訴諸實踐[21]。「文革文學」也在很大程度上體現了官方意識形態與民間審美情趣的合流，究其本質實為政治意圖與民間憬悟的交融。當然，在政治獨裁和文化專制的「文革」特殊時代境遇中，這種合流顯然是以官方意識形態為主的，民間審美憧憬也並非純粹的民間形態，而是一定程度上滲透了官方意志。「文革文學」的外層是官方

19 周揚，《新民歌開拓了詩歌的新道路》，《周揚文集》第三卷（人民文學出版社，一九九〇年），頁六。
20 安旗，《從現實出發而又高於現實——試談革命的現實主義與革命的浪漫主義相結合》，《文藝報》一九五八年第十三期。
21 同注8，頁五五至五六。

意志的強勢體現，內裏則多為民間形態的延續。民間文藝具有強大的生命力和滲透力，能順應政治潮流做出合乎時代需要的種種變異或變形。相沿多年的民間文藝習慣勢力強大，根柢強勁，看似被主流政治同化，其實在某種意義上也可以反過來被表述為是民間文化同化了官方文化。雙方是互為表裏、互相利用的關係。如借助京劇、越劇、花鼓戲等為老百姓喜聞樂見的傳統民間藝術形式舊瓶裝新酒，宣傳主流政治話語。此外，「文革」時期貶斥知識份子的功用，在創作上極力提倡「三結合」式的集體創作，大力鼓勵工農兵等業餘作者進行文藝創作，也有利於對民間資源的整合與利用，有些專業作家本身（如浩然等）就深受民間文化傳統的滋養浸潤。

陳思和認為，「民間」主要是指一種文化形態，具有三個層面的意思：第一，「民間」是在國家權力控制相對薄弱的領域產生的保存了相對活潑的形式，能夠比較真實地表達出民間社會生活的面貌和下層人民的情緒世界；雖然在政治權力面前，民間總是以弱勢的形態出現，但總是在一定限度內被採納，並與國家權力相互滲透。但它畢竟屬於「被統治」的範疇，有著自己的獨立歷史和傳統。第二，自由自在是其最基本的審美風格。民間的傳統意味著人類原始的生命力緊緊擁抱生活本身的過程，由此迸發出對生活的愛與憎，對人生欲望的追求，這是任何道德說教都無法規範，任何政治條律都無法約束，甚至連文明、進步、美這樣一些抽象概念也無法涵蓋的自由自在。在一個生命力普遍受到壓抑的文明社會裏，這種境界的最高表現形態，只能是審美的。所以民間往往是文學藝術產生的源泉。第三，它擁有民間宗教、哲學、文學藝術的傳統背景，民主性的精華與封建性的糟粕交雜在一起，構成了獨特的藏污納垢的形態，因而不能對它作簡單的價值判斷[22]。陳思和的「民間」

22 陳思和，《民間的沉浮——從抗戰到文革文學史的一個嘗試性解釋》，《上海文學》一九九四年第一期。

概念展現了對二十世紀文學、文化史解讀的新視角，提醒我們注意在文本顯而易見的政治強制機制下，民間話語、知識份子話語與政治話語的交換、妥協、衝突、合作，從而避免對「革命文學」、「革命文藝」的文學史研究的簡化理解與批評[23]。

有研究者分析了《沙家浜・智鬥》中具有民間特色的「一女三男」角色模型設置和《紅燈記》、《智取威虎山》中暗含的「道魔鬥法」的「隱形結構」設計，指出：「從表面上看起來，文革時期被定於一尊的政治意識形態在摧毀、改造和利用知識份子傳統和民間文化傳統的基礎上，形成了自己『完美』的樣板。但從另一方面看，『樣板戲』中略有藝術價值的劇目，也是對知識份子和民間文化利用較好的作品。」可見：「民間隱形結構典型地體現了民間文化無孔不入的生命力，它遠遠不是被動的，在被時代共名改造和利用的同時，處處充滿了它的反改造和反滲透。」[24]民間理想本來就極具神話色彩，偏好刺激場面和傳奇經歷，崇尚帶有神性特徵的超人形象。因而不僅為以反映革命戰爭風雲歲月的戰鬥英雄故事為主的「樣板戲」提供了豐土沃壤，還有利於濃墨重彩地創作大量賦予日常生活以疾風暴雨式尖銳階級鬥爭的作品。特別是那些反映和平建設時期生活的作品刻意製造事端，營造緊張的氛圍和跌宕離奇的情節。以增添日常生活的傳奇色彩，在勝負大局已先行預定的前提下，喋喋不休地複製火眼金睛揪出隱匿階級敵人的情節，不知疲倦地重述俯瞰階級敵人潰敗的凱旋者躊躇滿志的心理。戰爭話語的盛行和痛說家史、重溫戰鬥故事的情節設置，既欲宣揚對毛澤東、共產黨、解放軍的感恩心理，珍惜革命先烈用鮮血換來的今天，努力創造更美好的明天，也意在給庸常平淡的日常敘述增加驚險

23 參見南帆主編，《二十世紀中國文學批評九十九個詞》（浙江文藝出版社，二〇〇三年），頁一〇六。
24 陳思和主編，《中國當代文學史教程》（復旦大學出版社，一九九九年），頁一六八。

性和獵奇性。這般努力對日常生活進行宏大政治性敘述的直接作用，終於實現了階級鬥爭的日常生活化和日常生活的階級鬥爭化。

「文革文學」還不厭其煩地在諸如半碗米飯、半籃花生、一碗水、一擔水、一根扁擔等細微處做文章，似乎在一粒蠶豆中能夠見出整個世界來，正是經過這樣的「微言大義」，提升了日常生活的政治意義。海霞到大成嬸家瞭解情況以便據實情分發救濟糧時，尤二狗送給大成家半碗白米飯，想給海霞和大成嬸之間製造誤會和矛盾，方世雄啟發海霞認識到「半碗米飯裏有階級鬥爭」（《海霞》）。曉華家圍繞著曉華撿來的半籃「地腳」花生展開了矛盾衝突，貧協委員曉華爹，認真學習毛澤東著作，以毛澤東哲學思想指導鬥爭實踐，對「地腳」花生又多又好、摘帽地主王有財的兒子來約曉華撿「地腳」、「豐收以後沒有矛盾」的流言等事件進行分析，弄清了王有財利用撿「地腳」挖社會主義牆角的事實真相。他召開家庭會議，使全家人明白了這半籃花生反映出兩個階級、兩條道路的鬥爭，並從這一特殊矛盾中看到了農村階級鬥爭的普遍性，加深了對黨的基本路線的認識，明白了矛盾的特殊性存在於矛盾的普遍性之中的哲學道理（革命現代越劇《半籃花生》）。洪媽媽給虹南鄉支部書記浦春華舀的一碗熱水，體現了農民對黨的深厚情意，是「誠」；而父親是醫學院教授、大知識份子家庭出身的浦春華卻忽略了這種感情，還嫌水可能沒燒開會感染血吸蟲病而不敢喝這碗水，作者對二人的思想背景和內心活動做了緊密聯繫各自出身的對比性分析與評判——「解放前討過飯的翻身雇農洪大媽，對共產黨的任何幹部，有一種從心底裏湧出的親切感。……洪大媽同大多數貧雇農一樣，是實在人，這種感情不習慣用嘴巴表達，只能通過這碗熱開水把自己的心情表達出來。」而浦春華：「他從父親那裏接受來的一知半解的醫學知識，正在和在那個家庭裏長期形成的整套世界觀結合起來起作用呢！」在富農賴富財拾泥塊攢、舉起扁擔向洪雷生互助組挑釁的時候，徐士根打了賴富財兩扁擔。作者寫道：「這兩扁擔，一挑、一劈，正是代表著無產階級和貧下中農，去專反動富農的政。精神上的東西向物質的東西轉化，使徐士根這兩扁擔，有著不可抵禦的力量！」作者賦予「兩扁擔」以鮮明的政治寓意（《虹南作戰史》）。而《牛田洋》中張大媽送給戰士的扁擔也具有濃厚的階級深情：「她送給戰士的不是一條普通的扁擔，而是貧下中農一顆火熱的心。」馬長新每天給韓二叔挑的那一擔水附著了階級鬥爭的內涵，小說還寫到了「文革文學」鮮見的情侶關係，而且是正面人物馬長新的兒子與反面人物韓䇮子的外甥女，但側重的是二人從馬長新肩上接過了擔子為韓二叔繼續擔水，並賦予「新一代人接過了革命擔子」的象徵意義（《一擔水》）。

「文革」是一場全民族的非理性狂熱，它藉著烏托邦的幻想和現代迷信的效應，使千百萬人的精神瘋狂達到了顛峰狀態，並最終從狂熱走向迷惘。「文革」是建國後歷次政治運動不斷升級的必然結果，是「階級鬥爭年年講、月月講、天天講」的必然結果，是「現代迷信」越演越烈的必然結果，也是各類社會矛盾長期積聚、不斷激化的必然結果。[25]「文革」時期，人們種種非理性的狂熱言行與廢墟上的文藝狂歡形成了呼應之勢。「文革文學」遵奉「三突出」原則塑造出來的那些高大全式的英雄人物，既是標彰主流政治意圖的理想人格鑄造，也是烏托邦精神的重要體現。「藝術是最富烏托邦精神的領域，因為藝術的永恆主題就是絕對善的希望，為人描繪出不同於現存狀態的完善世界。」[26]卡爾・曼海姆指出：「占主導地位的烏托邦常常是作為某一個人的願望

25 樊星，《世紀末文化思潮史》（湖北教育出版社，一九九九年），頁二五。
26 張康之，《總體性與烏托邦：人本主義馬克思主義的總體範疇》（中國人民大學出版社，一九九八），頁二七二。

和幻想首先提出的，只是後來才被合併為更廣泛的群體的政治目標。」[27]具有詩人氣質的毛澤東在「文革」時期希冀通過「天下大亂」達到「天下大治」，被神化了的領袖人物這一烏托邦憧憬充分激發了民眾狂熱的政治能量。在赤裸裸的眾人狂歡中，烏托邦因子又被不斷地吸納到日常生活中，於是，人們的革命熱情及非理性瘋狂被空前引爆，堂而皇之地沉浸在非理性的狂熱之中。最典型的當屬「紅衛兵」由狂歡心理自然滋衍的激進狂熱行為，如殘絕人寰的批鬥整人、盛大的集體遊行等，還有全民大跳「忠字舞」、鋪天蓋地的更名風尚、儀式性極強的「早請示、晚彙報」等現代迷信的行為模式，真可謂是一種集體營造神話的生活方式。「文革」時期，毛澤東畫像、語錄等這類政治聖物具有非同一般的政治功能，用以表達神聖的權力話語，成為驅使民眾集體癡迷於個人威望的有力工具。文藝此時成為主流意識形態的最佳解釋機器，京劇、芭蕾舞劇等更是成為理想的政治話語載體。洪子誠在《中國當代文學史》中精闢地指出，「樣板戲」最主要的特徵在於文化生產與政治權力機構的關係。在對「樣板戲」進行批判的同時，我們也應該看到，政治與藝術的這種聯姻實際上與「文革」時期大眾的審美需求某種程度上是兩相吻合的。甚至可以說，「樣板戲」正是在江青等人別有用心的政治介入和受其薰染的大眾審美情趣的合力推動之下形成的文藝「畸形果」。

「文革文學」的主人公形象體現了主流政治預設的理想人格，也體現了政治權力的革命烏托邦與大眾審美理想烏托邦的兩相契合。我們可以從時代趨向、受眾群體的審美需求和文學的傳播方式三方面來解析人物形象的生成。「文革」時期，時代政治的規範特別顯豁，強調「文藝從屬於政治」和「文藝為政治服務」的時代趨

27 卡爾・曼海姆，《意識形態與烏托邦》（商務印書館，二〇〇〇年），頁二一〇。

向直接影響了對文藝的駕控，制約了人物形象的生成；讀者大都經過多年「紅色」文學薰陶和政治路線教育洗腦，具有與主流政治框設的審美規範相一致的審美需求和審美趣味；「文革文學」完全膺服於政治的主宰，受控於高度箝制言論自由的文學傳播方式，這也是造成生活真實、藝術真實主動屈從並讓位於所謂「政治真實」的文學境況的重要因素。

第三章　敘述情境與社會環境

「文革文學」的意象構築體現了最高統治者、正面人物和反面人物的政治話語權力等級秩序。意象多為立意簡明、褒貶分明的觀念性意象，缺乏想像空間和審美意蘊。這與集體意志占優、個性選擇位處邊緣的時代境遇有關，政治高壓的社會環境掩蓋並抑制了多元的審美需求和審美理想。「文革文學」具有濃重的血統論政治色彩，人物言行思想與其出身形成簡單的等式關係。通過人物稱謂、場景設置等簡約呈現了時代影像，體現了與社會生活的同聲相應。「文革文學」激賞運用戰爭思維分析問題，政治視角的肆意侵入導致出現以階級對立或路線對立為基本格式的敘述結構和角色設計。在機械二元對立的「文革」思維影響下，文藝作品在言說主體、生活層面、主題意旨、價值取向等方面踐行《紀要》標榜的兩條路線的激烈鬥爭。通過昂揚明朗的積極情境和晦暗陰沉的消極情境的比對映襯或「交鋒衝突」，強化積極情境昭示的時代圖景，營造了浸淫時代氛圍的具有整體象徵意味的敘述情境，透散著瀰漫階級鬥爭氣息的革命氤氳。這既是紅色文藝傳統自然順延的結果，更是「文革」特殊社會環境的真實映現。

第一節　意象構築：精心營造的革命氛圍

文學的發展變化與社會的發展變化並非完全同步，有時表現出明顯的滯後性，有時又不像「密納發的貓頭鷹，要等黃昏到來才會起飛」[1]，而是表現出一定的超前性。文學記錄著作家對社會人生的感受體悟，往往烙有時代印記。「文革文學」的意象構築就營造了深深浸淫著時代氛圍的敘述情境，總體上形成了透散階級鬥爭氣息的革命氤氳。這種「尚力」風潮在不長的時間裏，由張揚個性的話語符號逐漸轉換為群體共同嚮往的「復仇—暴力—鬥爭—革命」語義系統。「尚力」心態與疾風暴雨的革命鬥爭有一種精神上的聯繫，在「文革」中，「尚力」又轉向了殘酷的階級鬥爭，在文學作品中充斥著血腥味，「尚力」變成了「尚武」，「復仇—暴力」被賦予了革命的神聖意義，逐漸被讀者接受，並成為一種共同的審美期待，而那些淺唱低吟、纏綿感傷、愁怨多情之作都被斥為「資產階級情調」而遭拒之門外。[2]這種時代氣息濃厚的「尚力」敘述情境的形成既是多年革命文學傳統自然順延的結果，更與「文革」的特殊時代境遇密不可分，可以說是獨特社會環境的真實寫照與映現。

1 黑格爾，《法哲學原理》（商務印書館，一九六一年），頁一四。
2 參見孟繁華，《眾神狂歡：世紀之交的中國文化現象》（中央編譯出版社，二〇〇三年），頁二七一。

一、高度政治性提純的意象表現

一般地，意象至少具有四個層面的涵義：自然之象（物象）；意中之象（心象）；藝術之象（形象）；象外之象（意境或境界）。我們這裏談論的意象指藝術形象，是主觀情思與客觀物象在文藝作品中交融統一的產物。「美學之父」鮑姆嘉通認為：「意象是感情的表象。」意象與表象確為有密切聯繫的兩個概念，表象是客觀事物的形、色、音、味等在人的記憶中所保留的感性映象；意象則是表象之上的一個概念，當表象進入創作主體的情感範圍，被賦予了意義，就成為融合凝聚創作主體感情的意象。意象具有多種品格，其中，象徵品格是意象內在具有的一個重要特性。薩特曾經指出：「意象的功能是象徵性的」，並認為這種象徵功能並非從外部附加到意象之中，而是由於「意象在本質上，在其本來的結構上就是象徵性的」[3]。象徵源自希臘文，原指將一塊木板破為兩半，雙方各執其一，以之為友愛的信物，重逢時再合而為一，後來逐漸演變為運用有限的感性形式直觀顯示無限的精神意蘊的藝術範疇。文學上的象徵手法，本來「一是力圖標新立異，與眾不同；一是力圖使意義多元化，或歧義化」[4]。「文革文學」的象徵追求卻表現出單純確指、反覆舉用的特徵。黑格爾認為：「象徵一般是直接呈現於感性觀照的一種現成的外在事物，對這種外在事物並不直接就它本身來看，而是就它所暗示的一種較廣泛、較普遍的意義來看。因此，我們在象徵裏應該分出兩個因素，第一是意義，其次是這意

3 薩特，《想像心理學》（光明日報出版社，一九八八年），頁一五四。
4 大衛·洛奇，《小說的藝術》（作家出版社，一九九八年），頁一五三。

義的表現。」[5]「文革文學」意象的表現是單調的，意義則具有政治性確指內涵。作為審美觀念的象徵一般由象徵本體（即象徵體）和象徵寓意（即象徵義）兩項構成，前者是象徵的形式，後者是象徵的內容。

意象是由「意」——觀念情思和「象」——物化形式這兩項構成的，這就與由象徵體和象徵義構成的象徵具有相似性。意象與象徵兩者的結合就形成了象徵意象，由意象的象徵義和意象的象徵體兩項構成。前者指意象的象徵內容，是某種抽象的哲理、情感或精神意蘊，後者指承載意象的象徵意旨的物質載體，是由語言文字、線條色彩、聲音旋律、姿態動作等物質媒介構成的實體形象。當然，這兩項實際上並非彼此孤立、畛清域明的，而是主客統一、水乳交融的統一體，上述區分只是相對意義上的。意象象徵體和象徵義的結合有兩種構成方式：一種是意象反諷，意象象徵體與象徵意旨之間不是契合關係，而恰似悖逆乖離，正是通過象徵體與象徵意旨兩者的背反，在矛盾統一中體現了濃郁的反諷意味，在強大的藝術張力和予人強烈的心靈震撼中更好地傳達意旨。賈平凹的《油月亮》中數次提到盛著餃子的碗裏漂浮著的皆是半圓如小月的「油月亮」這一意象，卒章在一個「夜空清靜，半輪月亮一派銀輝」的夜晚，通過被判處死刑的歇斯底里殺人狂尤佚人之口道出了餃子店賣的是人肉餃子這一令人髮指的事實，因為各種食用油的油珠花兒都是圓形的，只有人油是半圓形的。這與碗中盈盈的油月亮意象和靜夜半輪明月的景致的清新浪漫韻味完全悖離，給人以強烈的震撼與衝擊，這一悖逆和衝突也深刻地反映了在美好光環下掩藏著的人性醜陋邪惡的一面，讓人掩卷深思。另一種是意象的象徵體和象徵意旨幾乎完全相應相契、表裏一致，意象象徵體形象鮮明，意象的象徵意旨與之相應同向發展，鮮明易

[5] 黑格爾，《美學》第二卷（商務印書館，一九八一年），頁一〇。

睹。我們在藝術作品中接觸到的多數情況都屬於此種類型，如生活中人們約定俗成的橄欖枝、白鴿與和平、獅子與勇敢、鮮花與少女、玫瑰與愛情等意象的象徵體與象徵意旨之間就是應合關係。艾略特的《荒原》以「荒原」象徵著西方現代文明中信仰的迷失、價值的淪喪和情欲的氾濫，以史詩時代的英雄品格來諷喻西方現代都市生活的墮落。李國文的《月食》中的「月食」意象，象徵的就是左傾路線帶給主人公伊汝和人們的不幸，但這種慘澹陰冷的日子是暫時的，如同月食一樣，雖然一時間天昏地暗，但月食過後，仍將充滿光明，月亮仍將「亮堂堂地照著我們」。

「文革文學」的意象多為立意簡明的觀念性意象，遠未企及具有獨創性、心靈性與特殊性的審美意象的高度。朱光潛認為意象並非一般的觀念意象，而是一種借助於想像、追蹤理性，「具有最高度的概括性和暗示性」，「理性觀念的最完滿的感性形象顯現」的意象。[6] 絕大多數「文革文學」運用的意象象徵屬於上述意象象徵體與象徵義結合的第二種情況，如《牛田洋》用「奔騰咆哮的南海」象徵中華民族的不屈不撓，用「屋簷下的洋蔥，葉枯皮乾心不死」比擬地主、富農。蔣子龍的《鐵鍬傳》則賦予鐵鍬以「挖資本主義根子」、「把剝削的根子全拔掉」的路線鬥爭意義，並描述了象徵意味濃厚的勞動場景：

> 只見鐵鍬板左飛右旋，攪著風，帶著土；只聽一片「殺、殺」聲，樹根爛草、枯枝敗葉隨泥土向遠處滾過去。

6 朱光潛，《西方美學史》（下卷）（人民文學出版社，一九七九年），頁三九一。

朱蘇進的小說《鎮海石和瞄準點》也藉戰士魯石頭之口給鎮海石這一核心意象塗抹上鮮明的象徵色彩：

咱們每一個革命戰士，都應當是一個鎮海石。你看它：風起了，它像座山，頂住大風，晃都不晃；浪來了，它像個哨兵，挺著胸膛，鎮住海浪。咱們得把一顆心和祖國的山海河川貼在一塊，當一個為社會主義祖國站崗放哨的「鎮海石」。

小說又將鎮海石沐浴在具有典型政治象徵意蘊的「東方」與「陽光」之下：

大家向東方望去：太陽露出了半邊笑臉，萬丈光芒染紅了海天；歡樂的浪花高高捧起鎮海石，旭日給它塗抹上一層燦爛的霞光。遠遠望去，像一根頂天立地的樑柱，像一個身披金甲的哨兵。

弗朗茲・博厄斯認為，由於智力知識水平相對低下、社會關係相對簡單明確，原始象徵的形式與涵義之間的關係較為穩定；現代社會則缺少那種「非常穩定而又統一的文化背景」，因而打破了原始象徵的穩定性進入了「個性選擇」的時代，具有多樣化和豐富的隱含意味。[7]「文革文學」的時代境遇雖不能等同於人類早期的社

7 弗朗茲・博厄斯，《原始藝術》（上海文藝出版社，一九八九年），頁九四。

會境遇，但在意象象徵的運用上卻與原始象徵極其類似，是一種經過高度政治性提純的象徵。這與當時提倡大一統的社會環境和文學語境有關，「文革」是一個集體意志占優、個性選擇位處邊緣的時代，但趨同的審美理想與簡單的社會關係（敵我階級關係），形成了單一明確的結構關係和相對統一的文化背景。這一切都為類似於原始象徵的「文革」意象象徵提供了適宜的生長土壤。「文革文學」的意象多為觀念性意象，並呈現出意象系列、意象群、意象組合的特點，體現出高度的一致性和整體性。主要有以下幾大意象模塊：

其一，以船、路等社會物象為意象，多伴有筆直、乘風破浪、前行、航行、朝東、朝北等明確的方向感。如：「機帆船帶著老一代漁民和新一代漁民，乘風破浪地向前進。」「經歷了風暴衝擊過的帆船，鼓滿了強勁的東風，像一頭雄獅，在莽莽草地奔馳，劈湧斬浪，衝向島邊。」程亮尋找革命道路時，「扯起帆篷、搖起櫓把，把小船開出了埋著仇恨的小港灣，乘著憤怒的風，直奔正東方的大州島」。「船帆，鼓飽了強勁的東風，前進，前進!!」「在蔚藍的海面上，人民海軍的新艦艇乘風破浪，奮勇向前。」（《西沙兒女》）「『先鋒』號迎著風暴，劈開巨浪，向前疾駛。」（《暗礁》）「大車、汽車，排成大隊，從院子穿過，直奔太陽升起的正東方！」「三套的膠輪車，奔上那朝東的大道。」（《雪裏紅》）李心田著《閃閃的紅星》則極力渲染了「北」的革命象徵意義。聽吳修竹說延安在北邊，冬子就決定在北斗星的指引下，選擇向北的道路朝前走。為表現對「北」的推崇，甚至做了不必要的誦經式細節展示，連冬子途經的一座廟院，都要突出「只有北邊的屋門是開著的，我便走進了北屋」。

其二，以太陽、朝霞、光亮、春天、東風、暴風雨等自然氣象和松、馬等動植物為意象。出現最多的是「百花盛開、萬物爭榮」的春天、「充滿生氣」的初春田野和「燃燒的朝霞」。浩然在《雪裏紅》中就有一段對春天、春風散文詩般的禮讚：

春天來了。它披著燦爛的陽光。
它登臨了堆積著魚貨、張曬著魚網的灘頭。
灘頭上的樹木，不論蒼老的還是幼嫩的，都被春風染綠了。
綠樹下的花草，不管野生的還是栽培的，都讓春風吹開了。

「文革文學」還多用松、馬、虎、鷹等比擬正面形象，用狼、狗、豬、狐狸、鯊等喻指反面形象。正面意象多具備剛健、勇敢、機智、堅強、不屈、硬朗、向上、上進、積極、宏大、鮮亮等品性，是奮鬥者和強者的表徵；反面意象則兇殘愚笨、醜態畢現（詳見本節下文有關論述）。

其三，注重意象的色亮度，尤其偏愛具有革命象徵意味的色彩物語——紅色。「紅燈」意象就凸顯了中國共產黨和毛澤東是照亮中國革命歷史前行道路的明燈，《紅燈記》中的李奶奶對「號誌燈」滿懷深情：「這盞紅燈，多少年來照著咱們窮人的腳步走，它照著咱們工人的腳步走哇！」鐵梅也深切領悟了「紅燈」的象徵意義，她高唱道：「紅燈高舉閃閃亮，照我爹爹打豺狼。」電影文學劇本《閃閃的紅星》還通過一系列意象形成了「紅色的海洋」這一意象群。主打意象是「紅星」，對軍帽上的紅星既做了群體性的展示，如紅軍戰士和游擊隊員們軍帽上的紅星，也有個體性的細描，如吳修竹八角帽上的紅星閃閃發光和潘行義臨行前留給冬子的那枚紅光閃閃的紅星；《列寧小學課本》上封面上那顆鮮豔的紅星；掛在窗前的大紅五星花燈；寫著「柳溪鄉工農民主政府」的木板一端嵌著紅星。劇本藉潘行義對冬子的教導道出了「紅星」指引革命方向的象徵意義：「什麼時候遇到困難了，想紅軍了，就看看它。有它給你引路，你這個兒童團員就一定能長成個紅軍戰士！」其他的映襯意象有映山紅、紅旗、紅纓、紅綢等，渲染出濃郁的革命氛圍。這些意象不是孤立的，作者經常有意將他們並置在同一個時空中，形成總體意象和整體象徵。如將「紅星」、「陽光」和「鮮花」並提，「紅星，在陽光的照耀下，鮮豔得像一朵盛開的鮮花」；將「映山紅」、「紅旗」、「紅軍」和「紅星」共置，「一支映山紅開了。滿坡的映山紅都開了。爛漫的山花叢中，現出了一條寬平的大道。大道上，紅旗飄揚，威武雄壯的大隊紅軍，快步走來。看見了爸爸軍帽上那顆閃閃的紅星」；將「紅旗」與「朝陽」映襯，「被烈火焚燒過的土樓，在藍天、彩霞的映襯下，巍然聳立。土樓頂上，一面鮮豔的紅旗，迎著朝陽獵獵飄動」。

二、映現話語權力等級秩序的意象設置

對權力秩序的敬仰，某種程度上可以說是政治運作的必然要求。「文革文學」的意象構築就體現了政治話語權力的森嚴等級秩序，具有最高統治者、正面人物和反面人物三重等級。

其一，用太陽意象禮讚最高領袖毛澤東。

在政治家的形象塑造中，把政治人物神聖化或神話化是常見的美學方法，中西方都存在「將一個政治人物的出現賦予自然現象、自然規律般不可確知、不可抗拒的莊嚴與神聖、崇高與偉大」[8]的情況。馬克思・韋

8 駱冬青，《論政治美學》，《南京師範大學學報》二〇〇三年第三期。

伯也在《經濟與社會》中說過，在心理的、生理的、經濟的、倫理的、宗教的、政治的危難之時的「天然」領導者，是特殊的、被設想為超自然的（在並非人人都能企及的意義上）身體和精神的天賦的體現者。「文革文學」就普遍運用太陽意象、光明意象禮讚被視為救世主、大救星的毛澤東，將「最高統治者的形象與人世間最為輝煌的視覺形象，或者說一切視覺形象之源泉相比擬」[9]。這是中國政治美學的代表性意象，也是典型的太陽崇拜和光明崇拜。

「文革文學」有時用太陽意象直接指向最高領袖毛澤東，譬如：

樹有根呵，
水有源，
萬物生長靠太陽。
訓華的成長呵，
全靠黨的雨露，
毛主席的陽光。

（敘事詩《金訓華之歌》）

[9] 同前注。

霹靂一聲震天響，
東方升起紅太陽，
盼來救星毛主席，
窮人翻身得解放。

（中型歌劇《心紅眼亮》）

有時則間接喻指毛澤東，如電影文學劇本《閃閃的紅星》表現遵義會議後毛澤東恢復了對紅軍的指揮權，就用了這樣的自然環境描寫作為政治情境的映襯——「天亮了。一輪紅日冉冉升起。金色的陽光，穿過晨霧，從窗洞裏射進來，把屋裏照得通明透亮。」《智取威虎山》中的常寶「盼星星盼月亮，只盼著深山見太陽」，楊子榮給她展望了美好未來——「消滅座山雕，人民得解放，翻身做主人，深山見太陽。從今後跟著救星共產黨，敢叫山河換新裝。」《白毛女》第七場表現喜兒和大春重逢相認後，迎著朝陽走出山洞，放聲歌唱「太陽出來」，最後又迸發出「太陽就是毛主席」、「太陽就是共產黨」，響徹雲霄的頌歌，將劇情推向高潮。《沙家浜》也對郭建光透過困境看到希望時的情景做了具有象徵意味的描摹——「漫道是密霧雲鎖蘆蕩，遮不住紅太陽萬丈光芒。」「文革文學」充斥著對日出景象具有濃重象徵意味的描繪和吟頌。如：「初春的早晨，一輪紅日噴薄而出。霎時間，金燦燦的光芒盡染大地。鋼鐵廠沐浴在朝陽裏，無論是林立的煙囪，連綿的廠房，還是縱橫的管道，凌空的天橋，都抹上了一層透明的紅暈，尤其是那異峰突起、直聳雲天的大高爐，更加顯得生氣勃勃，壯麗無比。」（《助手》）「太陽還沒有露臉，它的光輝已從東方地平線上四射開來，給高大的建築物抹上了一片絢麗的色彩。東風機械廠銀灰色的牆壁上，懸掛著那條『堅決貫徹黨的調整、鞏固、充實、提高的八字方針！』的巨幅標語，在朝輝的照耀下顯得更加紅豔奪目。」（《較量》）這些描述強調的是陽光普照、點染生輝、播撒光明、沐浴萬物、滋潤蒼生、賦予生機等特質，革命象徵意義顯著。

其二，多用松、鷹、海燕、海鷗等革命奮進、堅韌挺拔的意象象徵正面人物。常見的有用茁壯成長的一排挺拔的小松樹（《補考》）、「學飛的海燕」（《弧光燦爛》）、「小鷹」（電影文學劇本《閃閃的紅星》）象徵革命青年的成長；用「時代的勁松」（《火紅的年代》）、挺立山頭的高大青松（李心田著《閃閃的紅星》）、「在暴風雨中飛翔」的山鷹（《虹南作戰史》）、在「空中盤旋」、「展翅疾飛」的山鷹（《閃閃的紅星》）、「展翅在崖畔」的「矯健的山鷹」（《弧光燦爛》）等象徵經受鬥爭熔煉的無產階級英雄。《紅燈記》中的鐵梅敬仰地將李玉和比擬為意志堅強的松柏，《沙家浜》中的郭建光和傷病員們用青松勵志——「要學那泰山頂上一青松，挺然屹立傲蒼穹。八千里風暴吹不倒，九千個雷霆也難轟。烈日噴炎曬不死，嚴寒冰雪鬱鬱蔥蔥。那青松逢災受難，經磨歷劫，傷痕累累，瘢跡重重，更顯得枝如鐵，幹如銅，蓬勃旺盛，倔強崢嶸。」張永枚的詩報告《西沙之戰》用「排空上九霄」、「壯志鼓雙翅」、「豪情振羽毛」的海燕，「勁拔」的海松及「剛健」的海柳比擬橫掃入侵者的西沙軍民。

其三，多用鯊魚等兇險殘忍、醜陋愚笨的意象象徵反面人物。《智取威虎山》中的常寶用「殺豺狼討血債」、「風雪裏峻嶺上狼窩虎穴我敢闖」，痛表上威虎山消滅頑匪的決心。《紅燈記》中的李玉和視日本鬼子為「狼」，痛斥叛徒王連舉為「一條斷了脊樑骨的癩皮狗」。《奇襲白虎團》中的嚴偉才將美帝國主義喻為

「野心狼」——「失敗時它笑裏藏刀把『和平』講，一旦間緩過勁來張牙舞爪又發瘋狂。任憑它假談真打施伎倆，狼披羊皮總是狼。」—《牛田洋》中的杜大叔用壞了的蘿蔔喻指「兩面派」：從表面上看，「光溜溜的，還是紅的」，其實，「心肝是黑的，滿肚子壞水」；《西沙兒女‧正氣篇》中阿寶把日本鬼比喻為寄生蟹，還有一段充滿貶斥意味的意象描繪：

> 一隻日本鬼的兵艦泡在水裏，像漲大潮的時候，從河口飄來的臭爛的水牛。有一個日本鬼揹著槍，遊魂似地在那兒遊蕩；皮靴踩地「嚓嚓」響。一條瘦狗在東顛西跑，到處尋找腥氣味，張著嘴巴「汪汪」叫。一灘魚血和腸肚，招來一群綠頭的大蒼蠅，圍著「嗡嗡」飛。

這裏有意將「日本鬼」與「臭爛的水牛」、尋找腥氣味的「瘦狗」與「綠頭的大蒼蠅」並置在同一個畫面當中，文字的情感指向不言而喻。

三、渲染基調昂揚明朗的積極情境

一般而言，單獨的意象象徵性較弱，只有經過不斷地重複、持續、提示和渲染，才能確立並強化象徵意義。正如韋勒克、沃倫在《文學原理》指出的：「象徵」具有重複與持續的意義，一個「意象」可以被轉換成一個隱喻一次，但如果它作為呈現與再現不斷重複，那就變成了一個象徵，甚至是一個象徵（或者神話）系統的一部分。意象只有反覆出現才能構成象徵，而意象的不斷重現，導致作品形成了一種象徵意味。「文革文學」的象徵就不斷出現具有家族相似性的意象表層，在累積疊印中渲染具有濃郁革命氛圍的文本情境。意象與象徵之間多存在如下關係：一是單純意象與個體象徵，即每一個象徵都是一個具體的意象，某個具體的意象往往就是一種象徵；二是主題意象與主題象徵，即用具有哲理意蘊的意象揭示主題的象徵意義；三是總體意象與整體象徵，即通過單純意象的擴大、組合、疊加構築總體意象，並形成整體象徵。「文革文學」多由總體意象營造具有整體象徵意味的敘述情境，就敘述基調而言，「文革文學」的敘述情境主要有積極情境和消極情境兩大類別：

其一，昂揚明朗的積極情境。如解放軍到海霞家時「東方現出燦爛的曙光」，海霞持槍屹立在海岸的峭壁上的背景是「朝霞燦爛」（電影文學劇本《海霞》）；當程亮象「火種」一樣到處點燃鬥爭烈火時，「西沙群島飄揚著戰鬥的紅旗，藍天白雲來陪襯」，「西沙群島滾動著勝利的歌聲，浪濤海燕來應和」（《西沙兒女・正氣篇》）；浩然在《西沙兒女・奇志篇》中對「西沙革命的搖籃」金銀島熱帶植物做了象徵性描繪，不論是那「雷電烈火也點不燃、燒不死」的羊角樹，「有松柏一樣的韌性，又具楊柳一樣的靈活」的麻楓桐，「生命力特別強旺」的馬尾松，還是「筋骨四處蔓延」、「保護著沃土金沙」的西沙藤，抑或「緊緊相連」、「盤根錯節」的野海棠，無不蘊含著堅韌強勁、團結奮進的革命精神。

其二，晦暗陰沉的消極情境。如電影文學劇本《閃閃的紅星》寫到第五次反「圍剿」失敗後紅軍被迫進行長征時，用了「烏雲升起，雷聲轟鳴，電光閃閃」，「狂風暴雨」，「荒野」，「狂風捲著亂草，滾來滾去」，「泥塘」，「暴雨攪著污水，沉渣泛起」等一系列的意象營造消極情境；李心田原著《閃閃的紅星》

中也運用了同樣的手法，「靖衛團」匪兵從柳溪村旁的小竹橋上衝過時的背景是「漆黑的夜晚」、「雷鳴電閃」，胡漢三回來後，「就連那天也變了，天空灰灰的，陰沉沉的」。《西沙兒女・奇志篇》用「大海茫茫，黑夜沉沉」表現漁民飽受壓迫的悲慘遭際，而阿寶媽寧死不伺候日本人而跳海中彈喪生後，「大海滾動著混混沌沌的波浪，殘月灑下冷冷的白光」。電影文學劇本《青松嶺》則用「晨霧，籠罩著崇山峻嶺。沿著逶迤的山勢，巍峨雄偉的萬里長城，聳立在迷蒙的濃霧中，若隱若現」，象徵暗藏著階級敵人，鬥爭形勢不明朗。

「文革文學」通過意象象徵營構的積極情境與消極情境主要存在以下三大方面的差異：在色調對比上，積極情境以「紅」為主色調，消極情境則以「灰」為主色調；在亮度對比上，積極情境強調的是鮮亮的「明」，消極情境則突出了陰沉的「暗」；在意識形態性質上，積極情境凸顯的是正義、革命、勝利，消極情境則幾無例外地表現為邪惡、反革命、失敗。「文革文學」還具體通過以下兩種方式強化積極情境所代表的革命氣息和時代氛圍：

其一，積極情境與消極情境的比對映襯。如用「車廂外面，風雪呼嘯，天地莫辨」，「車廂外面風雪瀰漫，夜色濃重」，來渲染當時中蘇關係緊張的國際形勢，而用「剛剛落過一場春雨，陽光射出雲層」，「江南水鄉，到處春意昂然，生機勃勃」，「崎嶇的山路上，映山紅開得如火如荼」，來象徵在困難中仍然充滿生機的革命前途（電影文學劇本《火紅的年代》）；阿寶出生時是難產，相伴的是「狂風」、「巨浪」、「暴雨」，當她終於落生時，則呈現出積極的文本情境「太陽，照著千層碧波，耀起萬片銀光，閃閃地往艙裏邊反射」（《西沙兒女・奇志篇》）；墊沙基失敗時，「天變了臉，接連幾天都下著綿綿細雨，下得牛田洋陰沉沉的」，「飽含著水氣的海風，吹得人喘不過氣來」，而試驗堤修好時，「金色的陽光照耀著大堤，照耀著五個大字（引者注：指『馴服修田洋』），閃爍著斑斕的色彩，顯得格外壯觀」（《牛田洋》）；用寒流比喻鬧騰退出合作社的風氣，而合作社分紅那天則是個「紅日高照」，「萬里無雲的好晴天」（《虹南作戰史》）。

其二，積極情境與消極情境的「交鋒衝突」。當然，這種交鋒和衝突是以積極情境占壓倒性優勢的面貌出現的，談不上真正的激烈交鋒衝突。《牛田洋》用「紅旗漫捲了南海上的烏雲」喻指「毛主席指揮的人民解放軍，揮戈南下」解放全中國，突出了鯊魚和反面角色陶才懼怕「鮮紅的紅旗在陽光下發出萬道紅光」；《閃閃的紅星》則用「一線陽光，穿透烏雲，照射在小冬子的身旁」暗示革命前景；《暗礁》也用「陽光透過濃密的烏雲縫隙，像一條條金柱投射在陰暗的海面上」，暗示正確路線指導下搜尋現實和思想上「暗礁」的勝利。

「文革文學」獨特意象風貌的形成與中國自古較為倚重勁健的審美傳統和大眾的審美理想、審美趣味有關，也與毛澤東具有領袖影響力與號召力的偏好剛勁有力的浪漫風格、不喜柔美陰鬱的個人審美情趣有關。此外，還與主流意識形態對共產主義新人的理想人格的範版設置有關。「文革文學」的意象多為簡單比附型的——對應關係，過於追求意象象徵體與象徵意旨的契合，情感褒貶意味也十分顯著。審美趣味本是多元的，「文革文學」則在追求大一統的時代語境中，形成了單調、提純的審美風格。這固然與人們的從眾心理有關，更與政治無孔不入、滲透力強勁的宣傳攻勢有關。什麼樣的作品培養具備什麼樣審美趣味的欣賞群體，反過來，具有何種審美趣味的受眾又易催生與其審美需求相投合的文學作品。大一統的現實社會環境和文學情境極力掩蓋並抑制了多元的審美需求和審美理想。人有七情六欲，而「文革文學」只強調政治、思想，忽略人性和平實的生活情感。「文革文學」的意象立意多過於簡單明確，缺乏模糊性與多義性，只是一種符號式意象。同一類型的意象又往往被大量並置、疊加，成為低水平的重複使用，多、濫、浮、泛、大、空成為它們的共同特質。意象的象徵表體與象徵意旨之間是直線式的簡單聯想，注重的是兩者之間的相似性、相關性、相近性，缺乏曲線式的審美想像空間，缺少令人回味品評的審美意蘊和哲理意味。

第二節　文本語境：簡約呈現的時代影像

「文革」時期將以主觀設定的「敵我」階級關係簡化原本錯綜複雜、盤根錯節的人際關係和社會關係的做法運用到極致。階級成分、人物出身、父輩甚至祖父輩的表現等，成為判定人物言行思想正確與否的主要尺規，甚至是唯一、絕對的尺規。「文革」時期的日常生活被極度政治化了，這是對豐富多彩的生活的簡化，而「文革文學」又是對這已被簡化的社會環境的再度簡約呈現，文本中的時代影像可以說是「二度簡化」的產物，高度濃縮了特定時代的社會生活景觀，是「濃縮版」的「以階級鬥爭為綱」的時代圖景。

一、與政治身份簡單對等的人物言行思想

「文革文學」具有濃重的血統論政治色彩，人物言行思想與其出身形成簡單的等式關係。民間俗語「龍生龍，鳳生鳳，老鼠的兒子會打洞」，在「文革」時期發展成為以著名的「老子英雄兒好漢，老子反動兒混蛋」（橫批是「基本如此」）對聯為標誌的血統論。其實，這是打著社會主義、共產主義的旗號對以門閥為代表的等級制度封建性糟粕的承傳。血統論本指封建社會中以血緣關係形成的系統來確定親疏貴賤的繼承關係的主

張，後指以家庭出身和本人成分的好壞作為判別一個人善惡的標準的思想，實際上就是「唯出身論」、「唯成分論」。「文革」之前，這種思想已然出現，「文革」期間更為氾濫。「紅五類」，即工人、貧下中農、革命軍人、革命幹部和革命烈士這五類家庭出身的人，被認為是天生革命的「自來紅」，而出身不好的黑五類，即地、富、反、壞、右，則成為排斥和打擊的對象。「文革」期間還衍生出「黑七類」、「黑九類」之說，前者在「黑五類」的基礎上增添了叛徒、特務，後者在「黑七類」的基礎上又新增了走資派和資產階級知識份子兩項。一九六六年七月二十九日，北京航空學院附屬中學部分幹部子女貼出的上述引人矚目的「文革」對聯，宣揚的就是典型的血統論。遇羅克曾撰文《出身論》質疑血統論，然而，正義的主張被斥為「反動」，他本人也慘遭殺害。血統論後來雖然遭到批判，但在極左路線為主導的政治氣候下，對出身、成分的一貫看重，使血統論仍然具有較大的影響[10]。「文革文學」也熱衷於在此問題上做文章，許多描寫恰是對名噪一時的血統論色彩濃重的「文革」對聯的形象性詮釋。

「文革文學」處理人物成分時，常用以下三種手法：

其一，以直白的形式凸顯人物的成分。荊河戲《紅哨兵》在人物表中就明確標示成分：劉大伯，六十多歲，住旅社老貧農；羅師傅，三十多歲，住旅社工人；大媽，六十多歲，住旅社貧農社員；馬仁，男，五十多歲，逃亡地主、偽保長。這是「文革」時期各類劇本的慣用手法，在「樣板戲」影片中，正面人物與反面人物不僅分開排列，而且中間還有明顯的界線，以顯示兩類人物的涇渭分明。

10 對「血統論」的解釋，主要參考了巢峰主編，《「文化大革命」詞典》（港龍出版社，一九九三年），頁五九至六〇；張文和、李豔編著，《口號與中國》（中共黨校黨史出版社，一九九八年），頁四〇九。

其二，凡屬正面人物陣營的都具有好的成分。《牛田洋》強調王國棟是「苦大仇深的貧農兒子」；《虹南作戰史》突出安克明出身於「蘇北一個貧農家庭」，洪雷生是虹南村「最窮的一家雇農」，張寶珍是「貧農出身的年輕姑娘」；《戰鬥的堡壘》中高雲的家庭成員都是好成分：父親是革命烈士，兄弟是革命軍人，愛人是工人。

其三，正面人物都高度重視成分問題，善於從人物出身判定矛盾的性質。高雲認為高拴祥是貧農，所以他偷棒子是出於私心，應該歸屬為人民內部矛盾。安克明牢記蘇北土改中傳達的偉大領袖毛澤東「依靠貧農」的教導，經過調查發現不同成分的農戶，對合作化運動的態度差別很大，清楚地感到劃分成分的重要性與必要性；洪雷生、張寶珍等人熱烈討論楊桂囡究竟該算什麼階級成分；洪雷生強調自己是個貧雇農出身的幹部，要照廣大貧下中農的意見辦事；洪雷生對金坤餘高度警惕，主要就是因為他是個來歷不明、成分不清的外來戶；而反面人物浦春華則十分反感洪雷生「開口就是貧雇農，閉口就是貧下中農」，認為他這是在用成分壓制別人，還做了一番否定成分論的講話，小說對此做了斷然的否定性評價——「是一番歪理」，「是從自己的右傾機會主義的錯誤觀點出發的」，「是完全錯誤的」。

「文革文學」其他各類人物的言行心理也無不與其出身完全吻合。《楊柳風》中的張麻子是富裕中農，「又自私，又奸猾」；電影文學劇本《青松嶺》給錢廣定的罪名中最重要的一條莫過於是騙取了「中農成分的富農份子」；《閃閃的紅星》中的椿伢子認定「土豪是壞種」時，潘行義肯定並嘉許了這一判定；《虹南作戰史》認為牛貴發這個富裕中農的思想深處已經滲透了資本主義競爭的影響，「這一方面決定於舊中國半封建半殖民地經濟，一方面又通過富裕中農牛貴發自己的經濟地位所決定的思想而起作用」。牛貴發由於「特定的階級地位所形成的思想感情」作祟，斷章取義地唸了一首批評大田生產沒有管理好的順口溜，雇農出身的洪雷生則唸出了貧下中農創作的快板全文，表達發揮高級社的優越性、實現農業綱要興修水利的要求。作者強調二者表達的思想情感完全不同，「一個表達的是工人階級和貧下中農的感情」，「一個表達的是具有資本主義自發傾向的富裕中農的感情」。

正是由於認定階級、成分的歸屬天然決定了人物的言行，譬如《牛田洋》中的張寶珍是貧農出身，因而同「自己所出身的這個農村中最革命的階層，有一種自然的聯繫，由此產生出她的階級敏感和階級感情。……這使得她比起從其他階層出身的人們更容易接受馬列主義、毛澤東思想」。因此，「文革文學」大量出現直接描述某一階級、階層的群體表現。被標舉為反映兩條路線鬥爭的「文革」旗幟性作品《虹南作戰史》在這一點上非常突出。洪雷生認為：「寒流來時，貧農都很穩定，鬧問題的大都是富裕中農，還有就是少數支持富裕中農或者有富裕中農思想的人。」棉糧組除按災情嚴重次序幫扶外，又加上了一條「更重要的原則」，即「先幫貧農除蟲，然後再幫中農，最後幫富裕中農」。虹南高級公社成立後，三個自然村的全部貧下中農、中農、富裕中農都報名入社了，但是不同出身的人的思想狀況和入社動機也各不相同：絕大部分人，包括一部分富裕中農在內，是經過學習和宣傳後自願報名入社的；牛貴發那樣的富裕中農則是因為大勢所趨勉強入社；富農則是規劃入社的。貧農認為合作社的蔬菜應該全部按照蔬菜市場的掛牌價賣給供銷社，一些中農卻主張私下高價賣給菜販子。對新建立起來的社會主義秩序，具有資本主義自發傾向的富裕中農「各有各的發家打算」，「嘴裏異口同聲地喊新社會好……心裏卻各人有各人發家的小算盤」；富農們「同地主一樣仇恨新社會」，「嚮往舊社會的剝削生活」，「想回到舊社會去」，「妄想復辟資本主義」，對猛烈發展的合作化運動，「一切地主、富農、反革命份子膽戰心驚」，想方設法要破壞合作化運動。凡此種種，強調的都是不同階級陣營的人對同一樁事情的反應各不相同，富有明顯的階級出身意味。

「文革文學」對人物的稱謂極具時代特色，作者對人物的指稱或人物之間的相互指稱除直呼姓名或姓氏＋職務外，大量出現的是職務或出身與姓名二者並舉，且明顯倚重職務、出身等現實政治身份，有時直接以人物的職務、出身等取替了人物名字，有的人物甚至在作品中從來就沒有出現過姓名。如《虹南作戰史》在周忠和洪媽媽前加上了出身稱謂——「老貧農周忠」、「雇農老大娘洪媽媽」，可見，作者需要設置的是一個貧農、雇農身份的人物。王龍三等人準備寫參加合作社的入社申請時，作者極力渲染大家踴躍發言的場面，但大多數發言者都未標明姓名，反覆出現的只是他們的出身：「一個貧農說」；「又一個貧農骨幹說」；「又一個貧農高興得熬不住，搶了插話」；「又一個貧農插話說」；「另一個貧農接話說」。苗青唸寫好的申請書時，幾個「貧農骨幹」要他唸慢些，以便細細體會從中「反映出來的自己這個階層的自豪感情」。作者提及牛虎生和牛貴發時，先給他們戴上一頂「兩個富裕中農」的帽子，給浦春華的姓名前則添加了詳細的階級出身注解——「父親是醫學院教授、大知識份子家庭出身的浦春華」，提到姜耶仙時也沒有忘記標注其出身——「姜耶仙那富農婆子」。《牛田洋》敘寫師黨委委員們研究向牛田洋進軍計畫的熱烈發言情景，對人物的稱代無不突出了職務身份，如「副師長任維民」、「生產科的丁科長」、「發言的是副政委」、「政治部主任」等。在其他場合也處處突出人物的職務，如「政治處主任陳大忠和後勤處長李一民」之類的表述。《閃閃的紅星》中也著意強調了小冬子和椿伢子兩人的兒童團員這一政治身份。這類指稱方式的氾濫其實限定了話語言說權的歸屬，並進而規約了具有此類出身、職務的人應該具有的言說內容、行為表現和思想動機，在文本細節上呼應了「文革」對政治身份的倚重。

二、時代氛圍畢現的文本場景

「文革文學」擅長通過家居環境、工作環境、勞動場面等場景設置彰顯時代氛圍，主要運用了以下兩種方式：

（一）描繪會議場景，高度禮讚會議功能。

「文革」時期，現實生活中的人們熱衷於參加各種形式的會議，「大會三六九，小會天天有」，恐怕還不足以形容那時人們被會海纏裹的情狀。文學作品也忙不迭地表現名目繁雜的各種會議，上至中央高級會議，下至普通家庭會議，大到幾十萬人的群眾大會，小到三人參加的「迷你」會議。「文革文學」中出現的高級別會議有一九五五年十月四日至十月十一日召開的中國共產黨第七屆中央委員會第六次全體會議的擴大會議，一九五五年七月三十一日毛澤東召開的省委、市委和區委黨委書記會議，以及一九五六年一月二十五日毛澤東親自召集的最高國務會議等（均見自《虹南作戰史》）。進入「文革文學」視野的其他林林總總的會議形式還有黨委會、黨委擴大會、黨支部大會、支委會、支委擴大會、黨小組會、團員會、幹部會、幹部碰頭會、田邊碰頭會、群眾大會、動員大會、社員大會、成立大會、誓師大會、批判大會、戰地祝捷大會、鬥爭會、分紅會、貧農會、現場會、社務委員聯合會、社員民主會、緊急會議、作戰參謀會、家庭會、民主小組會、群眾小組會、紅衛兵學習小組會等數十種之多。

《虹南作戰史》描擬了典型的「紅色」會議布置場景——

> 虹南小學教室的門口，貼著一張紅紙，恭恭正正地寫著幾個字：「虹南初級社分紅會」。教室裏牆壁的正中，掛著一張嶄新的毛主席像，毛主席像兩邊，貼著一副紅紙對聯：「聽毛主席話；跟共產黨走。」毛主席像前面，是兩隻紅漆的四方臺子，前面放一排凳子。這是給社務委員們坐的，算是分紅會的主席臺。

《西沙兒女‧奇志篇》真切表現了「批林批孔」大會熱氣騰騰的情景——

> 漁輪上的人員……按規定的時間集中到甲板上，開始了批林批孔的小組會。
> 這個班批的是林彪和孔老二「克己復禮」要開歷史倒車的邪說。
> 那個班批的是林彪和孔老二「兩鬥皆仇、兩和皆友」，大搞階級調和的謬論。
> 揭發、控訴，人人爭著發言。
> 分析、批判，聲聲雷鳴震海天。

《初春的早晨》中運用誇張的手法表現會議的成功熱烈和人們的忘我投入——會議熱烈得讓大家忘記了天寒地凍，「還以為是在大伏天裏」，一百來個工人、貧下中農、學生和機關幹部等群眾組織的負責人，整整開了七個鐘頭的會議，氣氛熱烈到「有個邊發言邊抹著汗的小夥子，俏皮地冒了這麼一句：『嗨！現在挑一桶冷飲水來多好哇！』」這般樂此不疲地描繪會議場景，渲染熱烈氛圍，旨在突出會議的功能——是統一思想，統一部署，增強凝聚力和戰鬥力，挫敗階級敵人的有力鬥爭形式。

（二）賦予「唱歌」行為、歌曲內容以烘托革命氛圍和時代氣息的功能。

在「文革文學」中，唱歌絕不只是個人愛好或興之所至，而與高呼口號等一樣是一種具有特定時代意義的莊嚴的政治行為和神聖的話語權力，歌唱的主體與言說的主體同樣是有限制性的，是革命者的特權和政治時尚；歌曲的內容也是有限制，只能是革命歌曲這一紅色時代的「流行金曲」。一言以蔽之，即革命者演唱革命歌曲。

《牛田洋》多次不惜筆墨地展現各位正面人物高唱革命歌曲的場景。一號英雄人物趙志海激動地想起並朗讀起《國際歌》歌詞，「戰鬥的詩句，激蕩著每個人的心弦，大家彷彿又看到了巴黎公社先烈們沖天的革命氣概，和改天換地的首創精神」；陳大忠也放開歌喉高唱稱頌戰士在牛田洋建立豐功偉績的歌；張作田唱起了輕快的潮汕山歌，表達克服艱苦條件、奪取勝利的革命信念；牛少蘭用包含「風浪」、「暗礁」、「鯊魚」等意象的漁歌表現堅決鬥爭的革命意志，還多次唸叨那首凸顯主觀意志的著名民歌——

> 天上沒有玉皇，
> 地下沒有龍王，
> 我就是玉皇，

我就是龍王，
喝令三山五嶺開道，
我來了！

戰士們則要麼精神抖擻、意氣風發地高聲齊唱著《三大紀律八項注意》，要麼唱起自編的戰歌，龍騰虎躍地投入工作，在大堤合攏工程的決戰時刻，又激昂地唱起了《國際歌》。

《海霞》中的方指導員和戰士們有意把《沒有共產黨就沒有新中國》的每一個字都唱得特別清楚，好讓海霞聽得懂。《西沙兒女‧正氣篇》中的革命引路人趙明「低聲而有力」地唱著《國際歌》，作者還著力表現了在他的感召下毅然走上革命道路的程亮聽到這首歌時的心理反應——「第一次聽到這支歌，卻像非常熟悉，第一個音符就把他的情緒抓住了，字字句句沁到心裏；他的心裏，也如同有一把大火燃燒起來了。」從此，程亮的耳邊就常常迴響起《國際歌》。《西沙兒女‧奇志篇》不僅表現男女青年高唱革命歌曲，還突出了阿寶創作反映西沙兒女扎根西沙的革命決心和革命豪情的新歌。電影文學劇本《青松嶺》也多次出現秀梅、大虎揚鞭策馬唱著清脆的山歌的情景，表現成長中的革命青年「沿著社會主義大道奔前方」的革命決心。《理想之歌》三次敘寫章政委聽到嘹亮的「山丹丹開花喲紅豔豔，毛主席領導咱們打江山」歌聲，並輔之以「一輪紅日高高升起，灑下了萬道金輝」的背景烘托。《虹南作戰史》強調虹南村的農委會員們個個會唱《東方紅》。《初春的早晨》讓小蘭在東風廣場舉行的批判劉少奇資產階級反動路線、打倒舊市委一小撮死不改悔的走資派的萬人群眾大會上情不自禁地領唱《國際歌》，幾千個人一起肅然起立，同聲合唱，「高昂的《國際歌》聲激蕩著會場內每一個人的心，激蕩著飄落著雪花的城市的夜空。」

在「文革文學」中，歌唱有時僅以「歌聲」的簡約形式出現，作為革命者種種言行的背景映襯，如公審胡漢三這天，秧歌隊、腰鼓隊高唱著「解放區的天是明朗的天」和「沒有共產黨，就沒有新中國」（李心田著《閃閃的紅星》）；海霞和姑娘們唱著聲調悠揚的漁歌，「歌聲中，女民兵拉網捕魚，愉快地勞動。歌聲中，女民兵們站崗、練兵。歌聲中，女民兵排著整齊的方隊在沙灘上練習刺殺」（《海霞》）；阿寶和民兵們「在自己的西沙，唱起自己的歌」，「唱著自己的歌，在島上平礁　、斬荊棘、刨樹根，修了一條自己的路」，「唱著自己的歌，在小盆地上鏟草、燒荒、翻開褐色的泥土，撒下黃的和紅的種子，種了一塊小菜田。」（《西沙兒女・奇志篇》）電影文學劇本《閃閃的紅星》則用具有象徵意味歌聲襯托冬子母親犧牲的場景：

土樓頂端，烈焰彌空。
高亢、激越的歌聲起：
映山紅啊，紅彤彤，
紅色兒女血染成。
火映紅星星更亮，
血灑紅旗大步走，
革命鮮花代代紅。

根據歌曲內容的不同，「文革文學」中的歌唱通常具有兩大功能：

其一，渲染階級仇苦，激發革命鬥志。如潘冬子想起小時候學的一支歌：

巴根草啊，根連著根，
天下窮人啊，心連著心；
十個指頭啊，肉連著肉，
階級兄弟啊，情義深。

（《閃閃的紅星》）

海霞低聲唱著淒涼悲傷的漁歌：

有活路莫來同心島，
同心島漁民苦難熬。
頭頂三把殺人斧，
漁霸海匪加風暴……

（《海霞》）

其二，歌讚毛澤東和共產黨的偉大領導或人民解放軍的奉獻精神，並表明革命決心和豪情壯志。如電影文學劇本《閃閃的紅星》的主題歌曲《閃閃的紅星》與插曲《小小竹排江中游》、冬子母親唱的江西山歌相互呼應，表現了革命者對革命勝利的企盼、對毛澤東的由衷歌讚。冬子、椿伢子唱的歌和姚公公唱的歌，則分別以「太陽」起興和「北斗星」起興，頌讚毛澤東的偉大領導。

此外，「文革文學」還借助幻覺、夢境來表現人物思想和社會現實。李心田著《閃閃的紅星》通過冬子的幻覺渲染了母親的壯烈犧牲和父親的偉岸形象：

> 這時，我眼前像燃起一堆火，在那火光裏我看見了我媽媽：她兩隻眼睛大睜著，放射著明亮的光采，她的一隻手向前指著，在她的手指下面，胡漢三害怕地倒退著。媽媽的另一隻手握著拳頭舉起來，像前天晚上那莊嚴的宣誓。火光越來越大了，媽媽渾身放著紅光。
>
> 我聽了，面前立刻出現我爹的身影：不很高的身軀，壯壯實實，綴著紅星的八角帽下，閃著一雙大眼睛，身後揹著一把帶紅穗子的大刀，肋下挎著一把二十響的匣子槍……。我爹，一個從田裏被逼著出去鬧革命的莊稼人，當了革命部隊的副師長了。

總之，「文革文學」對時代影像的簡約呈現，體現了「文革」時期的公開文學與時代社會生活、尤其是政治生活之間同聲相應的高度一致性。有相當一部分作者，特別是「樣板戲」和《虹南作戰史》等創作集體，是自覺自願地主動親近政治，甘做趨時應勢的政治附庸，成為政治話語的文學代言人。還有一部分作者是在聲勢猛烈的政治文化洗腦下，不自覺地表現出與主流政治、官方意志的一致。總體而言，「文革文學」呈現出思想貧弱、審美趣味單一等特點，缺乏時代批判性和現實超越性。所幸的是，「文革」時期的潛在寫作勇毅地承擔起了批判與超越的使命。「文革」時期公開文學這種對時代語境的簡約呈現與其時文學生產、傳播、接受的不自由狀況有關，官方極權的強力箝制，導致文學作品的內容緊貼政治主流話語，不敢越雷池半步，甚至主動諂媚於政治。此外，習慣性思想方式，尤其是機械二元對立的「文革」思維定勢，也是導致「文革文學」簡化反映時代景象和社會生活的主要原因。

第三節　非此即彼：機械二元對立的「文革」思維

茲比格涅夫・布熱津斯基在《大失控與大混亂》一書中指出，二戰後民族解放中的整個第三世界的整個政治氣氛被「不寬容和信條的偏見所毒化」。這一評定用以說明「毛澤東領導下的中國政治進程」未必確當，但卻適用於政治進程畸變的「文革」時期。在這種有悖歷史發展規律、「以階級鬥爭為綱」的特殊政治症候的薰染下，「公眾情緒仍然動輒通過容易接受善惡二元論口號——宗教的和政治的善惡二元論——的原始觀念來表達」[11]，適宜機械二元對立的「文革」思維滋生蔓延。「文革」時期確立和崇尚非此即彼、非好即壞、非黑即白、非敵即我的對立關係，人們信奉毛澤東的著名論斷——「誰是我們的敵人？誰是我們的朋友？這個問題是革命的首要問題。」而社會生活的實際狀況是非常複雜的，並非總是如此涇渭瞭然，常常表現為亦此亦彼、亦敵亦友、你中有我、我中有你。「文革」思維缺乏辯證性，往往誇大異處，忽視同處。過於強調對立、分化、鬥爭性和敵對關係，典型地體現在「不是東風壓倒西風，就是西風壓倒東風」等風靡一時的流行話語中。「文革」時期，鬥爭哲學影響強勁，人們熱衷於「與天鬥，其樂無窮；與地鬥，其樂無窮；與人鬥，其樂無窮」。而作為意識形態重要工具的「文革文學」也概莫能外地成為彰顯「文革」思維的文字載體。

一、「文革文學」的社會學特徵解析

有研究者對十七年小說的社會學特徵做了這樣的概括：（1）從言說的主體看，工、農、兵及其對立面地、富、反、壞、右等處於政治意識形態中心的階級或階層占據了文學文本的中心位置，但兩者處在主／從的結構關係中，中間人物在一些文學有識之士的呼喚中尷尬地再生，而遠離意識形態鬥爭中心的邊緣人生被疏離或隔絕。（2）從生活層面上看，社會生活中強勢的生活內容，如階級鬥爭、路線鬥爭、思想鬥爭等被抽取出來得到強化性的表現，而非政治性的意識形態內容，如宗法的、宗教的、習俗的、個體心靈的內容則被淡化，甚或被遺漏了。（3）從主題和價值取向看，小說創作普遍被納入對無產階級的歌讚與民族再生的頌禱中，意

[11] 茲比格涅夫·布熱津斯基，《大失控與大混亂》（原名《失去控制：二十一世紀前夕的全球混亂》）（中國社會科學出版社，一九九五年），頁六二。

識形態中的政治意識形態被高度強化，而其他意識形式則極度萎縮，權威意識形態獨步文壇，成為一種無縫隙、無對話關係的一元意識形態存在[12]。

借用這一研究視角，可以對「文革」思維方式影響下的「文革文學」的社會學特徵進行如下解析：

（一）就言說主體而言，革命工人、貧下中農和革命軍人作為革命者與地、富、反、壞、右等反革命者敵我陣營壁壘分明，處於鬥爭中心位置的是革命者，反革命者只是必要的陪襯，中間人物的表現空間極為有限。「文革」之前，邵荃麟的「中間人物論」就被視為資產階級和修正主義文藝思想而飽受批判，因為鼓吹「中間人物」被認為有擠掉工農兵英雄形象位置的可能。《紀要》把「中間人物」論列為「黑八論」之一，「文革」期間雖禁止描寫中間狀態的人物，但「文革文學」還是出現了「準中間人物」，以及由落後者或滯行者到跟上革命前進步伐的轉變型人物，他們起著烘托主要英雄人物的重要功用，是路線教育、階級鬥爭教育重要成果的具體體現。如《海港》中的韓小強、《龍江頌》中的李志田、《牛田洋》中的謝文和、《海霞》中的雙和等。

（二）就生活層面而言，政治性內容成為「文革文學」的敘述核心和首要表現內容，兩條路線、兩條道路和兩個階級的鬥爭更是「重中之重」。「文革文學」人物的角色定位就是階級代言人，《虹南作戰史》中有這樣一段文字：「在合作化這場劇烈、複雜的鬥爭過程中，虹南高級合作社的各個階級、階層及其代表人物，全部登臺表演，無一例外。……他們的思想，還是帶著本階級、本階層所給他打上的烙印，也是無一例外。」這兩個「無一例外」決定了要表現的只是人物階級性的一面，私人情感生活等可能有損角色功能充分發揮的

12 參見孫先科，《頌禱與自訴：新時期小說的敘述特徵及文化意識》（上海文藝出版社，一九九七年），頁七〇。

無關資訊就被廢置了，自覺淡出了文學的觀照視野，處於隱匿狀態，只有少數作品偶爾表現了愛情和婚姻生活，但主要目的仍然是為了突出政治。改編後的《白毛女》模糊了喜兒與大春的戀愛關係，突出的只是拯救型的解放與被解放的關係；《杜鵑山》中柯湘與英勇犧牲的趙辛是革命夫妻；《理想之歌》中章楝明對黎明的追憶本可演繹出纏綿悱惻的生死愛情故事，卻被有意書寫為僅僅是革命教育的影響型關係，二人間絕無半點男女之情。《萬年青》中的人物連婚姻嫁娶都份外注重對方及其所在村的政治表現，喜子媽「嫁閨女不光挑女婿的政治條件，連女婿那村的政治條件錯了都不成」，她不同意把喜子嫁給大牛，只是因為誤信萬年青搞包產到戶的傳言。浩然在《一擔水》中極為大膽地設置了正面人物馬長新的兒子與富裕中農韓笣子的外甥女之間的戀人關係，不過，用意仍然在於表現二人接過革命擔子繼續前行。蔣子龍《鐵鍬傳》中的紅杏也是以路線鬥爭決定自己的終身大事，她對前來送彩禮的馬彪擲地有聲地說道：「你家往資本主義道上奔，一輩子甭想讓我登你家的門！」《金光大道》中高二林與錢彩鳳的婚姻是馮少懷一手策畫的，意欲在高大泉家庭內部製造矛盾、分裂與混亂，從而影響並阻撓互助組工作的正常開展。高大泉則以自己坦蕩正直的言行感化一時被馮少懷當槍使還渾然不覺地沉醉於追求自己的「小家」發家致福的高二林。高二林終於迷途知返，使馮少懷破壞合作化進程的「摻沙子」奸計未能得逞。

（三）就主題意旨和價值取向而言，《紀要》標榜的走社會主義道路還是走資本主義道路兩條路線的激烈鬥爭，在以《金光大道》、《牛田洋》、《虹南作戰史》等作品為標誌的「文革文學」主流創作實績中得到了有力體現。張抗抗反映扎根在黑龍江農場的知識青年鬥爭生活的長篇小說《分界線》語言生動、富有生活氣息，但在主題意旨和價值取向上仍然具有鮮明的時代精神。小說以在一九七三年春北大荒伏蛟河農場五分場遭受的澇災中受害最重的東大窪的保與扔問題為主線，展開了辦場中兩條路線的激烈鬥爭。以耿常炯為代表的農場革命青年執行毛澤東的革命路線，堅決主張把農場辦成既是生產糧食的基地，又是造就大批無產階級革命事業接班人的大學校。他會同農場的廣大青年、職工，批判了工作組長頑固推行的錯誤路線，揪出了把持著機耕隊的新生的資產階級份子，戰勝了洪澇災害，奪取了大豐收。「文革文學」就是這樣遵照《紀要》指引的方向，著力歌讚毛澤東、共產黨的偉大領導和豐功偉績，推崇社會主義路線，批判所謂以劉少奇為首的「修正主義」路線和妄圖復辟的資本主義路線。

二、政治視角的恣意侵入

完全淪為政治工具的「文革文學」很自然地在文本中嵌進了政治視角，「根深柢固的政治視角在文本中設置一條批判性線索」，如《沙家浜》中的胡傳魁雖有過抗日舉動，但由於「土匪」作為一個政治語碼和文學語碼的基本內涵是固定的，因此胡傳魁也被放在反共的另一條線索中予以表現[13]。二十世紀五〇年代後期以來，一定範圍存在著的階級鬥爭被誇大並絕對化。一九五九年的廬山會議把黨內鬥爭說成是「過去十年社會主義革命過程中資產階級與無產階級兩大對抗階級的生死鬥爭的繼續」，在一九六二年黨的八屆十中全會上，毛澤東提出「社會主義是一個相當長的歷史階段，在社會主義這個歷史階段中存在著階級、階級矛盾和階級鬥爭，存在著社會主義同資本主義兩條道路的鬥爭，存在著資本主義復辟的危險性」，並告誡全黨「千萬不要忘記階級

[13] 同前注，頁四八。

鬥爭」，「要年年講，月月講，天天講」。這一指導思想在一九六三年九月中央工作會議制定的《關於農村社會主義教育運動中的一些具體政策和規定（草案）》裏被高度濃縮為「以階級鬥爭為綱」的口號。這些文字在「文革文學」中多次被英雄人物引述，如《牛田洋》中的趙志海、《萬年青》中的李文甫、《青松嶺》中的張萬山等。

「文革文學」中的政治視角又往往具體化為階級鬥爭視角和路線鬥爭視角。《虹南作戰史》表現的是上海市郊原新涇區虹南鄉貧下中農堅持兩條路線鬥爭的事蹟，第一章「初戰」大段引述毛澤東在《矛盾論》中關於偶然性同必然性關係的教導，為就正確路線的代表人物安克明與錯誤路線的代理人浦春華在工作方式、成就動機等方面進行對比性闡析做了思想鋪墊。安克明努力用馬列主義、毛澤東思想教育雇農的後代洪雷生，把他培養成為虹南村走社會主義道路的帶頭人。浦春華則毫不關心農村的社會主義道路，只為沽名釣譽，因而嫌棄洪雷生所在的伴工組家底子薄，把眼睛轉到家底子厚的高曲文身上。作者通過浦春華到虹南村來沒碰到洪雷生這件偶然的事情，意在說明安克明和浦春華這兩個黨員幹部的兩種不同觀點、兩種不同做法，體現了黨內兩條路線鬥爭的必然規律，並認為這是黨內兩條路線鬥爭的反映。不少「文革文學」作品都以階級鬥爭形勢分外嚴酷的一九六二年前後為題材擇取的重要時段。《萬年青》通過萬年青大隊在黨的領導下，堅持黨的基本路線，依靠人民公社的力量發展集體生產，與包產到戶的「修正主義妖風」和「復辟倒退的資本主義傾向」針鋒相對的鬥爭，表現了「國內外階級鬥爭異常尖銳激烈」的一九六二年秋農村兩條道路的鬥爭，歌頌了毛澤東革命路線的偉大勝利。電影文學劇本《青松嶺》通過誰掌鞭趕車這一中心事件，反映了一九六二年秋農村兩個階級、兩條道路、兩條路線的一場激烈鬥爭。革命現代越劇《半籃花生》設置了摘帽地主王有財故意在浮土裏藏匿花生、讓兒子約貧農女兒曉華一道去撿「地腳花生」這一「具有特殊內容的戲劇衝突」，旨在「揭示農村中兩個階級、兩條道路鬥爭的普遍性」[14]。《火紅的年代》所反映的時代背景也是「國內外階級鬥爭極其尖銳、複雜」的一九六二年，通過上海某鋼鐵廠冶煉特殊鋼實驗時候出現的兩種思想、兩條道路、兩條路線的激烈鬥爭，塑造了一個牢記黨的基本路線、堅持「獨立自主、自力更生」方針、為革命敢於反潮流的工人階級典型英雄人物——趙四海的光輝形象，反映了中國人民在毛澤東革命路線的指引下，團結一致，自力更生，奮發圖強，同帝修反進行針鋒相對、百折不撓鬥爭的革命精神。「文革文學」中的生產鬥爭、階級鬥爭與毛澤東哲學思想時時處處均有關聯，敘述時也有意將它們纏繞在一處，似乎捨此就不夠「革命」了。《牛田洋》就多次重複這種「革命」敘述，強調「生產鬥爭裏有階級鬥爭，階級鬥爭又促進著生產鬥爭」。

晚上，他（引者注：指謝文和）一回到屋裏，就打開《矛盾論》，認真地讀著這樣一段話：「事物發展的根本原因，不是在事物的外部而是在事物的內部，在於事物內部的矛盾性……」讀著讀著，他心裏不禁一亮，自語道：「穀子在一定的溫度和濕度的條件下，才能發芽，生長，而這溫度和濕度，是促進穀子內部矛盾的轉化。它有了這個轉化的根本原因，那麼溫度和濕度這個客觀條件就可以由我們來掌握了！」他又翻開《水稻栽培學》、《育秧常識》等書籍，聚精會神地鑽研，終於找出了秧苗生長的主要特點是喜熱怕寒，如果能適當地解決溫度問題，生長期豈不可以縮短？

14 方進，《小戲創作的可喜收穫——評越劇影片〈半籃花生〉》，《紅旗》一九七四年第六期。

「我的看法嘛！」趙志海站起來，說道：「現在最需要的是根據毛主席在《矛盾論》裏的教導，研究一下主要矛盾。眼下，擺在咱們面前的問題很多，土壤啊，秧苗啊，氣溫啊，排水啊，大家已經說了不少。可是毛主席教導咱們要捉主要矛盾，捉住了重要矛盾，一切問題就迎刃而解。咱們戰勝了爛泥和海浪，修起了大堤，就是靠毛主席的哲學思想。眼前，要戰勝『鹹鹽缸』，還是要靠毛主席的哲學思想呀！」

政治視角的恣意侵入導致「文革文學」推崇以階級對立或路線對立為基本格式的敘述結構，並大量出現了不斷修改和拔高人物的階級成分以促成敵我分明的階級鬥爭形勢的「寫作技法」。《金光大道》中的范克明是個隱藏為炊事員的地主，蓄意製造階級破壞；《龍江頌》中霸水占田、殺人害命的後山地主王國祿改名為黃國忠後潛逃隱伏在龍江村；革命現代越劇《半籃花生》中隱在的反面人物王有財原本計畫寫成富農，定稿時則被拔高為摘帽地主；荊河戲《紅哨兵》中的馬仁是化裝成採購員潛逃的兼具逃亡地主和偽保長雙重反動身份的「壞人」。韋君宜在《思痛錄》中列舉了一大串例子談到這種拔高反面人物的階級成分，強化兩個階級、兩條道路鬥爭的流行招術：有男地主化裝成女人的，有用煙頭破壞自己的臉化裝成麻子的；有局長是混進革命隊伍的壞人；有的是「蘇修」和國民黨直接派進來的特務；有的硬生生地將原本熱愛教育事業的老校長改為「走資派」；還有在陝北土改完成五十多年、成功地「肉體消滅」地主後，實在無法合情合理地製造高級別的反面人物，只好塞進一個外地偷遷來的地主；更有甚者，不斷應時所趨，由「鬥地主，提高為鬥負責幹部、老幹部、知識份子幹部」。

按照政治路線來設計角色也是「文革文學」常用的手法，「從政治概念出發，按照社會本質力量對立的關係人為地組織矛盾，把寫作對象規定在抽象的社會階層內，然後賦予他們該階層所規定的形象、性格、品質等，具體地說就是以階級鬥爭為線，將文學角色劃分為代表各自階級利益的政治任務。」[15]《金光大道》就是「完全以階級鬥爭、路線鬥爭來畫線的，涇渭分明的兩大陣營人物，然後再湊上幾個中間份子（引者注：用『準中間份子』概括或許更為準確），圍繞農業合作社和發家致富的矛盾展開了一場毛澤東革命路線和『劉少奇反革命』路線之間你死我活的鬥爭就構成了全書的框架」[16]。

15 孫蘭，《藝術品格與藝術功能的消退——再評十年「文革」文學的審美價值體系》，《文藝評論》一九九九年第二期。
16 同前注，圖表亦主要參考此文。

高大泉	互助組長　堅定的無產階級革命派黨支部書記
王國忠	鄉黨委書記 合作社的支持者
周麗平	團支部書記
朱鐵漢	互助組成員 黨員
周　忠	老貧農
張金發	村長　混入黨內的走資本主義道路的當權派　蛻化變質份子
王文清	區委書記　右傾份子　伺機進行階級報復的異己份子
谷縣長	支持發家致富的黨內領導者
歪嘴子	地主　仇視共產黨
范克明	公開身份為炊事員　實為隱藏地主　蓄意製造階級破壞
馮少懷	漏網富農　走資本主義道路的反革命份子
秦　富	富裕中農 成天盤算著發家致富
秦　愷	靠攏互助組的中農成員
秦文慶	富裕中農份子
蘇存義	搖擺於互助與單幹之間的「準中間份子」

三、戰爭思維的不當延展

「文革」在對階級鬥爭的尖銳激烈形勢以及黨和國家面臨的變修變色危險做了聳人聽聞的誇大後，二分直觀的戰爭思維方式也在相對和平的社會主義建設環境中被不恰當地放大和延伸，並在日常生活和文學作品中得到了積極回應。帶有戰爭文化心理印跡的「樣板戲」在題材遴選、話語層面、敘述結構等方面充分體現了典型的「文革」思維特徵。「樣板戲」側重表現戰爭題材，《智取威虎山》、《奇襲白虎團》、《沙家浜》、《紅色娘子軍》、《杜鵑山》、《平原作戰》都矚目於火熱的戰爭題材。戰爭話語的大舉入侵是戰爭文化心理和「文革」思維的文學表徵，此外，還表現為戰爭思維與政治視角共同推動形成了二項對立的基本敘述結構。

戰爭是人類社會生活中關乎生死存亡的特殊狀態，正如《孫子兵法・計篇》所說的：「兵者，國之大事，死生之地，存亡之道，不可不察也。」這種生死存亡的利害關係在日常生活和尋常領域是罕見甚至沒有的。

在現實生活中，並非任何矛盾都必須激化或轉化。李澤厚指出，古兵家在戰爭中所採取的思維方式以明確的主體活動和利害為目的，突出而集中、迅速而明確地發現和抓住事物的要害所在，從而在具體注意繁雜眾多現象的同時，要求以一種概括性的二分法，即抓住矛盾的思維方式來明確、迅速、直截了當地去分別事物、把握整體，以便做出抉擇。戰爭思維是概括性的二分法的思維方式，用對立項的矛盾形式概括出事物的特徵，便於迅速掌握住事物的本質，是一種簡化了的卻非常有效的思維方式。但在日常生活中並不需要到處都自覺採用這種思維方式，也沒有必要把任何對象都加以二分法的認識或處理[17]。鄭敏指出，「二元對抗」是「僵化的、形

17 參見李澤厚，《中國古代思想史論》（人民出版社，一九八五年），頁八一。

而上學思維方式」，「這種思維方式產生於形而上學中心主義，往往站在一個中心立場將現實中各種複雜的矛盾簡單化為一對對抗性的矛盾，並從自己的中心出發擁護其一項，打倒另一項。這樣就將現實中矛盾的互補、互換、多元共存、求同存異等複雜而非敵對的關係強扭成對抗的敵我矛盾。」[18]

「文革」時期，強調對立、矛盾的戰爭思維是人們自覺採用的分析問題的主要方式，這在「文革」流行語中也得到了充分體現，如「寧要……不要……」式的「文革」時尚用語。自一九七五年十一月八日張春橋在「批鄧」中提出：「寧要一個沒文化的勞動者，而不要一個有文化的剝削者、精神貴族」之後，「寧要……不要……」句式曾盛行一時，出現了「寧要社會主義草，不要資本主義苗」、「寧要社會主義低速度，不要資本主義高速度」、「寧要社會主義的晚點，不要資本主義的正點」、「寧要社會主義的窮國，不要資本主義的富國」等今日令人備倍感荒唐的強化絕對對立的兩項對舉式口號。

「文革文學」在導向上激賞運用戰爭思維和從階級對立、路線對立高度分析問題，主要表現為兩個方面：其一，正面人物擅將戰爭與日常工作並提，反面人物則反對用戰爭思維分析日常問題。有無戰爭思維及能否將其廣泛應用於日常工作和社會實踐中，成為正、反面人物的一道重要分界線。《虹南作戰史》中的正面人物洪雷生引用毛澤東的教導把戰爭與辦合作社相提並論，執行劉少奇「修正主義」路線的反面人物浦春華則予以否定，認為「打仗是打仗，辦合作社是辦合作社，這是兩樁事情，不能硬扯在一起」。另一正面人物安克明則明確表態支持洪雷生的觀點，認為「辦合作社同打仗一個道理。」洪雷生銘記毛澤東的「誰是我們的敵人？

18　鄭敏，《關於〈如何評價五四白話文運動〉商榷之商榷》，《文學評論》一九九四年第二期。

誰是我們的朋友？這個問題是革命的首要問題」這一教導，並結合農村實際對「敵人」和「朋友」做了陣營劃分——「合作化運動，要依靠貧下中農，團結中農和富裕中農，打擊富農。」《牛田洋》的一號正面人物趙志海也深受毛澤東《中國社會各階級的分析》中這句名言的影響，重視劃分敵我陣營，深入思考階級鬥爭的複雜性，認識到圍海造田看似一場同大自然的鬥爭，實質卻是充滿著兩個階級、兩條道路、兩條路線的鬥爭。張作田創作了一首新詩：

> 南海前哨烽煙濃，牛田洋上戰旗紅。改天換地凌雲志，戰備生產氣勢雄。敢教滄海變桑田，圍海建堤築長城。平時收穫糧萬擔，戰時殺敵立新功！

趙志海肯定這首詩思想正確，尤其認同「改天換地凌雲志，戰備生產氣勢雄」這一句，因為「把生產和打仗掛上鉤了，把牛田洋和前線也掛上鉤了，這符合毛主席的教導」。《較量》中的卞順清也同樣認為「搞生產像打仗一樣。要制服敵人，一要敵情明，二要打得準，三要講究一個穩」。

其二，正面人物善於從階級鬥爭和路線鬥爭的高度認識任何問題。階級鬥爭、路線鬥爭意識與戰爭思維一樣成為正面人物必須具備的優秀政治品質，這一點在《牛田洋》中得到了突出反映。趙志海認為如何對待像攔海造田這樣的階級鬥爭新生事物，無產階級同資產階級、馬克思主義同修正主義一直存在著尖銳激烈的鬥爭。他還提出，肯定沙基與否定沙基看似兩種不同方法的爭論，實質則是堅持多、快、好、省，還是少、慢、差、費的兩種路線的鬥爭。趙志海語重心長地教育謝文和「要分辨清楚什麼是唯物論的反映論，什麼是唯心論的先驗論；什麼是馬克思列寧主義路線；什麼是反革命修正主義路線；什麼是社會主義道路，什麼是資本主義道路；什麼是加強和鞏固黨的領導，什麼是擺脫和削弱黨的領導」。陳大忠則認為革命戰士有了路線鬥爭的覺悟，才能「識別什麼是毛主席的馬列主義路線，什麼是反革命修正主義路線；什麼是社會主義道路，什麼是資本主義道路；什麼是香花，什麼是毒草」。他還認為人對客觀事物的反映有兩種：「一種是根據馬克思主義的認識論，認識世界是為了改造世界，認識客觀規律是為了利用這個規律叫它為人類服務；一種是資產階級的唯心論和形而上學，它把現象當作本質，根本不能揭示事物的客觀規律，而只能做自然的奴隸。」陳強柱也把「修大堤是靠自力更生，還是靠『大』靠『洋』」提升到是兩條路線、兩條道路鬥爭的政治高度。王國棟則認為「兩個階級、兩條道路的鬥爭是沒有調和餘地的，你不鬥他，他就鬥你」。

《萬年青》中「敢與天鬥，敢與地鬥，敢與階級敵人鬥，敢與資本主義鬥，敢與修正主義路線鬥」的主要英雄人物江春旺，從階級對立觀念出發，認定「凡是貧下中農擁護，地富反對的，那就準行；凡是貧下中農反對、地富高興的，那就不能幹。」《青松嶺》中的張萬山則認定錢廣鼓動人們往自由市場捎賣山貨的言行是「勾引著一些人朝資本主義道兒上跑」，教育秀梅等青年——「咱趕的是社會主義的車，趕車的人，可要時刻認準毛主席指引的路。」是否同意大鳳、孫福等讓錢廣捎賣山貨，成了周成與張萬山、秀梅、大虎階級鬥爭、路線鬥爭觀念的分水嶺。《紅哨兵》中的群英認為服務員「要思想紅，眼睛亮，階級鬥爭和路線鬥爭覺悟高」，「思想上要有敵情觀念，才能站好崗，放好哨，當好階級鬥爭的戰鬥員」，「旅社裏不單是接待旅客的地方，也是階級鬥爭的重要戰場，只有狠抓階級鬥爭，才能更好地為人民服務」。《心紅眼亮》中的陶紅雲認為給大媽治病是關係到我們為什麼人服務，是否執行毛主席的革命路線的大問題，批評曾醫生只注重物質和技術條件，認為給大媽治病是蠻幹的思想實質是當前醫療衛生戰線兩條路線鬥爭的反映。韓少功《紅爐上山》中的童鐵山也是鬥爭哲學的擁躉和積極踐行者，他還將「鬥」與擁護「文革」直接聯繫起來，斬釘截鐵地表態：「同志們！哪個要翻文化大革命的案，我們就要和他鬥，不管他是什麼人！過去鬥，現在鬥，將來還要鬥！革命就是鬥出來的！」

「文革文學」中非此即彼式機械二元對立的「文革」思維的氾濫，與政治視角的恣意入侵和戰爭思維的不當延展有著重要關聯，也深受毛澤東的哲學思想和文藝思想的影響。毛澤東在《矛盾論》、《片面性問題》等文中均表現出了卓越的辯證思維，他用辯證唯物主義與歷史唯物主義的觀點將趨於兩個極端的矛盾方面統一起來，並在他的文藝思想中得到了一定體現。然而，總體而言，毛澤東後來越發注重矛盾中對立的一面，忽視了轉化和同一的另一面。毛澤東早在一九四二年的《講話》中就曾針對「我是不歌功頌德的；歌頌光明者其作品未必偉大，刻畫黑暗者其作品未必渺小」的觀點，旗幟鮮明地指出：「你是資產階級文藝家，你就不歌頌無產階級而歌頌資產階級；你是無產階級文藝家，你就不歌頌資產階級而歌頌無產階級和勞動人民：二者必居其一。」他還斷然認定：「歌頌資產階級光明者其作品未必偉大，刻畫資產階級黑暗者其作品未必渺小，歌頌無產階級光明者其作品未必不偉大，刻畫無產階級所謂『黑暗』者其作品必定渺小。」毛澤東的這一文藝觀念在革命戰爭時期具有一定的合理性，但是，在社會主義建設時期就有將階級鬥爭擴大化之虞。

第四章　敘述策略與政治需要

在「三突出」這一「文藝憲法」的統領下，「文革文學」形成了宣諭毛澤東思想的「主題先行」和凸顯工農兵英雄典型兩大敘述策略，營建了時代烙印深重的敘述風貌，成為政治激進派樹立政治典範的器具和實現權力欲望的跳板。「三突出」的內在意圖就是通過有選擇性地塑造當代無產階級英雄典型，確立具有示範價值的理想人格。「樣板戲」是「文革」時期最為煊赫的文藝樣式，體現了強烈的政治意識和鮮明的政治觀念。「文革文學」將因果關係簡化為：銘記毛澤東教導、執行正確路線的一方取得輝煌勝利，偏離毛澤東教導、執行修正主義錯誤路線的一方慘遭失敗。「文革文學」的敘述模式主要有以《智取威虎山》等為代表的「高歌猛進」型和以《牛田洋》等為代表的「柳暗花明」型。「香花」─「毒草」批評模式是運用政治性極強的藝術標準辨識社會主義文藝與反社會主義文藝的伴生物。由於多年政治性創作的積習和政治高壓態勢的影響，文藝創作仍然頭戴政治緊箍咒，即便是受到圍剿的《海霞》等「毒草」文藝也是帶著政治鐐銬的時代文藝之舞，仍以政治話語和階級鬥爭為敘述重心，人物刻畫、思想旨趣亦具「文革」特色，只是不同程度地表露了人情、人性。然而，在那個搬演「樣板戲」連服裝上的補丁都不得走樣的特殊年代裏，對「三突出」稍有怠慢和偏離就會橫遭撻伐，文藝顯露的只是政治提線木偶式的悲戚命運。

第一節　塑造「輝煌」：「三突出」等依托衍化的敘述策略

「三突出」是江青等人開創所謂「無產階級文藝新紀元」、構造「輝煌」文藝景觀的重要工具，也是對典型理論的政治化、庸俗化歪曲。在「一個階級一個典型」的先期簡化預判下，「作為美學範疇的典型轉換為政治學或倫理學範疇的『典範』，人的個體性、神祕性、心靈性、非理性的一面被遮蔽，而群體性、類本質、理性、明晰性的一面被誇大而且不勝重負地被賦予巨大的『意義』內涵，使靈動的主體性的個人成為被作家用來演繹某種觀念的傀儡和籌碼。而這些觀念又是被黨史和歷史學等社會科學反覆證明、宣諭過的，因而文學主題成為對社會科學觀念的經院式注解」[1]。「三突出」是「文革文學」極端政治化和異化的體現，也是「社會政治等級在文藝形式上的體現」[2]，它直接反映出了「文革」時期英雄至上和個人崇拜的政治文化的價值取向。在「三突出」這一「文革」時期至高無上的「文藝憲法」的統領下，「文革文學」形成了帶有深刻時代印痕的敘述策略，文藝成為政治激進派樹立政治典範的器具和實現權力欲望的跳板。

1 孫先科，《頌禱與自訴：新時期小說的敘述特徵及文化意識》（上海文藝出版社，一九九七年），頁三至四。
2 洪子誠，《中國當代文學史》（北京大學出版社，一九九九年），頁二〇三。

一、至高無上的「文藝憲法」

「三突出」首次出現在于會泳為紀念「樣板戲」誕生一週年而寫的《讓文藝舞臺永遠成為宣傳毛澤東思想的陣地》（《文匯報》一九六八年五月二十三日）一文中，指：在所有人物中突出正面人物，在正面人物中突出英雄人物，在主要英雄人物中突出最重要的即中心人物。這是對江青倡導的塑造人物形象的重要原則的理論概括，也是對「樣板戲」創作經驗的歸納總結。後來，姚文元對「三突出」的文字表述做了修繕，即：在所有人物中突出正面人物，在正面人物中突出英雄人物，在英雄人物中突出中心人物。[3]「三突出」適應了「文革」時代的政治需要，成為其時一切藝術創作必須遵從的金科玉律。「三突出」看似橫空出世，其實自有其產生的藝術淵源、現實境遇和理論基礎。京劇對正、反面人物簡單而誇張的表現和革命文藝中主題先行、拔高英雄人物的創作傾向是「三突出」的重要藝術淵源。「樣板戲」全力貫徹「三突出」原則，以便更好地保障在舞臺上確立工農兵英雄形象的統治地位，這顯然也是當時政治生活的造神運動在藝術領域的折射。《紀要》明確了「文革」的主要文藝綱領和策略，「文藝黑線專政」論（認為建國以來的文藝界「被一條與毛主席思想相對立的反黨反社會主義的黑線專了我們的政，這條黑線就是資產階級的文藝思想、現代修正主義的文藝思想和所謂三〇年代文藝的結合」）、「根本任務」論（指社會主義文藝的根本任務是「要努力塑造工農兵的英雄人物」）、「黑八論」（即「寫真實」論、「現實主義廣闊道路」論、「現實主義的深化」論、反「題材決定」

3 上海京劇團《智取威虎山》劇組，《努力塑造無產階級英雄的光輝形象——對塑造楊子榮等英雄形象的一些體會》，《紅旗》一九六九年第十一期。

論、「中間人物」論、反「火藥味」論、「時代精神匯合」論、「離經叛道」論）成為「文革」文藝的理論溫床，也為「三突出」的出場鋪設好了理論坦途。

「文革」之前，意識形態領域內的火藥味已經越來越濃重。毛澤東採信了康生對李建彤的歷史小說《劉志丹》有嚴重政治問題的指責，並肯定了「利用小說反黨是一大發明」的結論。此後，文藝領域的階級鬥爭進一步擴大。一九六三年，孟超的新編崑曲《李慧娘》和繁星（即廖沫沙）的「有鬼無害論」遭致猛烈批判，《怒潮》、《紅日》、《早春二月》、《抓壯丁》等小說、電影、戲劇也未能倖免。一九六三年十二月十二日和一九六四年六月二十七日，毛澤東先後做了兩個對文藝現狀極為不滿的批示。毛澤東指責文化部是帝王將相部、才子佳人部、外國死人部，並在中宣部編印的一份《文藝情況彙編》上做了如下的批語：「各種藝術形式——戲劇、曲藝、音樂、美術、舞蹈、電影、詩和文學等等問題不少，人數很多，社會主義改造在許多部門中，至今收效甚微，許多部門至今還是『死人』統治著。」一九六四年六月，毛澤東在文藝界整風報告的批語中又指出：「這些協會和他們所掌握的刊物的大多數（據說有少數幾個好的），十五年來，基本上（不是一切人）不執行黨的政策，做官當老爺，不去接近工農兵，不去反映社會主義的革命和建設。最近幾年，竟然跌到了修正主義的邊緣。如不認真改造，勢必在將來的某一天，要變成像匈牙利裴多菲俱樂部那樣的團體。」至此，批判之風逐漸蔓延到意識形態的其他領域，哲學界批判了楊獻珍的「合二而一」論，經濟學界批判了孫冶方的「利潤掛帥」論，史學界批判了翦伯贊的「讓步政策」論等。這些日漸升溫的批判終於以對《海瑞罷官》的嚴厲鞭撻為標誌拉開了「文革」序幕。而「文革」前一系列上綱上線的批判為《紀要》的問世營造了「山雨欲來風滿樓」的烈勢。「文革」時期，以「根本任務」論為核心和基礎、以「三突出」為主要藝術準則共同構築了「文革」文藝理論大廈的主體，並形成了宣諭毛澤東思想的「主題先行」和凸顯工農兵英雄典型這兩大基本敘述策略。

其一，宣諭毛澤東思想的「主題先行」。「文革」時期，基於路線鬥爭和政治情勢的需要，宣諭毛澤東思想成為「文革文學」的合法主題，具體表現為按照毛澤東的教導決定寫什麼和如何寫，然後再據此安置結構、編織情節、設計人物。《文藝報》曾發表過一篇題名為《用毛澤東思想武裝起來做又會勞動又會創作的文藝戰士》的評論員文章，文章說：「看不到英雄怎麼辦？看不到，多向毛主席著作去請教，按照毛主席教導選苗苗；看不到，問群眾，問領導，群眾眼睛亮，領導站得高；看不到，勤把思想來改造，要和英雄人物走一道，看到了，要用毛主席著作來對照，看他做到哪一條，依靠哪一條，體現哪一條。」[4]楊鼎川在《一九六七：狂亂的文學年代》中描述了《虹南作戰史》的出籠過程：第一步是全體創作者學習無產階級專政下繼續革命的理論，以及毛澤東關於社會主義時期農村階級鬥爭和路線鬥爭的論述，並根據相關語錄確立了小說的主題思想和主要矛盾應該是「依靠不依靠貧下中農，樹立不樹立貧下中農在合作社領導機關的優勢問題」。第二步是圍繞這一主題設置了二十世紀五〇年代上海郊區虹南鄉的合作化運動的背景，設計了尖銳對立的兩組人物：以洪雷生等為代表的正確路線執行者和以浦春華等為代表的錯誤路線執行者。[5]

「樣板戲」更是成為宣教毛澤東思想的政治性文學範本，誇張性地強調了毛澤東思想的無邊偉力。《沙家

4 《用毛澤東思想武裝起來做又會勞動又會創作的文藝戰士》，《文藝報》一九六五年第十二期。
5 參見楊鼎川，《一九六七：狂亂的文學年代》，（山東教育出版社，一九九八年），頁八七。

浜》中的阿慶嫂在因刁德一派崗哨、扣船隻不能與新四軍傷病員取得聯繫的危難關頭，本是一籌莫展，但耳旁彷彿響起《東方紅》樂曲，頓時信心倍增，不禁飽含深情地唱道：

毛主席！
有您的教導，有群眾的智慧，我定能戰勝頑敵渡難關。

《奇襲白虎團》中偵察英雄嚴偉才更是口口聲聲的「正像毛主席教導我們的那樣」，在領受作戰任務時他激情澎湃地唱道：

上級布下天羅網，
數萬敵兵一袋裝。
毛澤東思想把我的心照亮，
渾身是膽鬥志昂。
出敵不意從天降，
教它白虎團馬翻人仰。

劇本中深情禮讚毛澤東思想和以加黑字體直接引述的毛澤東教導就多達十餘處，使劇本的情節設置和人物言行都成了毛澤東思想尤其是其軍事思想的印證，整齣戲的核心功能和存在價值似乎也就僅在於通過殲滅白虎團指揮機關的勝利宣揚「這是毛主席軍事思想的偉大勝利」！

其二，凸顯工農兵英雄典型。政治激進派不僅用「文藝黑線專政」論徹底否定了十七年文學的成績，還用「空白」論，即「從《國際歌》到革命樣板戲，這中間一百多年是一個空白」[6]否定了「文革」之前幾乎所有無產階級文藝的成就。然而，歷史老人總是帶著狡黠的微笑毫不留情地將人們置於反諷境地。其實，十七年文學就普遍認同創造英雄人物的主張，這與當時的政治氣候相宜，官方希望借助文藝對英雄人物的創造，使民眾受到意識形態的灌輸和道德力量的教化。周揚在第三次文代會的報告《我國社會主義文學藝術的道路》中就批判了認為只有寫灰色的「小人物」或者卑劣的反面人物才是「真實」的主張，並號召書寫「最能體現無產階級革命理想的人物」。因此，實際上，「根本任務」論、「三突出」創作原則等某種程度上可以說正是對十七年文學的承繼與發展。

在「三突出」這一「文革」時期的「文藝憲法」的轄治下，文藝作品為塑造合乎政治需求的主要英雄人物真可謂殫精竭慮。《蘆蕩火種》的主要人物本是黨的地下聯絡員阿慶嫂，在遵照毛澤東的最高指示——「要突出武裝鬥爭，強調武裝鬥爭消滅武裝的反革命，戲的結尾要打進去；要加強軍民關係的戲，加強正面人物的

6 張春橋所言，見謝鐵驪、錢江、謝蓬鬆，《四人幫是摧殘革命文藝的劊子手》，《人民日報》一九七六年十一月十日。

音樂形象」——改編的《沙家浜》中，武裝鬥爭成為全劇矛盾衝突的主線，從正面歌頌了新四軍指戰員，充分突出了武裝鬥爭的決定性作用。新四軍某部連指導員郭建光的形象得到了進一步刻畫，由原來在《蘆蕩火種》中的陪襯地位上升為主要英雄人物。「在傷病員受傷治病到傷癒歸隊執行配合主力恢復根據地的革命戰爭的全過程中，以郭建光堅決執行毛主席的軍事路線為核心，從各個側面，調動一切藝術手段，來塑造一個忠於毛主席、熱愛祖國、熱愛人民、多謀善斷、智勇雙全的人民軍隊的代表，無產階級的英雄典型。」[7]依此政治邏輯類推，《紅色娘子軍》的一號英雄人物是黨代表洪常青，而非「娘子軍」的代表吳瓊花，《白毛女》的主要人物是解放軍戰士王大春，也非喜兒。《智取威虎山．打進匪窟》一場戲中，讓座山雕偏居一隅，刪減了定河老道等四個反面人物，從而騰出更多篇幅集中刻畫主要英雄形象。全劇還採用多種藝術手段突出主要英雄形象，在藝術形式上進行了一系列創變。如為主要英雄人物安排了成套唱腔；在板式和曲調方面，以《中國人民解放軍進行曲》為基調，有助於揭示無產階級革命英雄人物的精神面貌；設計了雪地行軍、滑雪、開打等舞蹈場面，顯示人民軍隊英勇頑強、無堅不摧的英雄氣概等。正如署名「丁學雷」的評論者所言：「《智取威虎山》就是這樣充分運用了文學、音樂、舞蹈等藝術手段，成功地塑造了楊子榮等戲劇史上從未出現過的嶄新的英雄形象，在京劇舞臺上真正貫徹了毛主席《講話》指出的方向，成功地讓無產階級革命英雄做了戲劇舞臺的主人。」[8]上海京劇團《海港》劇組在總結創作經驗時也談到，應該處理好突出主要英雄人物與刻畫其他正、反面人物的關係；應該盡最大努力，深刻而豐滿地刻畫出他的崇高的共產主義精神面貌和堅強的革命性格；必須讓

7 北京京劇團《沙家浜》劇組，《〈在延安文藝座談會上的講話〉照耀著〈沙家浜〉的成長》，《紅旗》一九七〇年第六期。
8 丁學雷，《無產階級文藝的光輝里程碑》，《人民日報》一九六七年五月二十七日。

他在矛盾衝突和情節發展的關鍵時刻上場，給他以強有力的行動，充分發揮他作為推動和解決矛盾的主導力量的作用；所有人物都要從不同角度為主要英雄人物作遠、近、正、反的鋪墊。[9] 總之，按照當時流行的理論，只有「英姿颯爽、朝氣蓬勃」的革命者才能成為「堅決貫徹執行毛主席的無產階級的革命路線，堅持武裝奪取政權、武裝保衛政權的英雄典型人物」[10]。

「文革文學」在「三突出」的基礎上又派生出了「三字經」和「多字經」等一系列輔助性創作準則。如「三陪襯」（在正面人物與反面人物之間，反面人物要陪襯正面人物；在所有正面人物之中，一般人物要烘托、陪襯英雄人物；在所有英雄人物之中，非主要英雄人物要烘托、陪襯主要英雄人物）、「三打破」（打破唱腔流派、打破唱腔行當、打破舊有格式）、「三出新」（表現新時代、新生活、新人物）、「三對頭」（音樂創作上要感情對頭、性格對頭、時代感對頭）、「三過硬」（林彪提出文藝創作要「思想過硬、生活過硬、技巧過硬」），此外，還有「三鋪墊」、「三圍繞」、「多層次」、「多側面」、「多浪頭」、「多回合」、「多波瀾」等。「這一套原則可以說是革命文學理論自二〇年代要寫革命英雄人物以來的創作經驗的極端總結，也是對所謂革命文學理論之典型化的內在意圖的最為真實和率真的表達。」[11] 這些文藝原則和創作準則在「樣板戲」的編演中得到了充分實踐。《智取威虎山》第一場《乘勝進軍》的最後一個舞臺造型就是以「多層次」突出了主要英雄人物楊子榮：位於臺前的一組，楊子榮昂然挺立於舞臺中央，偵察班戰士以較低的姿勢簇擁在他

9　上海京劇團《海港》劇組，《反映社會主義時代工人階級的戰鬥生活——革命現代京劇〈海港〉的創作體會》，《紅旗》一九七二年第五期。
10　尚瑛，《雄姿英發，倔強崢嶸》，《人民日報》一九七二年二月二十四日。
11　胡惠林，《文化政策學》（上海文藝出版社，二〇〇三年），頁二〇七。

的周圍；位於臺側的一組，眾戰士則以有坡度的隊形圍襯在參謀長的身旁。這就形成了眾戰士烘托參謀長、參謀長一組烘托楊子榮一組、楊子榮的戰友們又烘托楊子榮的多層次疊襯的藝術效果。

「文革文學」的上述兩大敘述策略是互為支撐的親密合作夥伴關係，也是積極貫徹《紀要》的結果。《紀要》標榜社會主義文藝的根本任務是「努力塑造工農兵的英雄人物」，並強調「歌頌哪一個階級、塑造哪一個階級的英雄人物、哪一個階級的人物在文藝作品中居於統治地位，是文藝戰線上無產階級同資產階級之間鬥爭的焦點，是區分不同階級文藝的界限。」「初瀾」也在《京劇革命十年》中宣稱：「哪個階級的英雄形象占領文藝舞臺，標誌著由哪個階級在文藝領域實行專政。」[12]因此，「根本任務」論並非一般意義上的創作原則，而是上升為意識形態領域裏有關階級鬥爭的重大政治問題。而塑造無產階級英雄典型這一「根本任務」歸根結柢就是宣傳毛澤東思想，「三突出」的實質則是突出毛澤東思想。正是基於此種認識，有研究者甚至斷言：「文學作品所塑造的無產階級英雄典型不過是毛澤東思想的產物。正因為如此，任何作者個人的存在和集體的存在都是多餘的。所有文革時期的創作組都可以更名為『毛東思想寫作組』。」[13]

二、政治典範與權欲跳板

毛澤東早在《講話》中就明確指出，「文藝是從屬於政治的」，「是服從黨在一定革命時期內所規定的革命任務的」，服從服務於黨在一定革命時期內所規定的革命任務成為文藝的黨性原則。一九五三年召開的全國

12 初瀾，《京劇革命十年》，《紅旗》一九七四年第一期。

13 余虹，《革命・審美・解構——二十世紀中國文學理論的現代性與後現代性》（廣西師範大學出版社，二〇〇一年），頁二一五。

第二次文代會確定文藝工作者的重要任務是創造新的英雄人物。周恩來在大會的政治報告中提出文藝創作的重點應該放在歌頌方面，使工農兵中間的先進人物成為人民學習和仿效的對象。在《在全國第一屆電影劇作會議上關於學習社會主義現實主義問題的報告》中，周揚也從樹立榜樣、教育人民的意義上強調了創造先進人物的重要性。中國的革命文藝是臣服於政治需要的，政治需要不但規定了「寫什麼」，也規定了「如何寫」，要求作家自覺根據政黨的政治需要進行文藝創作。引領廣大人民群眾自覺自願走上社會主義道路是中國共產黨建國後的重要任務，塑造能夠擔負這樣歷史使命的工農兵的英雄人物形象與榜樣就成為了文藝的首要任務。

江青等政治激進派的奪權鬥爭也需要文藝這個強有力的跳板，通過把在「樣板戲」中「無往而不勝」的「三突出」推行到其他文藝形式中，企圖將繁複的現實關係和多元的文藝創作納入到服從與被服從、改造與被改造的模式中，借助文藝控制輿論和收束人心。按照「三突出」的要求，作品中的人物都要進行英雄人物、正面人物、反面人物的區分，英雄人物還要進一步做主要英雄人物和一般英雄人物的等級細分，並調集一切藝術手段為主要英雄人物作鋪墊，以使形象更加高大完美、光豔照人。《紀要》表達了二十世紀以來就存在的「主張經過不斷選擇、決裂，以走向理想形態的『一體化』的激進文化思潮」，這種思潮的「當代形態」的特徵之一便是選擇上的政治權力的強制性[14]。因此，可以說，「三突出」對於激進的文學思潮來說，「既是一種結構原則和敘事方法，一種人物安排規則，但也是社會政治等級在文藝形式上的體現」[15]。

「三突出」的至尊地位和「樣板戲」的風行包含了江青等人的政治意圖，即利用政治強權樹立「樣板戲」

14 同注2，頁一八二至一八三。
15 同注2，頁二〇三。

的權威，並使之成為剪除異己的「軟刀子」。正如初瀾在《中國革命歷史的壯麗畫卷——談樣板戲的成就和意義》中宣揚的：「革命樣板戲直接地為無產階級文化大革命製造了革命的輿論，成為鞏固無產階級專政，防止資本主義復辟的強大的思想武器。充分認識革命樣板戲的意義和作用，是充分認識無產階級文化大革命的偉大意義的一個重要方面。」[16]王元化在《論樣板戲》中指出：「樣板戲的炮製者相信：臺上越是把鬥爭指向日寇、偽軍、土匪這些真正的敵人，才會通過藝術的魔力，越使臺下堅定無疑地把誣為反革命的無辜者當敵人去鬥。江青他們都是藝術功利主義者，不會無緣無故去演樣板戲的。樣板戲散布的鬥爭哲學有利於造成一種滿眼敵情的嚴峻氣氛，從而和『文化大革命』的要求是一致的。」「三突出」的內在意圖就是有選擇性地塑造當代無產階級英雄典型，確立完美的政治典範。「文革文學」的人物形象在政治信仰、立場、眼光、品格等方面具有較為明確的政治示範價值。

「樣板戲」是「文革文學」中最為煊赫的文藝樣式，也是極左政治開創「無產階級文藝新紀元」努力的集中體現，並名副其實地成為江青等人實現政治權欲的文藝跳板。「樣板戲」以革命歷史題材為主，所選取的題材涵蓋了中共黨史各主要時期，敘述意圖在於以文藝形式勾勒符合「文革」政治需求的中國無產階級革命歷史。在「文革」時期政治話語的強烈影響下，「樣板戲」的革命歷史敘述與政治視角觀照交纏扭結。「樣板戲」就這樣對革命歷史進行了符合「文革」主流政治意圖的演繹，塑造了一批響應主流意識形態籲求的高大偉岸的英雄形象。「樣板戲」側重表現以激烈的階級抗爭形式創建民主國家的歷史進程，有利於具有理想人格的

---

[16] 初瀾，《中國革命歷史的壯麗畫卷——談樣板戲的成就和意義》，《紅旗》一九七四年第一期。

無產階級英雄形象的橫空出世」。這一理想人格的鑄造也與「文革」特殊政治氣候和文藝土壤兩相適宜。「樣板戲」全力表現階級鬥爭、路線鬥爭的時代宏大主題，塑造「高大全」式的時代英雄。這種被確立為政治典範的完美的理想人格，點燃了「文革」政治狂歡的激情，加劇了政治狂歡的熱度，而「文革」狂熱的現實政治氛圍又成為滋養「樣板戲」的理想現實境遇。可見，塑造無產階級英雄形象是「樣板戲」的核心任務。「樣板戲」調集音響燈光、唱腔旋律等藝術手段精心為塑造英雄人物服務，譬如以「近、大、亮」的鏡頭去對準英雄人物，用「遠、小、黑」對準反面人物，顯示了英雄自身「從活生生的英雄、人的英雄，到異化的英雄、神化的英雄的變化」[17]。

「樣板戲」的創作資源絕大部分來自「文革」之前的作品，幾乎都按照「根本任務」論和「三突出」創作原則進行了刪改，而改編的過程就是灌注「文革」精神的過程。在「三突出」的規約下，「樣板戲」的創作者全力鑄造臻達理想人物高度的英雄形象。《紅燈記》的編、導、演，為了塑造完美的革命英雄形象，不遺餘力，苦心經營，做到了凡是無助於塑造英雄的，不論在藝術上有多大魅力，一律捨棄不用；凡是有助於塑造英雄形象的，就是一個細節也不輕易放過[18]。《智取威虎山》則在加工提高過程中確立了「一切服從於在舞臺上樹立正面人物的英雄形象」的創作思想，因而，矗立在我們面前的楊子榮是一個用毛澤東思想武裝起來的、具有徹底無產階級革命精神的高大而豐滿的光輝形象。此外，為了突出英雄人物的性格，「樣板戲」往往將中間狀態的人物拔高為英雄人物，以塑造可供仿效的理想人物，《白毛女》對楊白勞和喜兒的改造最為典型。原著中

17　封孝倫，《二十世紀中國美學》（東北師範大學出版社，一九九七年），頁二九九。
18　左民，《堅決為無產階級革命英雄立傳——淺談京劇〈紅燈記〉》，《學術月刊》一九六五年第四期。

的楊白勞具有揭露地主階級殘暴本性的認識價值，但因不是中國農民學習的榜樣而缺乏示範價值。現代芭蕾舞劇將楊白勞改編成具有自覺階級鬥爭意識、奮勇反抗地主階級的先進農民形象。展現在舞臺上的不再是被逼賣女抵債後喝鹽鹵自殺的懦弱愚昧的楊白勞，而是拿起扁擔奮起反抗的革命鬥士。喜兒也不再是在被黃世仁強暴生下孩子後還幻想與他成親的忍辱負重者，而是一個「燃燒著強烈的階級仇恨」的「英勇不屈的貧農女兒的高大形象」[19]。「樣板戲」就是這樣按照示範性政治教育的要求塑造人物形象的。

「文革」後期，政治權力爭奪劍拔弩張的緊張形勢也反映在文藝領域內，文藝順應政治激進派的權力鬥爭形勢需要，強化從路線鬥爭出發直接表現「與走資派鬥爭」這一政治內容。一九七五年前後，黨內的路線鬥爭愈益尖銳，江青認為「樣板戲」過時了，「一個也沒有與走資派做鬥爭」的內容。時任文化部副部長的劉慶棠也「應聲蟲」般強調要「寫大走資派、老走資派、不肯改悔的走資派」。「初瀾」在《一項重大的戰鬥任務》一文中認為寫與走資派做鬥爭的英雄是文藝工作者的重大戰鬥任務，是「時代的要求，階級的委託」。於是，宣諭毛澤東思想的主題也相應具體而直露地轉為表現與「走資派」鬥爭。《盛大的節日》、《春苗》、《反擊》、《決裂》等就是表現與「走資派」鬥爭這一主題先行的產物。電影文學劇本《決裂》以與「走資派」作鬥爭為主線設計了壁壘分明的兩組人物：地委副書記唐寧—原林場場長、後任共產主義勞動大學松山分校黨委書記兼校長的龍國正—老代表—蕭萍老師、余鋼老師—李金鳳、曹小妹、徐牛崽、江大年等，這一方反對抽掉無產階級政治，割裂教育和生產勞動，單純追求文化科學知識的做法，主張堅決按照毛澤東教育思想辦學，培

19 李希凡，《在兩條路線尖銳鬥爭中誕生的藝術明珠》，《光明日報》一九六七年五月十九日。

養有社會主義覺悟的有文化的勞動者；專區趙副專員──趙副專員的祕書、後任專區工作組組長的老錢──共產主義勞動大學松山分校副校長曹仲和──共產主義勞動大學松山分校教務主任孫子清──高老師、富裕中農佘家旺等，這一方大力貫徹推行的實質上是資產階級教育路線，其言論被認為是「走資本主義的道路的毒草」。受極左路線影響深重的一些文藝作品叫囂著與「走資派」做鬥爭，更加赤裸裸地為政治激進派實現政治權欲服務。短篇小說《盛大的節日》中的「造反大隊」隊長張全鳳對「港區造反縱隊」隊長李斌等人諄諄教導：

> 無產階級革命派聯合起來奪走資派的權，這可是當前鬥爭的大方向啊！鬥爭是一場你死我活的階級鬥爭！一小撮死不悔改的走資派一定要同我們作拚死的鬥爭。我們團結的時候，就是他們失敗、滅亡的時刻。所以，他們千方百計想分裂我們。黨內一小撮死不悔改的走資派，和一切反動派一樣，絕不會自動退出歷史舞臺的。周佑忠把大印交給你，就是個陰謀，表明他要同我們無產階級革命派做拚死的鬥爭！

這幾番教導其實針對的不僅是李斌、大龍等人，更是對眾多現實讀者的思想灌輸。它既揭穿了「走資派」周佑忠蓄意挑撥「造反大隊」與「港區造反縱隊」聯合奪權的陰謀，又是對其時政治激進派宣揚的奪「走資派」權這一主題思想的應和。

「文革」時期曾被奉為文藝創作圭臬的「三突出」在「文革」之後迅疾被貶得一文不值，這種沿襲以政治視角評判文藝創作的做法是簡單武斷的，應對「三突出」進行理性觀照和客觀評判。「三突出」是對典型理論的歪曲，在「文革」期間伴隨的又是僵化理解—盲目遵從—強制推行的三部曲，最終淪為文藝創作的桎梏。政治的大一統要求文藝的大一統，「三突出」作為人物塑造和文藝創作的多種手法「之一」變成了「唯一」，成為當時文藝創作的指揮棒和至高至尊的法典和寶典，並加劇了戲劇泛化的趨向。二十世紀五〇年代後期、六〇年代初期，戲劇（包括戲曲、話劇和歌劇）的重要性受到空前重視和強調，取代了小說自「五四」新文學運動以來的文學藝術的中心位置，從邊緣藝術樣式逐步升騰為地位顯赫、備受青睞的重要藝術樣式，成為政治權力話語的主要承荷物。處於文藝中心的戲劇對其他文藝樣式產生了較強的輻射力，後者也在自覺不自覺地向戲劇親近，出現了泛戲劇化的文藝局面。這主要表現為小說、散文、詩歌結構上的「場景化」，開端、發展、高潮、結局的戲劇衝突式的情節設置，敵我分明、性格彰顯的人物角色塑造，戲劇臺詞式的人物話語設計等。「文革」時期，在「三突出」橫掃文藝園地的背景下，戲劇的泛化現象更為突出。在「樣板戲」的楷模示範下，「文革文學」自覺遵從「三突出」等極左創作理論衍化的敘述策略，傾力塑造宣諭毛澤東思想偉力的無產階級英雄形象。

第二節　建構「經典」：主流意識形態直接美學化的敘述模式

國家意志的表達，構成了國家主流的意識形態。阿爾都塞強調：「意識形態並不是供社會成員自由選擇的，不管人們是否願意，他們都得接受。誰不與一個社會的意識形態認同，誰就不可能進入這個社會，所以，意識形態是通過強制的、無意識的方式為社會成員所接受的。」[20]文化，作為意識形態的表現形式，其自由不是沒有限度的，它也必須限定於意識形態的「問題框架」之內，去滿足社會對文化的需求[21]。

「樣板戲」與《虹南作戰史》、《牛田洋》等文學作品是直接秉承政治激進派意志建構而成的「文革」文藝「經典」，一定程度上契合了中國共產黨的文藝政策傾向。在極左激進文藝思潮的裹挾下，「文革文學」更加直露地為主流政治服務，就敘述模式而言，表現出了主流意識形態直接美學化的特點。從「樣板戲」這一命名可見鵠的在於藉此確立具有示範功能的文藝標竿，為鑄造更多徹底意識形態化的文藝作品提供可資仿效的模版，並通過類似於大眾文藝生產的機械複製方式不斷強化這些「樣板」或「準樣板」所宣揚的意識形態性內容，以更好地調控民眾思想、鞏固政權統治。

一、文化生產與政治權力聯姻的「樣板」

「文革」之前文藝領域內業已開始的各種名目的真槍實彈的批判，與「文革」時期的「空白」論、「新紀元」論匯流，對原有的文學經典進行了大規模顛覆，幾乎出現了文學真空。在此基礎上，江青等人開始對京劇等極為有限的文藝資源進行加工改造，以推出適宜代表「文化革命」輝煌成就的「經典」文藝作品。「紅色經典」是一九四二年以來，文藝工作者在《講話》精神指導下創作的以革命歷史題材為主，以歌頌中國共產黨領導下的人民民主革命和社會主義建設為主要內容的具有民族風格、民族作派，並為工農兵所喜聞樂見的文學

20 轉引自俞吾金，《意識形態論》（上海人民出版社，一九九三年），頁三七七。
21 孟繁華，《眾神狂歡：世紀之交的中國文化現象》（中央編譯出版社，二〇〇三年），頁五三。

藝術作品。這些作品以其強烈的情感色彩和充滿詩性的表達，起到了「團結人民、打擊敵人」的功效，實現了文學藝術的功利目標。它使人民在藝術中看到了再現的革命英烈和中國革命建設的歷史，也使革命的文學藝術找到了適於表達這一內容的相應形式。在經久不斷的「紅色經典」創作的風潮中，確實出現了一批優秀的文學藝術作品，就是用嚴格的審美標準來衡量，它們也不失為經典之作，譬如「樣板戲」《沙家浜》、《智取威虎山》、《杜鵑山》等。這些「紅色經典」不斷被倡導和廣為傳播，不僅為人民大眾所熟悉，培育他們獨特的文學藝術欣賞、接受趣味，而且成為支配藝術家創作的重要目標[22]。

文藝領域中的「樣板」一詞首度出現在一九六五年三月十六日《解放日報》登載的短評《認真地向京劇〈紅燈記〉學習》中。文章寫道：「看過這齣戲的人，深為他們那種戰鬥的政治熱情和革命的藝術力量所鼓舞，眾口一詞，連連稱道：『好戲！好戲！』認為這是京劇革命化的一個出色樣板。」一九六六年三月二十二日《光明日報》發表了著名越劇藝術家袁雪芬題為《精益求精的樣板》的讚揚《紅燈記》的文章，文章說：「中國京劇院同志們的辛勤勞動，為我們起了樣板的作用」。一九六六年第三期的《戲劇報》在《比學趕幫，演好革命現代戲》的通欄標題下發出號召——「全國各地區各劇種，首先是那些古老劇種，都能夠在毛澤東思想的光輝照耀下，在深厚的工農兵群眾生活基礎上，以艱苦的藝術勞動，創造出、錘鍊出優秀作品、優秀演出，不僅為本地區劇種樹立起樣板，並且趕上和超越《紅燈記》以及其他優秀劇目，把整個戲劇戰線上的比學趕幫運動一步一步地推向高峰！」《紀要》對政府和軍隊提出了組織力量「搞出好的樣板」的戰略任務，要求

22 同前注。

以努力塑造工農兵的英雄人物為社會主義文藝的根本任務，「有了這樣的樣板，有了這方面成功的經驗，才有說服力，才能鞏固地占領陣地，才能打掉反動派的棍子」。洪子誠認為「樣板」「這一富於『大眾化』意味的詞」中，「似乎包含更明顯的可供模仿、複製的涵義。」[23]

「樣板戲」肇始於二十世紀六〇年代的京劇現代戲運動。一九六四年六月五日至七月三十一日，在北京舉行的全國京劇現代戲觀摩大會對各地的京劇改革成果進行了一番盛況空前的集中檢閱。參加這次觀摩大會的有文化部直屬單位和十九個省、市、自治區的二十八個劇團、二千多人，演出劇目三十七個。會議期間演出了《蘆蕩火種》、《紅燈記》、《奇襲白虎團》、《紅嫂》、《紅色娘子軍》、《六號門》、《智取威虎山》、《杜鵑山》、《紅岩》、《革命自有後來人》、《朝陽溝》、《李雙雙》等劇目。《人民日報》和《紅旗》雜誌分別發表了《文化戰線上的一個大革命》、《把文藝戰線的社會主義革命進行到底》的社論。現代戲運動具有重要的政治意義，「文革」時期的主流輿論甚至認為：「一九六三年，在毛主席親自指導下，我國進行的以戲劇改革為主要標誌的文藝革命，實際上是無產階級文化大革命的開端。」[24]

江青插手現代戲後，不同程度地參與了《紅燈記》等劇的創作、修改和排演，她處心積慮地要將現代戲匯演的成果變為自己的政治資本。從一九六四年到一九六六年，「現代劇運動」經歷了一個逐漸向政治與藝術聯姻的「樣板戲」運動蛻變的過程。一九六六年十二月二十六日，《人民日報》在題為《貫徹毛主席文藝路線的光輝樣板》的文章中，首次將京劇現代戲《沙家浜》、《紅燈記》、《智取威虎山》、《海港》、《奇襲白

23　同注2，頁一九四。
24　《人民日報》、《紅旗》雜誌社論，《把無產階級文化大革命進行到底》，《紅旗》一九六七年第一期。

虎團》，以及現代芭蕾舞劇《紅色娘子軍》、《白毛女》，交響音樂《沙家浜》並稱為「江青同志」親自培育的八個「革命藝術樣板」、「革命現代樣板作品」。《紅旗》一九六七年第六期發表社論《歡呼京劇革命的偉大勝利》，首次正式提出「樣板戲」的說法，並宣稱「京劇革命的勝利，宣判了反革命修正主義文藝路線的破產，給無產階級新文藝的發展開拓了一個嶄新的紀元」。《人民日報》一九六七年五月三十一日刊發社論《革命文藝的優秀樣板》，明確將京劇《智取威虎山》、《海港》、《紅燈記》、《沙家浜》、《奇襲白虎團》，芭蕾舞劇《紅色娘子軍》、《白毛女》，交響音樂《沙家浜》並稱為「八個革命樣板戲」。在紀念《延安文藝座談會上的講話》發表二十五週年之際，被「冊封」為「革命樣板戲」的八臺戲同時獻演於首都舞臺，歷時三十七天，共演出二百一十八場。首演並擅演這幾臺戲的劇團、劇組，則被冠以「樣板團」名號。江青通過她的親信把持著樣板團，將樣板團視為實現政治野心的資本，並狂妄地叫囂道：「樣板團誰也不許插手！誰插手，老娘要罵的！」陳伯達也曾露骨地吹捧江青「一貫堅持和保衛毛主席的革命文藝路線。她是打頭陣的。這幾年來，她用最大的努力，在戲劇、音樂、舞蹈各個方面，做了一系列革命的樣板，把牛鬼蛇神趕下了文藝的舞臺，樹立了工農兵的英雄形象」，「成為文藝革命披荊斬棘的人」[25]。對江青的大量言過其實的吹捧和連篇累牘的歌頌，使打上了江氏印記的「樣板戲」成為毛澤東革命文藝路線「偉大勝利」的重要標誌。其後，「樣板戲」運動越演越烈，又出現了京劇《杜鵑山》、《龍江頌》、《平原作戰》、《紅色娘子軍》、《磐石灣》、

[25] 轉引自楊鼎川，《一九六七：狂亂的文學年代》（山東教育出版社，一九九八年），頁四二至四三。

《紅雲崗》，「鋼琴伴唱」《紅燈記》、「革命交響音樂」《沙家浜》等第二批「樣板戲」。到一九七五年，「樣板戲」的數量已增至十八個，其中京劇十一個。

政治生活作為人類社會的重要構成，自然可以作為審美對象納入文學視野。然而，中國文人充盈著的巨大政治熱情和強烈的政治意識，吞沒了文學與政治的界限。根深柢固的「文以載道」觀念也促使人們習慣性地以政治視角觀照文學現象，梁啟超就高度抬升了小說的政治教化功能，他在《論小說與群治之關係》中積極倡揚「欲新一國之民，不可不先新一國之小說」。新中國文學從誕生伊始就與政治攪拌在一起，此起彼伏、席捲全國的政治運動又進一步強化了「文學為政治服務」的根本原則。「文革」期間，文學完全聽命於政治的號角，成為政治的親密伴侶，主題、情節、人物等的設置臣服於政治的「君令」。「文革」之前，小說《劉志丹》就被扣上「利用小說反黨」的政治帽子、《海瑞罷官》被認為是要替彭德懷翻案。「文革」期間，政治標準被奉為圭臬，成為評判文學優劣高下的唯一尺規，對《創業》、《海霞》、《三上桃峰》、《園丁之歌》的批判，對《反擊》、《春苗》、《歡騰的小涼河》、《盛大的節日》的推崇莫不昭顯了這一趨向。「文革文學」的政治意識分外凸顯，「描寫政治生活、表現政治情態、顯示政治得失、評判政治優劣」，體現了強烈的政治意識和鮮明的政治觀念，這種政治意識，「既是個性的也是群體的」，「因為個性中往往融入了特定時代的群體觀點、看法與情緒」[26]。

[26] 李運摶，《中國當代小說五十年》（暨南大學出版社，二〇〇〇年），頁二四七。

二、敘述模式與「形式的意識形態性」

情節是小說、戲劇的基本敘述結構，亞里斯多德在《詩學》中提出「情節不應由不近情理的事組成」，福斯特在《小說面面觀》中也以是否體現了因果法則對故事與情節進行了區分。他們都強調了事件的邏輯關係對情節構成的重要作用，而因果法則正是這種邏輯關係的重要標誌之一。現實生活中未必凡事皆有因果關係，文藝作品卻必須有顯在或潛在的因果鏈條。也有研究者認為情節不一定必須具有因果關聯，「如果故事事件在作品中起了一種骨架的作用，即使不具因果關係，也可以稱之為情節」[27]。俄國形式主義則將情節視為形式的組成部分，他們也區分了「情節」與「故事」，但劃分的界標與福斯特不同。他們認為「故事」指作品所敘述的按實際時間和因果關係排列的所有事件，而「情節」則指對這些素材進行的藝術處理或形式加工，尤指對故事時間的重新安排[28]。可見，情節是為了實現某種敘述意圖而對已然包含因果關聯的故事進行重新組合。

在被標榜為「樣板」、「經典」的「文革文學」中，因果關係被簡化為：以主要英雄人物為代表的一方，因為銘記偉大領袖毛澤東的教導、執行正確路線而取得輝煌勝利，以反面人物為代表的一方則因偏離偉大領袖毛澤東的教導、執行修正主義的錯誤路線而慘遭失敗。十七年文學基本因沿歌讚革命戰爭年代共產黨的豐功偉績和頌揚新中國成立後的社會主義建設這兩條途徑展開。其實，「文革文學」仍然順延了十七年文學的上述兩條路徑，較之十七年文學，在前一條路徑中更加強調了毛澤東軍事路線的戰無不勝，在後一條路線中則凸顯了

27 申丹，《敘述學與小說文體學研究》（北京大學出版社，一九九八年），頁五五。
28 同前注，頁三三至三四。

以毛澤東為代表的正確路線對修正主義路線鬥爭的勝利，是保障中國社會主義建設事業取得豐功偉績的全部原因和政治根基之所在。

「文革文學」的創作遵從「主題先行」原則，情節結構和人物塑造完全受命於政治驅使，文藝敘述模式也受到了主流政治意識形態的影響。側重革命歷史題材的「樣板戲」，彰顯了表現主流意識形態的宏大敘事，此後主流文學的代表作《虹南作戰史》和《牛田洋》也為主流意識形態服務，「形成了新的敘述模式，這一模式後來被廣泛地仿製：情節的結構原則是政治運作秩序的表現，在小說的情節鏈中最重要的環節不是情節本身的內在邏輯而是『正面』人物對政治理論認識到的程度，因此小說的虛實和與此相關的情節設計只不過是為了完成對某種意識形態的確認」[29]。在彰顯主流意識形態的敘述功能上，「文革文學」與十七年文學具有驚人的相似性。十七年小說就存在「書記先進，隊長（廠長）保守，先進幫保守，揪出個大地主（大特務）」的模式，顯然這與當時大力宣傳的「文藝從屬於政治」、「以階級鬥爭為綱」的思想密切相關。這一模式在「文革」文藝作品中仍然普遍存在，以至於人們看了《龍江頌》之類的「樣板戲」後編出這樣的順口溜：「一個女書記，站在高坡上，手捧紅寶書，抬手指方向。敵人搞破壞，隊長上了當。支書抓鬥爭，面貌就變樣。群眾齊擁護，隊長淚汪汪。敵人揪出來，戲兒收了場。」

「三突出」的原則又使得「樣板戲」在情感表述、故事編排和人物造型方面總體上形成了固定模式：以喚醒仇恨和復仇為人物的主要情感，以先驗的角色等級作為突出無私無欲的主要英雄人物的敘事修辭方式，以

29 王堯，《「文革」主流意識形態漢語與浩然創作的演變》，《蘇州大學學報》一九九九第四期。

排除人性的複雜性的狹窄的階級鬥爭視角完成敘事[30]。「文革文學」敘述模式主要有兩大類型：一是以《智取威虎山》等為代表的「高歌猛進」型。正義力量勢如破竹，直搗黃龍，英雄人物更是憑藉超群的膽識和卓越的能力逢凶化吉、遇難呈祥，敵對或異己力量的反抗只是秋後螞蚱般的垂死掙扎，最終落得個以卵擊石、一敗塗地的下場。二是以《龍江頌》、《金光大道》、《牛田洋》、《虹南作戰史》等為代表的「柳暗花明」型。地、富、反、壞、右等反革命份子處心積慮地惡意破壞，旨在製造混亂、引發人民內部衝突以轉移矛盾，中間人物中計，甚至有的革命陣營中個別革命意志不堅的領導層人物也被公開或暗藏的敵對份子蠱惑，使革命工作一度偏離正確革命路線，險釀大錯。幸而，在堅定執行正確路線的主要英雄人物的引領教導下，正面人物和廣大群眾高度警覺，慧眼及時識破敵人的詭計，演繹了有驚無險、終無大礙的「前途是光明的，道路是曲折的」式革命道路。

「文革文學」敘述模式的特點是意識形態性極強，缺乏含蓄蘊藉的文學意味，幾乎沒有中間環節的轉換過渡。政治這只掌控文藝命運的大手索性從幕後直接伸到了前臺，文學也急不可耐地赤裸裸地呈現意識形態性。意識形態的嵌入確立了文藝作品的中心意義結構和意義成分，當然，「在一部具體的作品裏不可能再現全部意識形態：它只可能表現意識形態的一個部分，這樣就有了選擇，而正是這種選擇具有意義，因為它能夠或多或少地具有代表性。」[31]「文革文學」企圖通過具有特定的意識形態意味的典型來解構所謂「資產階級文學意

30 參見南帆主編，《二十世紀中國文學批評的九十九個詞》（浙江文藝出版社，二〇〇三年），頁三三〇至三三一。
31 喬治・艾略特等，《小說的藝術》（社會科學文獻出版社，一九九九年），頁二六。

識」，建立、圖解、鞏固、強化無產階級文學意識。《龍江頌》中有一個典型的象徵性敘述情境，凸顯了「文革」文藝的強烈意識形態宣教功能：

〔李志田望著江水英，痛慚地低下頭。〕

江水英　（熱情地）志田，抬起頭來，看，前面是什麼？

李志田　咱們的三千畝土地。

江水英　（引李志田踏上水閘石階）再往前看。

李志田　是龍江的巴掌山。

江水英　（引李志田登上閘橋）你再往前看。

李志田　看不見了。

江水英　巴掌山擋住了你的雙眼！

抬起頭，挺胸膛，

高瞻遠矚向前方。

莫讓「巴掌」把眼擋，

四海風雲胸中裝。

……

埋葬帝修反，

人類得解放。
讓革命的紅旗插遍四方，
……
李志田　（激動地）開鬧吧！
江水英　開鬧！

這裏，通過位移遞升象徵了「江水英們」將痛慚悔悟的「李志田們」引向人類解放的革命理想主義的政治努力，也體現了成熟型與成長型兩類人物的映襯烘托關係。

福柯認為任何貌似獨立的話語都與權力有關，的確，某種程度上確實可以說，「任何文學形式的出現都不是偶然的，都與權力形式——意識形態密切相關」[32]。傑姆遜在《政治無意識》中對「形式的意識形態性」做了如下解析——在某種既定的藝術過程及其一般社會結構中，共存著不同的符號系統，它們所包含的指定資訊之間的主導矛盾，就是所謂的「形式的意識形態」[33]。「文革文學」其實更多地是表現為一種象徵話語，籲求的則是程式化、寫意化的藝術形式。因而，京劇、芭蕾舞劇成了符合其時文化選擇的適宜載體，順理成章地「榮膺」為「無產階級新文藝」的基本藝術形式，更加赤裸裸地為主流政治效犬馬之勞。京劇的程式則變成了「形式的意識形態」，「屬於京劇『形式』範圍的臉譜、服裝、音樂無一不顯示出價值判斷的意義。……當觀眾日

32 李楊，《抗爭宿命之路：「社會主義現實主義」（一九四二至一九七六）研究》（時代文藝出版社，一九九三年），頁四。
33 同前注，頁三。

復一日地沉醉於這些程式時，他喜歡上的不僅僅是形式，而是形式蘊含的道德原則。」[34]

文化是塑造人的重要力量，文化的價值系統是人的言行的無形定位儀。一定社會的文化規範對社會成員的文化人格起著潛移默化的指導與制約的雙重作用。就文藝空前政治化的「文革」時期而言，樹立「樣板」，建構「經典」，強制推行政治性文化模式，打擊排斥異己文化力量，也是文化隔離原理與選擇原理的特殊表現，旨在割裂文化的歷史傳承，形成相對的「文化隔離」機制，使所謂革命文藝與被《紀要》指稱為「三黑」（即「作品黑」、「理論黑」、「路線黑」）的非革命文藝嚴格區別，並通過文化選擇機制，遴選出合乎當時主流政治潮流需要的文化因素，扼殺持有逆忤觀點的文藝作品。然後，通過教育、輿論等社會化途徑，使全體社會成員自覺學習、融合、傳播、繼承主流文化，保障社會各利益群體認同主流文化，「這樣就在政治深層結構層面上保證了政治制度和政治統治的合法性」[35]。

第三節　圍剿「毒草」：敘述策略的「偏誤出軌」與時代印痕

「香花」——「毒草」批評模式是運用政治性極強的藝術標準辨識社會主義文學與反社會主義文學的伴生物，凡符合社會主義文學要求的文藝作品被封為「香花」，反之則被貶為「毒草」。這種批評模式是在一九五

34　同前注，頁三〇〇。
35　李書元主編，《政治發展導論》（商務印書館，二〇〇一年），頁四〇一至四〇二。

七年「反右」鬥爭形勢下應運而生的，毛澤東在《關於正確處理人民內部矛盾的問題》中首次提及「香花」、「毒草」，並談到了判別是否為「香花」的六條標準：有利於團結全國各族人民，而不是分裂人民；有利於社會主義改造和社會主義建設，而不是不利於社會主義改造和社會主義建設；有利於鞏固人民民主專政，而不是破壞或削弱這個專政；有利於鞏固民主集中制，而不是破壞或削弱這個制度；有利於鞏固共產黨的領導，而不是擺脫或削弱這種領導；有利於社會主義的國際團結和全世界愛好和平人民的國際團結，而不是有損於這些團結。「香花」──「毒草」批評模式是一種典型的非此即彼的思維模式，是將文學和批評高度政治化、階級鬥爭化的結果。

有研究者提出魯迅在《並非閒話（三）》中將批評家的職能定位於「剪除惡草」與「灌溉佳花」，其實質就是「香花」──「毒草」批評模式的「直接導源」，或者說「就是這種模式的具體形態」[36]。其實不然，魯迅重視批評的「剪除惡草」與「灌溉佳花」功能，並沒有將批評的職能僅局限在這兩項上。在極左思潮營造的強化階級鬥爭的緊張氛圍中，僅注重處於兩極的「灌溉香花」和「剪除毒草」的批評功能，這無疑是對文學批評功能和文學創作複雜現象的簡化認識。雖然，近年來批評界很少有人再拿著「香花」──「毒草」批評標竿，但在一些人的思維慣性中，仍有這樣或那樣的「香花」──「毒草」式的機械二元對立批評模式在作祟，動輒給批評對象上綱上線地扣上政治帽子。在二〇〇三年初《江南》雜誌刊登具有後現代主義風格的小說《沙家浜》引發的文藝爭鳴中，有人就認為該小說「不合理」、「不合法」。小說存在的問題，我們可以通過正常的文藝批評

[36] 洪子誠、孟繁華主編，《當代文學關鍵詞》（廣西師範大學出版社，二〇〇二年），頁七三。

的形式予以探討，不應再高舉政治棍子進行「棒殺」式的批評。「文革」時期仍然延續了「香花」——「毒草」批評模式，合乎當時主流政治話語需求的文藝作品被奉為「香花」，否則就被斥為「毒草」。除「文革」之前創作的絕大部分文藝作品被判定為「毒草」之外，還有為數眾多的「文革」期間創作的文藝作品也被戴上「毒草」帽子而飽受批判。其實，對《三上桃峰》、《園丁之歌》、《海霞》、《創業》等「文革」時期受到批判的文藝作品進行理性審讀，不難發現，有些地方確有出乎當時主流意識形態界閾之處，但總體看來，仍然烙有較深的「文革」時代印痕。

一、遊弋於主流文藝規範邊緣的尷尬處境

「文革」時期遭遇圍剿的文藝作品其實並未對「文革文學」的基本模式有多大突破，只是不同程度地表露了人情、人性，對以政治話語直接美學化、「三突出」創作模式等為特徵的「文革文學」有程度不同的削弱。而在那個搬演「樣板戲」連服裝上的補丁都不得走樣的特殊年代裏，是絕對不容許出現對「三突出」這一「文藝憲法」和「三陪襯」等金科玉律的絲毫怠慢和偏離。因此，凡是在敘述策略和敘述功能上稍有背離激進派政治需求的文藝作品，就會被扣上「毒草」的帽子。

長春電影片廠一九七四年十二月攝製完畢的《創業》，重點塑造了周挺杉和華程兩個主要英雄形象，一個是新中國石油工人的典型，一個是革命幹部，兩者相互烘托映襯。影片在一定程度上偏離了「三突出」準則，因而身負「十條罪狀」，遭致撻伐風暴。毛澤東於一九七五年七月二十五日做了批示：「此片無大錯，建議通過發行。不要求全責備，而且罪名有十條之多，太過分了。不利調整黨內的文藝政策。」政治領袖的出面評

判才使戴著文藝面具的政治爭鬥暫告休止。圍繞著電影文學劇本《海霞》的紛爭就更顯露了所謂「毒草」作品在文藝與政治夾縫中艱難生存的複雜境遇。《海霞》由謝鐵驪、成蔭、錢江據黎汝清的小說《海島女民兵》改編而成，一九七四年投拍，一九七五年殺青。周恩來、朱德、李先念等人先後觀看影片，並予以肯定。于會泳等人卻搖起江青令旗，發動了對《海霞》的批判，稱之為「黑線回潮的代表作」。謝鐵驪、錢江上書毛澤東、周恩來。毛澤東在謝、錢信上批示：「印發政治局全體同志。」在鄧小平主持下，中央政治局成員集體審看了《海霞》的原版影片以及按文化部意見修改的版本，同意公映改版。

綜合江青、于會泳、劉慶棠、浩亮等人對《海霞》的審查意見，以及他們組織的批判文章的觀點，可以看出當時加給《海霞》的「罪名」主要有以下幾個方面：

其一，主題思想不明確。于會泳認為「全民皆兵」、「常備不懈」和「勞武結合」這三方面似乎都有一點，但沒有一樣突出。影片看似寫了海霞的成長，但不像《紅色娘子軍》寫吳清華和《紅燈記》寫李鐵梅那樣，緊緊圍繞一定的主題思想，並為體現這一主題思想而安排的，因而，不深刻、不生動、不集中、不典型。其二，一號人物沒有樹立起來。于會泳等人認為《海霞》沒有圍繞一號人物組織安排貫穿性的中心矛盾線，沒有把一號人物放在中心矛盾的風口浪尖上加以塑造。沒有按照「三突出」和與之有關的「三陪襯」原則安排其他人物與一號人物的關係。其他人物不僅沒有陪襯一號人物，反而有時會奪一號人物的戲，甚至有貶低一號人物的現象。江青更是認為《海霞》「不是部好影片」，「基調很壞」，「把主要英雄人物塑造成了個城市大小姐」。一九七五年三月十五日，由文化部電影局籌備工作組主持的故事片創作會議籌備小組，在編發的《籌備工作簡報》第二期中，發表了北影調查組撰寫的《北京電影製片廠故事片創作、生產情況調查報告》，在分析北影廠的「創作思想問題」時，著重舉用《海霞》的事例說明大部分創作人員「沒有很好地學習樣板戲的創作經驗」，「脫離生活」，存在著「資產階級名利思想」。調查報告披露謝鐵驪在拍攝過程中提出：這個戲就是要寫群像，要塑造典型的中國婦女的形象，一個普通的漁家姑娘；海霞應是早晨的露水珠；矛盾衝突要寫得含蓄一些。調查報告據此認為影片受到了「人性論」等舊文藝思想的影響，並因此離開了「三突出」的創作原則，離開了塑造無產階級英雄典型這一無產階級文藝的根本要求，因而也就不能創無產階級之新。這份《報告》首次將《海霞》「藝術處理」上的「嚴重問題」，升格到「文藝黑線」回潮的高度進行批判[37]。署名江天的批判文章《右傾翻案風與電影〈海霞〉》認為，「《海霞》編導這些所謂『創新』，同革命樣板戲的創作道路是如此背道而馳」，「它所追求的『散文式的抒情風格』，在外國資產階級影片中早就司空見慣了」，是以超階級的人性論為理論基礎的[38]。

其三，結構鬆散。于會泳等人認為，解放前那段起著在小海霞心裏埋下仇恨種子作用的鋪墊戲太長，主要筆墨應當放在解放後，著重表現仇恨種子的發芽、開花、結果。中心矛盾線展開太晚，剛一接觸戲就完了，整個結構鬆散，給人以「頭大、脖子長、身子短」之感。

于會泳等人對《送水》和《吃野菜》兩場戲尤為不滿。原版《送水》這場戲是海霞去前線送水，方指導員為掩護她而受傷。于會泳等人認為這樣就突出了方指導員，使海霞成為他的陪襯，而且事情起於海霞的過失行為，可能會讓海霞招致觀眾責怪，從而使海霞形象受到貶損。改版剪刪了方指導員為掩護海霞而血染軍裝的

37 翟建農，《紅色往事：一九六六年至一九七六年的中國電影》（臺海出版社，二〇〇一年），頁三四八。
38 同前注，頁四〇〇。

畫面，保留海霞含淚凝望著方指導員和身負重傷的方指導員躺在擔架上的畫面，予人以他是在戰鬥中負傷的印象。《吃野菜》一場戲最初是這樣處理的：

在屋裏的海霞，剛剛找到碗筷，正要出來，看見指導員掀開鍋向大家說：「同志們，是不是餓狠了？每個人先來一碗怎麼樣？」戰士們愣了一下，指導員說：「你們快來吃吧。」戰士們會意了，他們都爭著盛來吃。小解放軍趕了回來搶著盛了一滿碗。

海霞咬著嘴唇生氣地看著他們。

方指導員一邊吃一邊逗著海霞說：「小妹妹，不要生氣嘛！往後你就不再吃這玩藝兒了，又苦又澀，實在不好吃。這叫什麼野菜，我們山東的野菜可比這好吃多了。」

「不好吃，你還吃！」海霞賭氣地說。

「等會兒你再吃我們的呀！」方指導員笑著說。

海霞走到灶前想盛野菜吃，一看鍋裏已經空了，她把碗筷朝鍋臺上一頓，一扭身回裏屋去了。

滿屋的解放軍笑了起來。

外面響起了哨子聲，兩個解放軍提進一桶白米飯來。方指導員示意小解放軍，小解放軍立即盛了一大碗白米飯，送到海霞面前。海霞抬起頭來看了一下，又低下了頭。方指導員走過來，充滿階級深情地對海霞說：「小妹妹，你的苦也就是我們的苦，我們就是為了不讓你們再過這樣的苦日子，才到這裏來的。我們都是一家人，小妹妹，吃吧！」

海霞雙手接過熱乎乎的飯碗，渾身感到一陣溫暖，淚水不禁奪眶而出。

于會泳認為方指導員未經海霞同意就揭鍋吃野菜，不符合「三大紀律八項注意」。當海霞對方指導員等吃光鍋裏的野菜表示不滿時，方指導員等人竟哄笑起來，顯得缺乏階級感情，把一段本來很嚴肅的戲寫成了開玩笑的戲。這場戲修改後調整為：

指導員進屋走到灶前問：「小妹妹，鍋裏煮的什麼？看看行嗎？」海霞從屋裏另一側進到灶前蹲下，添了一把柴：「你看唄。」

指導員揭開鍋蓋，看見滿滿一鍋野菜，心情沉重地說：「小妹妹，煮這麼大半鍋，你怎麼吃得完？」海霞一抬頭：「和爺爺吃兩天的。」指導員略一思索：「我們吃點行嗎？等一會兒你再吃我們的。」海霞稍稍有些吃驚，似乎不相信解放軍戰士們會吃野菜，她站起身，走到一邊，不太高興地說：「又不是什麼好吃的，你吃唄。」

指導員走出屋，和戰士們低聲說了些什麼。戰士們魚貫而入，每人盛了一碗野菜吃起來。海霞新奇地看著大家，拿著碗筷走到灶前，見鍋已空了，難過地低下頭。

「開飯了！」炊事員抬進一大木桶白米飯。指導員接過滿滿一大碗米飯，走到海霞身邊，充滿階級感情地說：「小妹妹，你就不用吃了，這苦菜又苦又澀，實在不好吃呀。」他將飯碗遞到海霞面前：「小妹妹，你們的苦，就是我們的苦，我們就是為了不讓你們再受這樣的苦，才到這裏來的，咱們是一家人啊。

小妹妹，吃吧！」

海霞用雙手接過米飯，熱淚奪眶而出。

改版影片剔除了原先輕鬆詼諧的對話，加強了表現所謂階級同情與革命關愛的戲分[39]。電影以海霞的生活經歷為主線，表現了一群青年女性的成長道路，塑造了女民兵群像。《海霞》還極為罕見地表現了婚姻家庭生活，阿洪夫妻家庭矛盾的戲具有一定的生活氣息，但其實不過是「建立在較有情趣的非原則衝突基礎之上」[40]，並未減損主題。客觀地看，《海霞》總體上仍有「樣板戲」的影子。在拍攝之前，文化組曾組織全國各廠家創作人員對「樣板戲」經驗和「三突出」原則進行了為時長達三個多月的學習。海霞形象仍然是一個較為典型的「文革」式高大全英雄，譬如其中有連于會泳等人都覺得失真的情節設置——反面人物尤二狗氣焰囂張地要砍海霞，手無寸鐵的海霞只說了一句「給我放下！」就使尤二狗乖乖地下跪求饒。

造成一些文藝作品「偏誤出軌」的原因與人們的審美需求受到高度擠壓有關，文藝領域內風聲鶴唳的批判形勢造就了數年來單一的審美模式，導致人們渴求看到有新意的文藝作品。毛澤東本人也在一九七五年七月的兩次談話中對文藝政策和文藝現狀表示了不滿。隨著「文革」後期政治對文藝調控的一度鬆動，一些專業作家和知識青年重獲寫作權力，創作主體的這一變化也有益於文學性的增強。但總體而言，並未對「文革文學」造成質的突圍，仍然遊弋於主流文藝規範的邊緣。

---

39 原版和改版的對比性分析參考了前注，頁一四至一五。

40 同前注，頁三九九。

二、帶著政治鐐銬的時代文藝之舞

由於多年政治性創作的積習，尤其是「文革」以來極端化政治美學趨向對文學創作的滲透，加之仍舊處於政治高壓態勢下，文藝作品的出版、發表或公映仍須經過嚴格的官方審查和監控，「文革」後期創作的自由度還是極為有限的。受眾多年在主流話語把持的文壇和緊步追尋官方意志的文藝作品的浸淫薰陶下，審美趣味單一乏味。其實，「香花」與「毒草」的區別不在於是否遵循「文革」創作模式、是否反映階級鬥爭，而在於表現的力度和範圍。就敘述策略、敘述功能等而言，所謂「毒草」文藝仍然以為主流政治服務為出發點，以政治話語和階級鬥爭為主要表現內容，人物刻畫、思想旨趣亦具「文革」特色。只是由於某些政治性因素，身不由己地捲入了政治鬥爭的漩渦，遭到批判，成為政治權力紛爭的道具。毛澤東支持《創業》的批示，曾促進了文藝政策的微調，《人民文學》、《詩刊》等六家全國性文學雜誌得以復刊，一小批「毒草」的影片獲准解禁。然而，文藝界的這一好轉形勢並未持續多久，隨著「反擊右傾翻案風」的風生水起，文藝界又遭桎梏加身的命運。文藝創作仍然頭戴政治緊箍咒，即便是受到圍剿的「毒草」文藝也是帶著政治鐐銬的時代文藝之舞。

「四人幫」強化了對文藝領域的專制，要求按照「主題先行」和「三突出」的原則表現階級鬥爭主題，塑造階級鬥爭英雄典型，這不啻是對「樣板戲」邯鄲學步式的模仿。「四人幫」對於沒有遵照其意志創作的文藝作品則進行「封殺」，並組織批判文章進行大規模的文藝圍剿。一九七四年二月二十八日的《人民日報》發表了初瀾的《評晉劇《三上桃峰》》，給山西省文化局創作組集體創作的晉劇《三上桃峰》扣上「否定無產階級文化大革命，為叛徒劉少奇反革命的修正主義路線翻案」的政治高帽。旋即，短篇小說《牧笛》，話劇《松濤曲》、《不平靜的海濱》、《友誼的春天》、《要有這樣一座橋》等也被視為圖謀「翻案復辟」的「毒草」受到批判。

「文革」後期，電影領域內的鬥爭形勢尤為激烈。一九七三年七月，江青、張春橋、姚文元審看《園丁之歌》樣片時，就羅織了「否定無產階級文化大革命」、「為反革命修正主義教育路線招魂」、「向無產階級反攻倒算」的罪名。《園丁之歌》是根據湖南花鼓戲《好教師》改編的湘劇高腔戲，一九七四年由中央新聞紀錄電影製片廠攝製為舞臺藝術片。這是一部表現教育題材、歌頌教師的影片，而教師當時屬於被稱為「臭老九」的知識份子隊伍，是不能作為正面人物進行歌頌的。江青認為：「劇名就不合適，園丁應該是共產黨，怎麼是教員？」國務院文化組發出了《關於批判《園丁之歌》的通知》。「四人幫」的寫作班子「初瀾」以《為哪條教育路線唱讚歌》為題發表大批判文章，短時期內有多篇附和文章見諸報刊。其實，《園丁之歌》也難脫「文革文學」的窠臼，仍以路線鬥爭為人物和情節設置的基準。堅決執行無產階級教育路線的俞英老師清醒地意識到方覺深受資產階級教育路線餘毒的薰染：

莫道校園風煙淨，
征途處處有鬥爭。
說什麼稀泥糊壁白費勁，
說什麼不卡、不壓難教好學生，

分明是資產階級教育的餘毒未肅清，
分明是對工農子弟感情不深。

陳忠實的《高家兄弟》也畫出了鮮明的路線鬥爭影響線路圖：無產階級革命路線──黨支部書記趙聚海──高兆豐（兄），以及所謂的「劉少奇反革命修正主義教育路線」──公社文教幹部祝久魯──高兆文（弟）。

《創業》是一部濃墨重彩地表現中國石油工人轉戰千里，由玉門至大慶，在冰雪荒原上艱苦創業，一舉扭轉我國極端缺油局面，摘掉了「中國貧油」帽子這一輝煌歷程的影片。因有為當年指揮大慶石油會戰的領導人立傳之嫌疑，遂引起「四人幫」震怒。江青調看影片後嚴厲指責在「政治上、藝術上都有嚴重錯誤」，「編導創作人員要把片子拉到真人真事上去」，「不是藝術問題，是個政治問題」。一九七五年三月，文化部整理了一份材料，其中點了石油會戰組織者和領導者余秋里、康世恩的名。這份材料經江青、姚文元修改後形成了以文化部核心組名義下達的所謂「十條意見」，實際是開列了「十大罪狀」，下令停止洗印、宣傳和發行。其中兩條與政治直接有關，即「三次籠統地提到黨中央和中央首長，起到了給劉少奇、薄一波之流塗脂抹粉的作用」；「較明顯地存在著寫活著的真人真事問題」。江青還危言聳聽地說：「再出這樣的影片，就要出修正主義」。「四人幫」還派人調查影片的「來龍去脈」，揚言要揪出影片的「黑手」、「黑後臺」。

江青對《海霞》也橫加指責，認為「謝鐵驪、錢江是修正主義勢力的代表」。江天的《右傾翻案風與電影《海霞》》一文認為，《海霞》問題尖銳化的根子「是在那個不肯悔改的走資派身上」，與「他」的撐腰、打氣、插手有關，「就是這個搞復辟倒退的總後臺利用《海霞》問題，加大了文藝界右傾翻案風的風力。」

（引者注：這裏所謂的「那個不肯悔改的走資派」和「這個搞復辟倒退的總後臺」指的是鄧小平。）這就把《海霞》問題變成了「從政治上、思想上反擊右傾翻案風的一個鬥爭」。文化部也認為：「鄧小平在文藝界利用《海霞》搞『策反』，從這裏打開缺口，全面復辟資本主義。」于會泳曾要求寫一篇指稱「《海霞》與鄧小平有關，政治上是鄧小平的修正主義路線」，「搞『散文式』，藝術是蘇修的文藝思想」的文章，並給公開批判《海霞》定下了是「和革命樣板戲相對抗的黑標本」的調子。

周恩來、鄧小平等人同以江青等人為代表的政治勢力之間的鬥爭日益加劇，反映在文藝領域中則突出地表現為圍繞電影《創業》和《海霞》展開的鬥爭上。雙方都清楚地意識到電影是影響廣泛的輿論工具，電影「不僅是一種通俗媒介，而且也是一種有力的媒介，甚至還是一種革命的媒介」[41]。一九七三年元旦，周恩來在接見部分電影、戲劇、音樂工作者時強調：「電影的教育作用很大，男女老少都需要它，它是大有作為的。」「四人幫」也在謀畫拍攝一批表現與「走資派」做鬥爭的電影，先後攝製完成了反映醫療衛生戰線奪權鬥爭的《春苗》和反映教育路線奪權鬥爭的《決裂》。一九七六年二月，張春橋指示時任文化部部長的于會泳組織一批「寫與走資派做鬥爭的有深度的作品」。這一年，全國七個故事片廠已在修改劇本或已投拍的此類影片共計六十部左右，每部都有「走資派」，都以與「走資派」作鬥爭為中心情節，從基層一直寫到中央。《反擊》以黃河大學的「教育革命」為背景，寫「造反英雄」江濤在「革命幹部」趙昕（江青化身）支持下奪了省委第一書記韓凌的權；《盛大的節日》以王洪文和張春橋為原型塑造了「英雄」鐵根和井峰的形象，表現上海「一月風

41 雷蒙德・威廉斯，《現代主義的政治——反對新國教派》（商務印書館，二〇〇二年），頁一五二。

暴」的奪權鬥爭；《歡騰的小涼河》則用「走資派」夏副主任影射鄧小平；《千秋業》寫的是揪「戴紅領章的走資派」[42]。由於「四人幫」的迅速覆滅，這些後來被稱為「陰謀」的電影未及上映，成為了政治鬥爭的殉葬品。

在江、張、王、姚被打成「四人幫」反黨集團後，一些曾經為「四人幫」效力的文藝喉舌們又鼓噪著舉起文藝大棒，呵斥曾被尊為「文藝革命旗手」的江青等人秉持的是修正主義文藝路線，將不久前大力吹捧的《春苗》、《決裂》、《反擊》等貶為「毒草」。江青等人的遭際倒也應了夏衍據明末清初民間打油詩《剃頭歌》改編的《整人歌》。原詩為：「聞道頭須剃，而今盡剃頭，有頭皆要剃，不剃不成頭，剃自由他剃，頭還是我頭，請看剃頭者，人亦剃其頭。」夏衍將其戲改為：「聞道人該整，而今盡整人，有人皆可整，不整不成人，整自由他整，人還是我人，請看整人者，人亦整其人。」[43]「文革」期間，文藝的命運又何嘗不是如此？不斷地隨城頭變幻的大王旗改顏換色，文藝就這樣被政治玩弄於股掌，顯露的只是政治提線木偶式的悲戚命運。

42 同注5，頁六四。
43 同注5，頁七〇至七一。

結語　畸變與鏡鑑

在時代風雲裹挾和政治規範的拘囿下，「文革文學」在敘述話語、敘述功能、敘述情境、敘述策略等方面均表現出了時代印痕顯殊的敘述特質：標彰主流話語的顯性集體創作和個性化稀薄的隱性集體創作，使話語層面的集體抒寫異常「輝煌」，張揚意識形態性的敘述立場對宏大敘述與「全知視點」青睞有加；在戰爭文化心理的催生和政治褒貶色彩鮮明的敘述干預與情感滲透下，敘述語言與人物語言多為國家權力話語的回音壁；倚重「同向合成」手段設置互為映襯的成熟型與成長型理想形象，並經由他們形質同一的理想化升騰軌跡體現了政治意圖與民間憧憬合力鑄造的時代特質畢現的理想人格；依託體現革命權力等級秩序的意象構築和渲染具有濃郁革命象徵意味的敘述情境，營建了簡約呈現時代影像的文本情境；極力宣揚主張排斥性二分的機械二元對立的「文革」思維，精心製造了特殊的時代氛圍；在「三突出」這一「文藝憲法」衍生出的敘述策略的影響下，建構了主流意識形態直接美學化的革命文藝「經典」，對那些遊弋於主流文藝規範邊緣、其實也存有時代銘紋的「毒草」文藝進行了火力猛烈的炮轟式批判，意在開創所謂「無產階級文藝新紀元」，進而使文藝成為實現政治激進派權欲的有力跳板。「文革文學」的種種畸變對我們反思文學、促進文藝生態系統建設具有重要的鏡鑑意義。

一、內外交困的文藝生態窘況

文藝生態系統是一個以文藝活動為中心的開放性生態系統，包括內部和外部兩大子系統。內部生態系統由文藝創作、文藝批評、文藝傳播與文藝接受等主要環節的運作構成，外部生態系統則是文化—精神生態圈的重要組成部分，表現為與人類其他活動領域之間的相互作用。「文革」時期，「文藝從屬於政治」、「文藝為政治服務」的時代趨向直接影響了文學的發展態勢。由於沒有確立正常有效的生態機制，「文革文學」的內外生態系統均未形成健康運行的良性循環。生態系統生態效能的發揮建基於生態資源，即包括生態活動所需要的物質、能量和資訊的總和，「任何生態系統都是在一定的物質變換、能量變換和資訊變換中存在和生成的」[1]。文藝生態系統也概莫能外，歷史沉澱下來的文藝遺產是重要的文藝生態資源，既包括文藝的形式，也包括思想內容，即文藝遺產中所表現的「生命精神、心靈模式和情致狀態」[2]。

文藝創作、文藝批評、文藝傳播與文藝接受之間形成良性循環和動態平衡，是文藝內部生態系統預設的理想運行狀態。然而，「文革」期間，充斥文壇的是殺氣逼人的棒喝式、鍘刀式文藝批判。這種非正常的文藝批評動輒將某些不合主流政治需求的文藝作品斥為射向無產階級專政的「毒箭」或破壞社會主義制度的「毒

1 曾永成，《文藝的綠色生態之思：文藝生態學引論》（人民文學出版社，二〇〇〇年），頁一五六。
2 同前注，頁一五七。

草」，完全是一派獨斷論腔調。「文革」時期，受到批判、迫害的作家、藝術家可以開列出一長串的名單。一九七九年十月第四次全國文代會宣讀的《為林彪、「四人幫」迫害逝世和身後遭受誣陷的作家、藝術家致哀》中，列舉了鄧拓、葉以群、老舍、傅雷、周作人、司馬文森、楊朔、麗尼、李廣田、田漢、吳晗、趙樹理、蕭也牧、聞捷、邵荃麟、侯金鏡、王任叔（巴人）、魏金枝、豐子愷、孟超等知名作家、藝術家計有二百人。「文革」時期，文藝創作、文藝批評、文藝傳播與文藝接受是在反覆文化洗腦的背景下作為一項政治任務進行的，創作主體、批評主體、傳播主體與接受主體的審美味蕾受到了極大戕害。因此，文藝內部生態系統各重要因素之間缺乏正常有效的反饋機制與調節機制，形成了承奉政治旨意的文藝批評君臨文藝創作、文藝傳播與文藝接受的局面，未能維繫正常的生態關聯和動態平衡。

在左翼文學批評多年的強勢影響和主流意識形態話語的有力鉗制之下，「文革」時期的文學批評多為政治話語在藝術領域的摹本，是直接秉承官方意志的「傳聲筒」。文學批評在假大空與獻媚中暴露出批評主體問題意識的匱乏和批判精神的失落。「文革」時期文學批評的懸置主要體現在兩個方面：一是批評主體缺乏人文知識份子應當持具的批判意識與反思立場，迴避一些值得進行深入探討的重大問題，如文學創作與文學批評的自由問題，文學批評自身的多年積垢與頑疾，文學批評機制的呆板乏力等。二是受到官方意志強硬政策的擠壓，不敢或不便觸及一些現實敏感話題，唯恐引爆「政治地雷」。於是乎，批評家們手持探測器小心翼翼地自覺避繞政治警戒線。一些批評家對觸犯政治「逆鱗」的一些文學現象的批評體現著濃重的「香花」——「毒草」簡單二分的思維模式的深層影響，採取刀光劍影的強硬的高打高壓政策。批評的懸置很大程度上反映了批評的缺席，而批評缺席的背後又昭顯了批評主體精神立場與文化批判意識的缺失。這種近乎失語的貧弱批評現狀與意識形態色彩濃厚的「紅色批評」的長期影響不乏關係。新中國成立以來的文學批評舞臺上，「紅色批評」一直在激情上演，甚至延續到了二十世紀七〇年代末期、八〇年代初期。

二十世紀中國文學批評的主力軍無疑是社會學批評，而且，伴隨著革命形勢的發展和政治運動的風起雲湧，在革命文學從延安文學到十七年文學再到「文革文學」的生衍發展過程中，文學批評留下了一串由社會學批評窄化為意識形態批評的足跡。直至「文革」結束後的一段時期內，文學批評的情勢仍然如此。我們知道，意識形態與文學的關係錯綜複雜，意識形態應該成為文學批評的一個重要維度，意識形態批評也具有一定的現實合理性。但是，當文學與意識形態之間錯綜複雜的關聯被簡化為「統治」—「服務」時，當意識形態批評作為文學批評眾多觀照維度「之一」被提純為「唯一」維度時，文學批評的異化也就不可避免了。與此相應的是，文學的創作、批評與閱讀都成為了一種政治行為，創作與批評更是由於帶上了意識形態的緊箍咒而成為主流政治話語的編織物。在這種政治意識形態鬥爭一直被目為整個社會生活的中心和重心的時代，文學的本質被極度扭曲了，其功能與作用在被極大誇張為關涉國家民族生死存亡大事的同時，又被窄化為徒具政治宣諭功能的器具，文學的審美特質和怡情悅性的功能則被廢置。在這樣的文學際遇中，批評的功能也遭遇著同樣的膨脹與縮減的充滿悖論的尷尬命運。在二十世紀中國文學批評的長河中，美學批評雖然一直時隱時現地艱難延續著自己的發展脈絡，但絕大多數時候是處於被有意無意擱置和漠視的隱沒情狀。

相對於感性色彩濃郁、個人化傾向顯著的文學欣賞而言，文學批評則顯然更趨於理性和社會化，是文學批評主體基於文學欣賞所得到的審美感受和閱讀體驗，並根據一定審美觀點和評判標準，對文學作品、文學現象、文學思潮等進行的一種理性分析和價值評判。文學批評功能的有效發揮有益於確立卓有成效、富有生機的生態機制，促進文學內外生態系統形成健康運行的良性循環。文學批評在勾聯文學內外部生態系統，尤其是促進文學內部生態系統的健康運行上有著重要的導引功能、預警功能和淨化功能。

其一，導引功能。文學批評不是純粹的科學活動和理論活動，不可能像科學家對於研究對象那樣採取「既不禁止什麼，也不寬恕什麼，它只是鑑定與說明」[3]的態度。文學批評融入了批評主體的審美憧憬和人生感悟，帶有或鮮明或隱匿的褒貶傾向和思想觀念，是以審美評價的形式所反映出來的一種社會評價。正因為文學批評具有審美評價和社會批評的性質，因而，可以通過文學批評這個重要的輿論陣地，按照一定的審美理想和審美趣味，以及某個階級、階層或社會集團的意願來調節文學創作，引導和培養受眾一定的閱讀趣味，使文學朝著有利於一定階級、階層或社會集團需要的方向發展。然而，文學批評的導引功能也可能被野心家們誤用、濫用。在極左思潮陰霾籠罩下，中國的文學批評就一度緊跟並依附於政治話語，擁有超常的話語霸權，批評家手中的筆搖身變為虎頭鍘刀，口誅筆伐式的文學批評處處閃現刀光劍影，時時散發著欲置人於死地而後快的凜凜寒氣，這使文學批評離架接作家與讀者間的橋樑的作用和推進文學健康發展的預設生態功能相去甚遠。由此可見，文學批評面對紛繁複雜的文學現象應努力做到科學總結當前文學創作和文學運動的經驗，批判低俗的文藝思想和不良的創作傾向，引導並推動我們的文學事業朝著有利於文學生態系統與生的方向健康地發展，這也是每一位有歷史使命感和學術良知的批評家不可推卸的責任。

3 丹納，《藝術哲學》（安徽文藝出版社，一九九一年），頁五一。

其二，預警功能。理想的批評有如猞猁——「猞猁是一種富有靈性的動物，有著銳利的目光、敏捷的四肢，既善於覺察到環境中細微的變化，又能夠迅速地付諸行動。」[4]我們祈望在文學批評這隻猞猁克盡職守的護佑下，文學進一步發揮營建優質社會文化生態環境、關注並推動人性的向善向美的生態功能。但是，「文革」時期，極左思潮的氾濫和文藝生態的嚴重失衡，使文學批評喪失了應有的品質，不但失卻了應具的預警功能，還直接淪為「陰謀政治」的同謀。真正的批評家都應牢牢記取這些前車之鑑，期望睿智的批評聲音能拉響預警的鳴笛，穿透現今功利主義甚囂塵上的學界靡風，使新的形勢下文學生態危機的症候及其深層原因引起人們足夠的重視與警覺。當然，我們不能對批評功能做不切實際的放大和奢望，批評家不是高大偉岸、威力無邊的文學拯救者，文學生態環境的健康發展需要創作主體、批評主體、接受主體的精誠合作與不懈努力，才能共同營造一方文學晴空。

其三，淨化功能。在中國相當長一段時期內產生重要影響的以政治標準為唯一導向的所謂剪除「毒草」的批評方式，是帶有法西斯文化專制主義的文化獨裁行為，極大地威逼和戕害了多元共生的文學生態景致。我們認為批評的淨化功能與文學的多元化是不矛盾的，應努力戒免絕對主義、傲慢自恃、一元獨尊等違反生態規律的心態，反對運用暴力方式扼殺文學的多樣性。每種形態的文學都可以為人精神文化生態圈的健康運行提供某種動力支撐，因而，企圖為所有的人建立一種文學形態的做法就像耐斯所批評的想為所有人建構一種宗教或哲學的做法一樣，將造成「一種文化災難」[5]。我們主張採用藝術標準、倫理標準、生態標準統一的價值評判

4 魯樞元，《猞猁言說——關於文學、精神、生態的思考·題記》（社會科學文獻出版社，二〇〇一年）。

5 轉引自何懷宏主編，《生態倫理——精神資源與哲學基礎》（河北大學出版社，二〇〇二年），頁四九八至四九九。

尺度，秉持多元、寬容的批評心態，充分認識並尊重在不同文化傳統和生活背景下形成的差異性文學景觀的存在意義和生態價值，淨化人的精神心靈所受的「污染」，改善文學生態系統中有悖於生態理念的運行方式，營建健康的文學生態環境。這正如梁啟超在《新民說》中所倡揚的：「必取數千年腐敗柔媚之學說，廓清而辭避之，使數百萬如蠹蟲如鸚鵡如水母如畜犬之學子，毋得搖筆弄舌舞文嚼字以為民賊之後援，然後能一新耳目以行進步之實也。」

總之，文學批評必須對現存嚴重的生態危機保持警醒與反思，確立文學生態系統的整體性觀念，重視文學生態系統的可持續發展。我們在借鑑生態理念、生態智慧時，也必須立足文化研究和文學文本分析，建構良性循環的文化生態環境，而非簡單挪移生態學術語，這樣才能真正有益於發揮文學批評功能，實現文學小生境和文化大生境的生態平衡。

從「文革文學」的外部生態看，在中國特定的文化語境中，文藝與政治的關係一度是文藝外部生態系統的重要一極，制約著文學的生態機制、生態關聯與理性規約。其實，對文藝需要進行生態研究有利於文藝生產的有效進行和文藝功能的充分發揮，從而更好地根據生態需要優化生態結構，實現生態功能。「文革」時期，意識形態在社會生活中的地位和功用分外突出，「文化」的概念被狹隘地理解為與政治思想領域內的階級鬥爭有直接關聯，而「意識形態」的概念則被作了泛化理解，意識形態與非意識形態、階級鬥爭與非階級鬥爭的界限模糊了。於是乎，儘管階級鬥爭「在任何地方都沒有直接獲得一個肯定的實體，它仍然在缺席的情況下」，起到使我們「能夠定位每一個社會現象的參考點的作用」[6]，階級鬥爭躍身成為意識形態領域和社會生活現象的絕對主角。以維護統治階級的根本利益為「天職」的意識形態具有掩蔽與教化的雙重功能：一方面掩蔽統治階級特殊的階級利益，將其張揚為全社會的共同利益和普遍利益；另一方面，積極向社會成員宣教統治階級的思想體系、道德規範和行為準則，從精神上消弭或瓦解被統治階級的反抗和鬥爭意識，從而達到維護和鞏固統治的目的。[7]「文革」時期，以「樣板戲」為標誌的「文革文學」就是政治激進派實現意識形態的掩蔽與教化功能的重要手段。

就文藝生態結構而言，生態位是表現個體或群落生態關聯的重要概念，指「一定的生物物種在生態系統的結構中所占有的獨特位置」[8]。生物體不僅有生態資源中的生態位——「資源生態位」，而且有生態功能上的生態位——「功能生態位」。借用這一視角觀照文藝，任何一種文藝形態都應有其資源生態位和功能生態位，這是其存在需要和生成能力的重要表現。總體察之，「文革文學」是政治異化的產物，文藝批評與文藝創作均呈現出極端政治化的特點。張揚意識形態的「文革」時代語境使原本具有複合性的文藝需要與文藝功能被窄化為政治工具，「文革文學」成為宣諭說教意味濃重的官方喉舌。馬爾庫塞譴責現代化的工業設備在滿足人的各種需要的過程中剝奪了人的獨立思想和自主性，使社會成了「單向度的社會」，生活於其中的人也成為「單向度的人」。從某種意義上說，「文革」也是一個「單向度的社會」。政治激進派企圖「通過消除高級文化中敵

6　斯拉沃熱・齊澤克等，《圖繪意識形態》（南京大學出版社，二〇〇二年），頁二八。
7　參見鄭永廷等，《社會主義意識形態發展研究》（人民出版社，二〇〇二年），頁二四至二五。
8　曾永成，《文藝的綠色生態之思：文藝生態學引論》（人民文學出版社，二〇〇〇年），頁一六〇。

對的、異己的和越軌的因素（高級文化藉此構成現實的另一向度），來克服文化同社會現實之間的對抗。這種對雙向度文化的清洗，不是通過對『文化價值』的否定和拒絕來進行的，而是通過把它們全盤併入既定秩序，在大眾規模上再生和展現它們」[9]。「文革」時期，意識形態鉗制人們的自由審美籲求，將人異化為徒具政治身份、僅有政治需要的「政治性動物」。

在「文革」這個極權主義時代，絕大多數社會成員都自願或被迫乘坐「單向度」列車。而聽命於政治調遣的文藝則成為不可或缺的幫手，文學的功能生態位因而被單一地定位於政治服務的器具。毛澤東曾指出：「一定的文化（當作觀念形態的文化）是一定社會的政治和經濟的反映，又給予偉大影響和作用於一定社會的政治和經濟；而經濟是基礎，政治則是經濟的集中的表現。這是我們對於文化和政治、經濟的關係及政治和經濟的關係的基本觀點。」[10]在他看來，文化革命是總的革命過程中的一個基本組成部分，並在觀念形態上反映、服務於政治革命和經濟革命。「文革」時期，文化與政治、經濟的這一關係被做了庸俗化的理解，文藝僅被視為一種重要的極權性社會力量，對民眾起著強大的思想灌輸和精神操縱作用。文藝生態系統的各組成要素之間具有複雜的生態關聯，應該形成雙向交流、吐納有序的生態環境。當然，這並非意味著要排斥文藝批評與文藝爭鳴。我們需要營建的是保持動態平衡的文藝生態系統，而非貌似一團和氣的海市蜃樓式的虛假繁榮。因此，只有形成「百花齊放」、「百家爭鳴」式充滿競爭活力的生態機制，才能更好地啟動文藝生產，推動文藝發展。從這個意義上看，戰爭思維若能在文藝生態系統中得到合理運用，將有利於促進文藝繁榮。然而，「文革」時

9 馬爾庫塞，《單向度的人》（重慶出版社，一九八八年），頁四九。
10 《毛澤東選集》第二卷（人民出版社，一九九一年），頁六六三至六六四。

期，戰爭思維的生態尺度功用被不當延展。非此即彼、非敵即我的緊張對立關係得到空前強化，矛盾對立面的相互轉化則被漠視。可以說，「文革文學」建立的是浸淫簡化理解和泛化濫用戰爭思維的低效生態機制，這一生態機制無法擔當優化文藝生態系統的驅動職能。

我們冀望「文革」時期以政治分歧肅殺文藝園地的文藝悲劇不再上演，「罷黜百家、獨尊一極」的文藝政策是缺乏生機與活力的。正如豐富多樣的生命形式各具自身價值一樣，文藝也是如此，要給多種文藝形態以和諧共融的生存空間。「文革文學」呈現給我們的是具有家族相似性的主題、題材、人物、意象和集體敘述的聲音模式。我們應該尊重文化差異，力圖避免權威心態和傲慢姿態，積極營構多元共生的文藝生態系統。「文革文學」給予我們的文藝生態學啟迪在於：歧見與異議總是存在的，相異甚至對立的事物之間也具有互補的生態價值，我們應該保持清醒審慎的反省意識，摒棄絕對、武斷的文藝批評姿態，以非暴力方式進行深入交流，因為溝通與對話是遠比強制性的扼殺策略更為有效的解決方式。

二、多重語碼並存的複雜境狀

總體觀之，「文革文學」可謂是政治副產品，多數作品並無文學性可言，但我們對「文革文學」的研究若仍僅停滯於「八個樣板戲一個作家」的認識層面，某種程度上卻是對「文革文學」的簡化。政治指揮棒的驅引導致「文革文學」異化為政治讀本和政策圖解，非主流政治話語的一種或幾種聲音的確在很大程度上被壓制、遮蔽和湮沒。官方話語在國家權力自上而下的強力支持下，較為有效地對知識份子話語和民間話語進行了改造，但知識份子話語和民間話語也有各自襲沿多年的精神資源、文化傳統與文學符碼，其中與官方話語明顯牴牾的部分被廢置，也有一些並非硬性衝突的內容在話語縫隙中得以存留，知識份子在被政治洗腦的過程中產生的心靈衝突也會以微妙的形式體現在文本中。並非所有「文革文學」文本都簡單地等同於政治教科書，也有官方話語、知識份子話語、民間話語等數套語碼並存的複雜狀況。汪曾祺參與編劇的《沙家浜》、《杜鵑山》，就具有相當高的藝術水準，對民間文藝資源也進行了有效的吸納。「文革」時期文學話語層面的多重語碼並置和創作主題的複雜構成，與創作主體及其寫作心態的差異有關。就以個體姿態進行創作的作家而言，這種複雜性不同程度地體現在以下三類作家身上：

其一，具有較為充分的話語表達權的作家。他們多受主流政治的恩寵和官方意志的青睞，但是，即便像浩然這樣走紅「文革」的作家也有其複雜的創作心態。浩然曾經如此言及自己「輝煌」時期的心態──「確實有所愜意，有所滿足，同時也伴隨著旁人難以知道和體味的惶恐、憂患和寂寞」，在寫作《金光大道》時，有意迴避寫「奪權鬥爭」的「文革」現實題材，而是寫距離較遠的農業合作化運動，並「盡力忠於生活實際，忠於自己的藝術良心，大膽地寫人情世態和愛情糾葛等其時很不時髦的情節和內容」[11]。當然，因為這些話語是寫在一九九四年京華出版社完整出版《金光大道》四部之際，時過境遷之後的這份當年創作心態的表白難脫辯解之嫌，但對照《金光大道》的文本和韋君宜《思痛錄》中的有關記述，這在相當程度上還是可信的。浩然自稱寫

[11] 浩然，《有關〈金光大道〉的幾句話》，《文藝報》一九九四年八月二十七日。

作《金光大道》意在通過描繪冀東一普通村莊不同層次、身世、命運、理想和追求的農民們，在「農業改造」運動中，傳統觀念、價值取向、生活習性、感情心態等方面，或自願，或被迫，或熱切，或痛苦的演變過程，「給中華人民共和國的農村寫一部史，給農民立一部傳」[12]。《金光大道》雖被其時的官方認同，並成為文學創作的範本，但其中對高二林與錢彩鳳愛情婚姻的表現並非完全符合「文革」政治規範。當然，這樁婚姻在小說中也不得不披上了一件政治婚紗——成為以高大泉為代表的階級執行的正確路線與以馮少懷為代表的階級的錯誤路線之間政治較量爭奪的對象。一度無比風光的《金光大道》一九九四年再版時引起了較大反響與爭議。貶斥者謂之「曾經被釘在文壇恥辱柱上的《金光大道》在人們不經意之中，再度粉墨登場」[13]。肯定者也有，張德祥就認為：「在藝術上超越了《創業史》，即使把它放在當代文學史的過程中考察，仍然能夠見出其多方面的價值與意義。」[14]

其二，擁有部分話語權的一小批特殊作家。他們在「文革」後期開始嶄頭露角，後來逐漸成為活躍於新時期文壇的知名作家。如一九七五年出版長篇小說《萬年青》的諶容，同年出版長篇小說《分界線》的張抗抗，以汨羅縣知識青年身份在《湘江文藝》上發表小說《紅爐上山》、《稻草問題》、《對臺戲》的韓少功，在《朝霞》上發表《彈弓和南瓜的故事》、《隊委員》的賈平凹，在《解放軍文藝》上發表《鐵流奔騰》、《鎮海石和瞄準點》的朱蘇進，在《陝西文藝》的路遙，在《陝西文藝》上發表《優勝紅旗》等雜誌上發表《接班

12 同前注。
13 叔綏人，《關於「名著」〈金光大道〉再版的對話》，《文學自由談》一九九四年第四期。
14 張德祥，《欲見〈金光大道〉全貌》，《太原日報》一九九四年十一月二十九日。

以後》、《水庫情深》、《高家兄弟》的陳忠實等人。時為京西木城澗煤礦工人的陳建功也在《北京文藝》上發表了以「文革新聞體」和「紅衛兵體」雜糅形式描寫某知名高校附中「紅衛兵」造反的小說《荷澤驚瀾》。以《班主任》成為「傷痕文學」開先河者之一的劉心武也在一九七六年出版了《睜大你的眼睛》，主人公「孩子頭」方旗依靠黨的領導，帶領全院兒童智鬥企圖復辟的資產階級份子，搶救被腐蝕的小夥伴，表現出高度的路線鬥爭和階級鬥爭覺悟。《班主任》中的謝惠敏形象即脫胎於方旗，只是在價值取向上，《睜大你的眼睛》是認同方旗的，而《班主任》中卻否定了謝惠敏，並以其為心靈深受極左路線戕害的青少年典型。以《喬廠長上任記》等小說成功地塑造了「開拓者家族」形象而蜚聲文壇的「改革文學」主將蔣子龍在「文革」期間也發表了短篇小說《機電局長的一天》和中篇小說《機電局長》兩個值得進行對比性研究的文本。從作家的創作意識層面看，《機電局長的一天》處於一種矛盾衝突之中，「一方面，他不可能不受主流意識形態的影響，並且試圖在霍大道身上反映出主流意識形態所確認的理念」；但是，「另一方面，也是更重要的方面，蔣子龍又認同鄧小平的整頓工作，有一種追求現代化事業的衝動，《機電局長的一天》的創作在很大程度就源於這種認同與衝動。因此，霍大道形象的意義在於反映了廣大幹群在特殊時期對現代化事業的帶有局限性的追求」。「儘管小說不時突出『文化大革命』對霍大道的教育，強調霍大道『繼續革命』的精神，但還是比較成功地塑造了工業戰線上一個有幹勁、有魄力、有經驗的老幹部形象。」可以說，「『開拓者家族』的性格特徵就是從霍大道開始形成的」[15]。

15 王堯，《遲到的批判：當代作家與「文革文學」》（大象出版社，二〇〇二年），頁一三。

蔣子龍等作家擁有極為有限的話語權，不像浩然等哪怕偶爾有小小出格也能見容於官方。他們只得步步小心、處處留意，一旦被主流政治判定為出軌，必須立即檢討修正。蔣子龍的《機電局長的一天》就受到了主流政治的嚴厲批判。在疾風暴雨的政治高壓態勢之下，時為天津重型機器廠工人的蔣子龍不得不進行了自我批評，承認「小說的客觀實際，是在一定程度上掩蓋了工業戰線上無產階級同以鄧小平為代表的走資派的鬥爭」[16]，並在《機電局長》中做了符合主流意識形態需求的修改，「針對《機電局長的一天》裏存在的缺點和錯誤，加強了霍大道以階級鬥爭為綱，堅持黨的基本路線，英勇無畏地反妖風，反對資本主義復辟和修正主義路線的描寫，也對徐進亭做了進一步的剖析，加強了這個走資派還在走的一面」[17]。王堯對兩個文本做出了切中肯綮的評價：「儘管《機電局長》與《機電局長的一天》的基本內容和主要情節大致相同，但是小說的立意和內在邏輯卻有了大的不同：霍大道成了與『走資派』做鬥爭的典型，而徐進亭則成了典型的『還在走』的『走資派』。」[18]通過蔣子龍的「檢討」和前後兩個小說文本，我們可以窺察到知識份子話語的有限表露和政治「緊箍咒」的無邊法力。

其三，被剝奪公開言說權的作家和自發進行文學創作的年輕一代。「文革」時期，政治強權營造了文學繁榮虛假的景象，然而，就真正的文學而言，公開的文學界卻是喑啞的。與遇羅克、張志新等知識青年飛蛾撲火式的悲壯反抗隱隱呼應的是遁匿於民間的潛在寫作，宛若奔突的地火在艱難地承續著文學脈流，也為新時期

16 蔣子龍，《努力反映無產階級同走資派的鬥爭》，《人民文學》一九七六年第四期。
17 同前注。
18 同注15，頁一六至一七。

文藝政策解凍後迅速出現的文藝大繁榮奠定了基礎。其中有自覺的文學創作，如豐子愷的《緣緣堂隨筆》，曾卓、牛漢、綠原等老詩人強化生命意識的詩作，食指、芒克、多多等年輕一代詩人的歌吟，以及趙振開的小說《波動》和張揚的小說《第二次握手》等；也有日記、書信、讀書筆記等形式的不自覺書寫形態，如沈從文的家信、楊沫的《自白——我的日記》等。

「文革」時期的潛在寫作與公開寫作存在以下四個方面的差異：（一）創作方式。「文革」期間的公開寫作將以「三結合」為代表的集體創作推臻至極，即便一些以個人名義刊發的文藝作品也在很大程度上變成隱性的集體創作；而潛在寫作則是在極端「幼稚的病態的焦躁不安」和「全面痙攣」[19]的形勢下，於政治話語高度擠壓的殊異語境中進行的，一些喪失正常寫作權力的作家依然通過自覺的祕密寫作或日記、書信等不自覺的書寫撐起了一方散發異彩的文學穹宇。（二）寫作立場。就寫作立場而言，公開寫作秉持「廟堂」立場，緊契官方意志，演繹迴響時代共名的政治強音；潛在寫作則堅守「廣場」立場，表達了對時代的獨特體驗與思考，體現了知識份子的精神立場、價值取向和文化傳統。（三）話語形態。公開寫作與潛在寫作的話語形態具有多層面碰撞的複雜性，公開寫作雖以官方話語為主導，但知識份子話語和民間話語仍然以隱匿形式存在著；潛在寫作以知識份子話語為主脈，也顯現了民間文化的滋養，但一些文本也不可避免地刻有時代銘紋。（四）審美品格。公開寫作中的顯性集體創作與隱性集體創作均熱衷於表現主流政治話語，幾未形成獨立的審美品格，多呈

[19] 謝選駿，《反傳統的七十年——中國現代史的一個基本線索》，《五四與現代中國》（山西人民出版社，一九八九年），頁三一至三二。

現出大一統的審美風尚，審美功能臣服於積極宣諭意識形態的教化功能；潛在寫作則凝聚了創作主體對社會、人生的感悟與思索，更多地彰顯了蘊含哲思性、性靈性與個性化的審美品格。

「文革文學」是社會、文化、政治、歷史等多重因素合力作用的結果，尤與政治關係密切，甚至可以說是被政治催眠的產物。反思「文革文學」的生態窘況，我們祈願不要再重蹈人為減損文藝生態資源的「文革」覆轍。生態資源匱乏的文藝狂歡是虛幻和劣質的，文藝領域應更多地引入生態思維與生態智慧，重視各種生態因素之間的聯繫互動，同時大力開掘、利用生態資源，從而更好地實現正面生態效益，促進文藝內、外部生態系統的健康運行。

文學史的分期只是相對意義上的，重大政治事件（如「文化大革命」發動的法定程序的完成，林彪叛逃事件、「四人幫」的覆滅等）對文學史的進程與狀貌確實產生了重要影響，但並非如堤壩一樣能將文學的發展流變截然斷開，仍有些許細流、潛流在默然勾聯文學史脈。往前追溯，「文革文學」與十七年文學等紅色革命文藝，乃至有數千年載道傳統的中華文學，都有著千絲萬縷的承接關係；向下延展，「文革文學」與新時期文學甚至當下文學的某些特質也有血脈關聯。本書僅從敘述話語與集體抒寫、敘述功能與理想人格、敘述情境與社會環境、敘述策略與政治需要四個方面探析「文革文學」的獨特敘述風貌，伴隨著這些思索，筆者彷彿順沿一縷淺溪蜿蜒前行至更為寬廣的水域，在釐清部分問題的同時，又面臨了更多的新生困惑。譬如：產生於「文革」這同一時空背景下的公開寫作與潛在寫作這兩種文學形態的同質與異質因素；官方話語、知識份子話語與民間話語在文本不同層面的複雜扭結關係；「文革文學」與新時期文學及當下文學的內在隱祕關聯……蔣子龍等作家「文革」後的創作取得了驕人佳績，然而，他們是如何完成從「文革文學」到新時期文學的轉變？其間滑行了怎樣的心靈流變軌跡？經歷了怎樣的精神蛻變？在他們身上體現了「文革文學」與新時期文學及當下文學的何種聯繫？「文革文學」對「文革」中成長起來的作家、讀者有著怎樣的影響力？這些都是值得我們深思的鮮活而富有現實意義的話題。泰戈爾曾在《飛鳥集》中吟讚道：「真理之川從他的錯誤之溝渠中流過」，我們期待「文革文學」研究在新世紀奏響光昌流麗的華彩樂章。

附錄　「文革文學」大事記

一九六四年

六月五日至七月三十一日　全國京劇現代戲觀摩演出大會在京舉行。參加演出的有十九個省、市的二十八個劇團約二千人，演出了《蘆蕩火種》、《紅色娘子軍》、《六號門》、《智取威虎山》、《洪湖赤衛隊》、《杜鵑山》、《紅岩》、《李雙雙》、《朝陽溝》等三十七個劇目。六月十七日、二十三日，毛澤東等黨和國家領導人先後觀看了《智取威虎山》、《蘆蕩火種》兩劇。此次京劇現代戲觀摩演出大會的一些優秀劇目被江青相中，成為叱吒「文革」文藝界的「樣板戲」的底本。

一九六五年

十一月十日　《文匯報》發表姚文元的《評新編歷史劇〈海瑞罷官〉》一文，給《海瑞罷官》扣上了「毒草」的帽子，將其中的「退田」、「平冤獄」與一九六二年的所謂「單幹風」、「翻案風」聯繫起來，認定這是「當時資產階級反對無產階級專政和社會主義革命的鬥爭焦點」。吳晗的《海瑞罷官》是回應一九五九年四月毛澤東在八屆七中全會上提倡學習海瑞「直言敢諫」的精神而做的，一九六〇年底完成，一九六一年初上演。一九六五年初，江青與張春橋策畫由姚文元執筆起草批判《海瑞罷官》的文章。在毛澤東的支持和江青等人的操縱下，對《海瑞罷官》的批判迅疾升溫為一場群眾性的大批判運動，並成為「文革」的導火索。

一九六六年

1. 一月三日　中共中央批轉文化部黨委《關於進一步降低報刊圖書稿酬的請示報告》。《報告》認為，現在的基本稿酬標準仍然偏高，這就使有些知識份子的額外收入過多，易於導致生活特殊，對他們的思想改造不利。《報告》提出，將著作稿的稿酬標準由現行的每千字四至十五元降為每千字二至八元，翻譯稿的稿酬標準由每千字三至十元降為每千字一至五元。

2. 一月二十三日　中共中央批轉文化部黨委《關於當前文化工作中的若干問題向中央的彙報提綱》。《提綱》認為，經過社會主義「文化大革命」，整個文化戰線開始出現了蓬勃的革命形勢。主要表現在：自大演革命的現代戲以來，整個舞臺面貌發生了根本性的、歷史性的變化；隨著社會主義教育運動的深入開展，一個文化普及運動正在開始出現，文化下鄉已形成熱潮；廣大文化藝術工作者經過黨的教育，對社會主義的文化方向有了進一步的認識，普遍要求到工農兵群眾中去，為工農兵服務，改造自己。

3. 二月三日　文化革命五人小組召開擴大會議，討論當前學術批判中出現的問題。會議討論的結果整理為彙報提綱，即《關於當前學術討論的彙報提綱》（簡稱「二月提綱」）。《提綱》提出，在學術討論中，要堅持「放」的方針，讓不同意見充分地放出來。要堅持實事求是，在真理面前人人平等的原則，要以理服人，不要像學閥一樣武斷和以勢壓人。要准許和歡迎犯錯誤的人和學術觀點反動的人自己改正錯誤。在報刊上對於吳晗的討論不要局限於政治問題，要充分展開涉及到各種學術理論問題的討論。五日，劉少奇主持的中央政治局在京常委會議討論通過了《提綱》。八日，彭真、陸定一等專程赴武漢向毛澤東彙報請示，毛澤東未表示異議。十二日，中共中央轉發文化革命五人小組的《提綱》。三月二十八日至三十日，毛澤東先後三次同康生、江青、張春橋等談話，批評《提綱》混淆階級界限，不分是非。四月十六日，毛澤東在杭州主持召開中共中央政治局常委擴大會議，討論了撤銷《提綱》和文化革命五人小組，重設文化革命小組等問題。

4. 二月二日至二十日　江青受林彪委託，在上海邀請劉志堅、陳亞丁等人就部隊文藝工作的若干問題進行座談。會後形成了《林彪同志委託江青同志召開的部隊文藝工作座談會紀要》，提出「文藝黑線專政」論和一系列極左文藝思想。三月十九日，經毛澤東修改和同意後，江青將《紀要》送給林彪。四月十日，中共中央批發《紀要》，四月十六日，以中共中央文件形式在黨內傳達。四月十八日，《解放軍報》發表社論《高舉毛澤東思想偉大紅旗，積極參加社會主義文化大革命》，全面公布了《紀要》的觀點和內容。一九六七年五月二十九日，《紀要》公開發表。一九七九年五月三日，中共中央發文撤銷《紀要》。

5. 四日至二十六日　中共中央政治局擴大會議在京舉行。五月十六日通過了《中國共產黨中央委員會通知》（後簡稱《五一六通知》）。《通知》宣布中央決定撤銷《二月提綱》和以彭真為首的文化革命五人小組及其辦事機構，重新設立隸屬於政治局常委之下的中央文化革命小組。《通知》提出了「文化大革命」的一整套理論、路線和方針。《通知》號召，「高舉無產階級文化革命的大旗，徹底揭露那批反黨反社會主義的所謂『學術權威』的資產階級的反動立場，徹底批判學術界、教育界、新聞界、文藝界、出版界的資產階級反動思想，奪取在這些文化領域中的領導權」。

6. 四月三十日　革命現代芭蕾舞劇《白毛女》在京公演。

7. 五月八日　《解放軍報》發表署名「高炬」的《向反黨反社會主義的黑線開火》，《光明日報》發表何明（即關鋒）的《擦亮眼睛，辨別真假》。兩篇文章都把矛頭直接指向北京市委和彭真。

8. 五月十日　《解放日報》和《文匯報》同時刊載姚文元的《評「三家村」——《燕山夜話》、《三家村劄記》的反動本質》。文章說鄧拓是「主將」，吳晗是「急先鋒」，廖沫沙「緊緊跟上」，「合股開辦」了「一個黑店」，是繼《海瑞罷官》之後「有步驟、有組織、有指揮地向黨繼續進攻」。文章號召「大家起來，搗毀『三家村』」。

9. 五月二十五日　北京大學聶元梓等七人在校內貼出大字報《宋碩、陸平、彭珮雲在文化革命中究竟幹了一些什麼？》，攻擊北大黨委和北京市委想把革命的群眾運動納入「修正主義」軌道，提出「堅決、徹底、乾淨、全部地消滅一切牛鬼蛇神、一切赫魯雪夫式的反革命修正主義份子」。毛澤東在《紅旗》雜誌、《光明日報》總編室編印的《文化革命簡報》上，就北大這張大字報寫下「由新華社全文廣播」、「在全國報刊發表」的批語。六月一日，中央人民廣播電臺在《新聞聯播》節目中廣播了這張大字報。六月二日，《人民日報》全文刊登了這張大字報，並配發了題為《歡呼北大的一張大字報》的評論員文章。

10. 五月二十五日　中共中央發出關於中央文化革命小組名單的通知。陳伯達任組長，康生為顧問，江青、張春橋為副組長，組員是謝鏜忠、尹達、王力、關鋒、戚本禹、穆欣、姚文元等。一九六七年發生所謂「二月逆流」事件後，中央文革小組逐步取代了中央政治局和中央書記處，成為「文革」的實際指揮機關。

11. 五月二十九日　在批判「三家村」的高潮中，清華大學附屬中學部分學生自發成立了「保衛毛主席」的組織。在高二學生張承志的提議下，該組織取名為清華附中紅衛兵，這是全國出現的第一個紅衛兵組織。

12. 六月一日　《人民日報》發表社論《橫掃一切牛鬼蛇神》，號召「橫掃盤踞在思想文化陣地上的大量牛鬼蛇神」，「把所謂資產階級的『專家』、『學者』、『權威』、『祖師爺』打得落花流水，使他們威風掃地」。

13. 六月二十日　中共中央轉發《文化部為徹底乾淨搞掉反黨反社會主義反毛澤東思想的黑線而鬥爭的請示報告》。該請示報告稱，文藝界有一條又長又粗又深又黑的反毛澤東思想的黑線，要對文藝隊伍實行「犁庭掃院」和「徹底清洗」。中央批語認為，文化戰線的絕大多數領導機關，一直為以周揚為首的「反黨反社會主義黑線所統治」，成了這條「黑線向無產階級實行專政的陣地」，要求各級黨委據此報告精神部署本地區文化戰線的文化革命運動，「開展奪權鬥爭」，建立無產階級對文化戰線的領導權，徹底揭露以周揚為代表的「資產階級文藝路線和方針」，徹底批判「國防文學」口號。

14. 七月二十九日　北京航空學院附中貼出一副宣揚「血統論」的對聯：「老子英雄兒好漢，老子反動兒混蛋」，橫批為「基本如此」。陳伯達曾建議將這副對聯改為「父母革命兒接班，父母反動兒背叛」，橫批為「理應如此」。北京二十四中的學生遇羅克一九六六年十二月在北京的公共場所張貼、散發署名「家庭問題研究小組」的《出身論》，文章代表因家庭出身不好而受到歧視的人要求社會給予平等的政治待遇。此文一九六七年一月二十八日登載於「首都中學生革命造反司令部」創辦的《中學文革報》。一九六七年四月十四日，中央文革成員戚本禹將《出身論》定性為「反動文章」。一九六八年，遇羅克以「惡毒攻擊」和「組織反革命集團」的罪名被逮捕，一九七○年三月五日被處決，一九八○年平反。

15. 七月 除《解放軍文藝》外，全國其他文藝刊物停刊。

16. 八月一日至十二日 中共中央八屆十一中全會在京舉行，毛澤東主持會議。七日，全會印發毛澤東的《炮打司令部——我的一張大字報》。毛澤東指責：「在五十多天裏，從中央到地方的某些領導同志……站在反動的資產階級立場，實行資產階級專政，將無產階級轟轟烈烈的文化大革命運動打下去，顛倒是非，混淆黑白，圍剿革命派，壓制不同意見，實行白色恐怖，自以為得意，長資產階級的威風，滅無產階級的志氣。」八日，全會通過了《中國共產黨中央委員會關於無產階級文化大革命的決定》（簡稱《十六條》）。《十六條》指出：「在當前，我們的目的是鬥垮走資本主義道路的當權派，批判資產階級的反動學術『權威』，批判資產階級和一切剝削階級的意識形態，改革教育，改革文藝，改革一切不適應社會主義經濟基礎的上層建築，以利於鞏固和發展社會主義制度。」「運動的重點，是整黨內那些走資本主義道路的當權派。」「無產階級文化大革命，只能是群眾自己解放自己，不能採用任何包辦代替的辦法。」「不要怕出亂子」，「要充分運用大字報、大辯論這些形式，進行大鳴大放」。《十六條》的通過，正式確認了「文化大革命」的「左」傾方針。

17. 八月十八日 北京百萬群眾聚集在天安門廣場，慶祝「無產階級文化大革命」，毛澤東、林彪、周恩來、劉少奇等黨和國家領導人出席了大會。毛澤東首次在天安門接見來京進行大串聯的各地紅衛兵。北京師範大學附屬女子中學一名學生給毛澤東帶上了「紅衛兵」袖章，毛澤東得知她叫宋彬彬時，說道：「要武嘛！」翌日，這位女大學生就更名為宋要武。

18. 八月二十日　北京和各大城市的紅衛兵開始破「四舊」（指舊思想、舊文化、舊習俗、舊習慣）行動。主要內容是：將原有地名、店名、校名等更改為「反修」、「防修」、「東方紅」、「井岡山」等革命色彩濃郁的新名稱；干預人們的髮型、衣著式樣等；破壞名勝古蹟，毀壞寺廟、文物，強制遣散宗教工作者；勒令政協、民主黨派解散；亂揪亂鬥並從城市驅逐所謂的「牛鬼蛇神」，自行抓人、揪鬥、抄家、遊街，甚至私設公堂打人致殘、致死。

19. 八月二十三日　老舍遭到紅衛兵的侮辱和毒打，次日午夜時分，攜親筆抄寫的毛澤東詩詞一卷在北京太平湖投湖自盡。

20. 八月　毛澤東在中央政治局常委（擴大）會上說姚雪垠的《李自成》寫得不錯，對他要予以保護，讓他繼續寫下去。一九七五年十一月，毛澤東再次指示給姚雪垠提供便利條件，讓他寫完《李自成》。

21. 九月三日　著名外國文學翻譯家傅雷被迫害致死，終年五十八歲。

22. 十月三十一日　北京各界召開紀念魯迅逝世三十週年大會。陳伯達致閉幕詞，稱魯迅為「先知」，斥責周揚是「叛徒」和「投降主義者」。

23. 十一月二十八日　全國二萬多名文藝工作者參加的文藝界大會在京舉行。大會宣布，中共中央軍委決定江青任解放軍文化工作顧問，北京市京劇一團、中國京劇院、中央樂團、中央歌舞劇院劃歸解放軍建制。

24. 十一月二十六日　《人民日報》發表社論《貫徹毛主席文藝路線的光輝樣板》，首次將現代京劇《沙家浜》、《紅燈記》、《智取威虎山》、《海港》、《奇襲白虎團》，芭蕾舞劇《紅色娘子軍》、《白毛女》，交響音樂《沙家浜》並稱為「革命藝術樣板」和「革命現代樣板作品」。

25. 十二月十七日　著名京劇表演藝術家馬連良被迫害致死。

一九六七年

1. 一月一日　《人民日報》、《紅旗》雜誌聯合發表社論《把無產階級文化大革命進行到底》。《社論》認為一九六六年興起的無產階級文化大革命是二十世紀六〇年代最偉大的事件，在國際共運史上開闢了一個新紀元。《社論》提出一九六七年的具體政治任務是：工廠、農村「抓革命、促生產」，大搞「文化大革命」；革命師生、革命知識份子到工廠、農村去，和工農群眾相結合；充分發揚無產階級專政條件下的大民主；繼續開展對資產階級反動路線的批判。社論認為：「一九六三年，在毛主席親自指導下，我國進行的以戲劇改革為主要標誌的文藝革命，實際上是無產階級文化大革命的開端。」由此可見，一九六六年之前的現代戲運動具有重要的政治意義。

2. 一月一日　《紅旗》雜誌一九六七年第一期發表姚文元的《評反革命兩面派周揚》。文章說林默涵、田漢、夏衍、陽翰笙、齊燕銘、陳荒煤、邵荃麟等人是「反黨反社會主義」的「黑線之內的人物」，周揚的革命歷史「就是一部反革命兩面派史」。

3. 一月四日至八日　上海市颳起所謂「一月革命風暴」，十一個造反組織向上海市委奪權，並發布《告上海市人民書》。四日，《文匯報》發表該社「星火燎原」革命造反總部的《告讀者書》，宣布接管《文匯報》。六日，《解放日報》發表該社革命造反聯合司令部的《告讀者書》，宣布接管《解放日報》。

4. 一月十一日　中央軍委發出《改組全軍文化革命小組的通知》。全軍文革小組在中央軍委和中央文革小組的直接領導下進行工作，徐向前任組長，江青任顧問；蕭華、楊成武、王新亭、徐立清、關鋒、謝鏜忠、李曼村任副組長；王宏坤、余立金、劉華清、唐平鑄、胡癡、葉群等為組員。

5. 二月十七日　中共中央發出《關於文藝團體無產階級文化大革命的規定》。《規定》共六條：文藝團體的「文化大革命」必須按照《十六條》進行；鬥爭的重點是打擊黨內一小撮走資本主義道路的當權派，肅清以周揚、夏衍為首的反革命修正主義文藝路線的毒害，批判資產階級反動學閥、反動「權威」；一律停止外出串聯；認真整頓和清理文藝工作隊伍；對破壞國家資財者給予必要的處分；自負盈虧的文藝團體可以由當地政府另外安排生活出路。

6. 二月　作家羅廣斌被迫害致死。

7. 四月一日　《人民日報》轉發《紅旗》雜誌第五期刊載的戚本禹的《愛國主義還是賣國主義？——評反動電影《清宮祕史》》一文。文章不點名地攻擊劉少奇「積極充當帝國主義、封建主義、反動資產階級的代理人」，是「假革命，反革命」，是「睡在我們身邊的赫魯雪夫」。文章列舉了劉少奇的所謂「八大罪狀」，說他是「黨內最大的走資本主義道路的當權派」。

8. 五月六日　周作人被迫害致死。

9. 五月十日　《人民日報》發表江青一九六四年七月在京劇現代戲觀摩演出人員座談會上的講話《談京劇革命》。《紅旗》第六期為此發表了社論《歡呼京劇革命的偉大勝利》，文章說：「京劇革命的勝利，宣判了反革命修正主義文藝路線的破產，給無產階級新文藝開拓了一個嶄新的紀元。」

10. 五月十四日 中共中央發布《關於在無產階級文化大革命中保護文物圖書的幾點意見》。針對在紅衛兵破「四舊」的高潮中，全國眾多文物圖書古跡遭受嚴重破壞的問題提出了保護意見。

11. 五月二十三日 京、滬兩地舉行集會，紀念《講話》發表二十五週年。《紅燈記》等八個「樣板戲」同時開始在首都舞臺演出，歷時三十七天，共演出二百一十八場。五月三十一日，《人民日報》發表題為《革命文藝的優秀樣板》的社論，稱八個「樣板戲」「宣告了反革命修正主義文藝黑線的破產」，「工農兵昂首屹立在舞臺上的新時代到來了！」

12. 五月二十五日至二十八日 《人民日報》連續發表毛澤東關於文學藝術問題的「五個文件」：《看了《逼上梁山》以後寫給延安平劇院的信》、《應當重視電影《武訓傳》的討論》、《關於紅樓夢研究問題的信》、《關於文學藝術的兩個批示》（一九六三年十二月十二日的批示和一九六四年六月二十七日的批示）。

13. 六月 由「新北大公社文藝批判戰鬥團」編輯的《文藝批判》創刊。一九六八年三月，《文藝批判》改刊為《文化批判》，由北京大學文化革命委員會《文化批判》編輯部編輯。《文化批判》常用的署名有：頌青、學青、狂飆、紅聯、激揚、一兵、青松、滅資興無、橘子洲、無限風光、長江横渡、報春、迎春到、千鈞棒、紅五月、紅色清道夫、縛蒼龍、換新天、朝暉、一往無前、曾伏虎、東方紅、反修戰鬥團等。

14. 九月四日 山西省昔陽縣大寨幹部、貧下中農集體批判趙樹理的「反動小說」、「大毒草」《鍛鍊鍛鍊》，提出要「徹底砸爛他這塊所謂『農民作家』的黑招牌」。

15. 九月八日 《人民日報》發表姚文元的《評陶鑄的兩本書》，第一次在報刊上公開點名批判陶鑄。文章說陶鑄的《理想、情操、精神生活》和《思想・感情・文采》宣揚「資產階級反革命派的『理想』」，「叛徒加奴才的『精神生活』」，「對無產階級刻骨仇恨的『感情』」，「文采」腐朽不堪，文章認定其為「漏網的大右派」、「混進來的反革命兩面派」、「赫魯雪夫式的野心家」、「卑劣的實用主義者」。

16. 九月　作家廢名病逝。

17. 十一月十二日　《人民日報》發表《〈保衛延安〉——利用小說反黨的活標本》，對《保衛延安》進行了全國規模的批判。

18. 十二月　《歐陽海之歌》的作者金敬邁被誣整江青黑材料，由文壇顛峰墜入「現行反革命」行列。

一九六八年

1. 三月三日　因江青、戚本禹密謀盜走了魯迅全部的書信手稿，許廣平心臟病復發逝世。

2. 四月八日　著名黃梅戲表演藝術家嚴鳳英受迫害服毒自盡。

3. 五月二十三日　《文匯報》發表于會泳《讓文藝舞臺永遠成為宣傳毛澤東思想的陣地》一文，第一次公開提出「三突出」原則，指在所有人物中突出正面人物，在正面人物中突出英雄人物，在主要英雄人物中突出最重要的即中心人物。後來，姚文元對「三突出」的文字表述做了修改，即在所有人物中突出正面人物，在正面人物中突出英雄人物，在英雄人物中突出中心人物。

4. 六月　鋼琴伴唱《紅燈記》首次公演。

5. 六月　上海市文化系統召開「徹底鬥倒批臭無產階級的死敵——巴金」的電視鬥爭大會。《解放日報》、《文匯報》接連發表批判文章，稱巴金為「反共老手」。

6. 七月十五日　電影藝術家、影協副主席蔡楚生被迫害致死，終年六十二歲。

7. 八月　作家楊朔、麗妮被迫害致死。

8. 九月五日　全國二十九個省、市、自治區革命委員會均告成立，《人民日報》、《解放軍報》發表社論《無產階級文化大革命的全面勝利萬歲！》。

9. 十月　戲劇藝術家、中央實驗話劇院副院長孫維世被迫害致死，終年四十七歲。

10. 十一月二日　作家李廣田被迫害致死。

11. 十二月十日　戲劇藝術家、詩人田漢逝世，終年七十歲。

12. 十二月二十二日　《人民日報》發表毛澤東的最新指示，即「知識青年到農村去，接受貧下中農再教育，很有必要」，全國掀起知識青年上山下鄉熱潮。

13. 十二月　首都大專院校紅代會《紅衛兵文藝》編輯部編輯出版了《寫在火紅的戰旗上——紅衛兵詩選》。詩選分為「紅太陽頌」、「紅衛兵歌謠」、「在那戰火紛飛的日子」、「奪權風暴」、「長城歌」、「獻給工人同志的詩」、「井岡山的道路」、「五洲風雷歌」八輯，收入一九六六至一九六八年的詩作九十八首。

一九六九年

1. 一月二十九日　中共中央、中央文革小組轉發北京市革命委員會轉來的駐清華大學的工人、解放軍宣傳隊關於《堅決貫徹執行對知識份子「再教育」、「給出路」的政策》的報告。報告分為五部分：對知識份子的大多數要堅決相信是願意革命的，但必須進行再教育；對可以教育好的子女要多做教育工作，不要把他們推到敵人那一邊去；對犯了錯誤的走資派，在他們覺悟的時候，要及時解放；對資產階級反動學術權威，經過充分批判後，要給以出路；對反革命份子要區分對待，給以立功贖罪的機會。

2. 四月二十二日　作家陳鶴翔被迫害致死，終年六十九歲。

3. 四月二十七日　電影藝術家鄭君里被迫害致死。

4. 六月十二日　中共中央發布《關於宣傳毛主席形象應注意的幾個問題的意見》。《意見》在批評宣傳毛主席形象時存在的形式主義等錯誤做法後，提出了七條改進意見：不要追求形式，要講究實效；印刷毛主席像必須經過批准，凡有損於毛主席光輝形象的像一律不得懸掛；未經中央批准，不能再製作毛主席像章，禁止用毛主席像章在街頭進行交換；各報紙平時不要用毛主席像作刊頭畫；一些物品、包裝不要印毛主席像，禁止在瓷器上印製毛主席像；不要搞「忠」字化運動，不要修建封建式的小廟、牌坊、門樓等；不要搞「早請示」、「晚彙報」、飯前讀語錄、向毛主席像行禮等形式主義的活動。

5. 六月十九日　江青接見幾個藝術團體人員時說：「有些人就是搞真人真事，真是可惡之極。」其後，「不要寫真人真事」、「作品要離開真人真事」、「不提倡寫活著的真人真事」、「可以脫離真人真事」等論調充斥文壇。

6. 七月十六日　《人民日報》發表上海革命大批判寫作小組的《評斯坦尼斯拉夫斯基「體系」》一文，稱斯坦尼斯拉夫斯基的戲劇藝術理論是「現代修正主義藝術理論」的基礎。

7. 七月　文化部所屬各單位和文聯各協會全部工作人員開始分別到湖北咸寧、天津靜海等地的「五七」幹校及部隊農場從事體力勞動，搞所謂「鬥、批、改」。

8. 九月三十日　《紅旗》雜誌第十期發表文章，提出「學習革命樣板戲，保衛革命樣板戲」的口號，號召「舉起無產階級專政的鐵錘，堅決打擊破壞革命樣板戲的一小撮階級敵人」。文章要求演出「樣板戲」時，一句臺詞、一個臺步、一束燈光、一個道具，甚至人物身上的一塊補丁都不得走樣，否則就是「破壞革命樣板戲」。

9. 十月十一日　北京市副市長、著名歷史學家、京劇《海瑞罷官》的作者吳晗被迫害致死，終年六十一歲。

10. 十一月十二日　中華人民共和國主席、原中共中央副主席劉少奇備受摧殘後含冤而逝，終年七十一歲。

11. 十一月三十日　受到政治迫害的國務院副總理陶鑄逝世，終年六十二歲。

12. 十二月二十四日　《人民日報》發表《兩種根本對立的戰爭觀——徹底批判詆毀人民戰爭的一批反動電影》，集中批判了《兵臨城下》、《逆風千里》、《紅日》、《黑山阻擊戰》、《東進序曲》等革命戰爭題材的影片。

一九七〇年

1. 一月　張春橋等在上海製造了「桑偉川事件」。一九六七年七月十一日，《人民日報》發表上海市委寫作組署名「丁學雷」的文章，批判小說《上海的早晨》是「為劉少奇復辟資本主義鳴鑼開道的大毒草」。上海煤氣公司助理技術員桑偉川著文投寄《文匯報》駁斥「丁學雷」的觀點。《人民日報》一九七〇年一月二十四日再次發表「丁學雷」批判《上海的早晨》的文章，並把桑偉川的文章說成是為「毒草」翻案的「毒草文章」。在此後的四個月內，上海文教系統和有關單位對桑偉川進行了二百九十多次大型批鬥。桑偉川被打成「現行反革命」，被關押七年之久。一九七八年八月十一日，這一冤案方得平反。

2. 九月十七日　周恩來同文化教育部門一些負責人談關於恢復文教科技部門正常工作的問題。

3. 九月二十三日　著名作家趙樹理被迫害致死，終年六十四歲。

4. 十月一日　革命現代京劇《智取威虎山》彩色影片上映。這是「文革」期間攝製的首部藝術影片。

5. 十月十五日　作家蕭也牧被迫害致死，終年五十二歲。

6. 十月　為紀念抗美援朝二十週年，重新放映《英雄兒女》等五部影片。這是「文革」以來首次重映此前拍攝的影片。

7. 本年　北京電影製片廠攝製了《智取威虎山》（京劇）；八一電影製片廠攝製了《紅燈記》（京劇）。

一九七一年

1. 一月十五日　著名京劇表演藝術家蓋叫天被迫害致死，終年八十三歲。

2. 一月十八日　詩人聞捷受迫害後自殺，終年四十八歲。

3. 二月二十八日　中共中央批轉《關於進一步辦好中央機關「五七」幹校的報告》。報告說，兩年來，中央機關創辦了一百零六所「五七」幹校，有近九萬名幹部、一萬名工勤人員、五千名知識青年、三萬名家屬到幹校學習和勞動。

4. 二月十二日　周恩來在接見全國出版工作座談會領導小組成員談話時強調，要講歷史、多出書。

5. 六月十日 中國作家協會副主席、文藝理論家邵荃麟遭受迫害，病死獄中，終年六十五歲。

6. 七月 國務院文化組成立，吳德任組長，劉賢權任副組長，石少華、于會泳、浩亮、劉慶棠等人為組員。後于會泳任副組長。

7. 八月八日 文藝批評家侯金鏡被迫害逝世，終年五十一歲。

8. 九月五日 著名畫家潘天壽被迫害致死，終年七十五歲。

9. 九月十三日 林彪等人謀殺毛澤東未遂，乘「二五六」號三叉戟飛機叛逃，摔死在蒙古溫都爾汗。「九一三」事件在客觀上宣告了「文革」理論與實踐的破產。

10. 十一月十四日 毛澤東接見成都地區座談會的同志，並初步為「二月逆流」平反。

11. 十一月二十日 周恩來同英國作家麥斯威爾談話，就戰後世界局勢發表了意見。

12. 本年 北京電影製片廠攝製了《紅色娘子軍》（舞劇）；長春電影製片廠攝製了《沙家浜》（京劇）。

一九七二年

1. 二月 上海人民出版社出版了兩部繼「樣板戲」之後主流文學的代表作《虹南作戰史》和《牛田洋》。

2. 五月 浩然的《金光大道》第一部由人民文學出版社出版，第二部於一九七四年由人民文學出版社出版。

3. 五月十日至六月二十日 國務院科教組召開綜合大學和外語院校教育革命座談會。會議提出要從教育革命的實際出發，抓緊落實幹部政策，全面落實知識份子政策，發揮教師的業務專長，合理安排他們的工作，教學中對學員嚴格要求。

4.五月二十三日　為紀念《在延安文藝座談會上的講話》發表三十週年，國務院文化組舉辦了全國美展和全國攝影展。

5.七月二十五日　文藝理論家、作家巴人（王任叔）被迫害致死，終年七十一歲。

6.八月十四日　《解放軍報》發表高玉寶的《文藝創作不能憑空編造假人假事》。于會泳組織文章批判此文，認為高玉寶是為寫真人真事的「錯誤主張」辯護，是「奇談怪論」。

7.九月　在周恩來、華國鋒等的關懷下舉辦了全國工業美術展覽會，展覽會被誣為「文藝黑線回潮的急先鋒」。

8.十月　國務院文化組召開電影座談會。北京電影製片廠、長春電影製片廠、上海電影製片廠、八一電影製片廠的有關創作人員總結了拍攝「革命樣板戲」的經驗。此後，各製片廠按照「樣板戲經驗」拍攝故事片。北影重拍《南征北戰》；長影攝製《豔陽天》、《青松嶺》、《戰洪圖》；上影攝製《火紅的年代》，重拍《年輕的一代》；珠影攝製粵劇藝術片《沙家浜》；西影擬拍《漁島怒潮》等。

9.十二月十七日　作家魏金枝被迫害致死，終年七十二歲。

10.本年　北京電影製片廠、上海電影製片廠聯合攝製了《海港》（京劇）；北京電影製片廠攝製了《龍江頌》（京劇）；上海電影製片廠攝製了《白毛女》（舞劇）；八一電影製片廠攝製了《紅色娘子軍》（京劇）；長春電影製片廠攝製了《奇襲白虎團》（京劇）。

一九七三年

1. 一月一日　周恩來、葉劍英、李先念等中央政治局成員接見部分電影、戲劇和音樂工作者。周恩來指出電影太少，要求文化組「大抓一下」電影工作。江青指定于會泳、浩亮、劉慶棠抓創作，成立文化組創作領導小組辦公室，于會泳任組長。「初瀾」、「江天」即這個辦公室寫作班子常用的筆名。

2. 一月十四日　中央政治局成員再次接見部分電影、戲劇和音樂工作者，以及出席電影工業會議的人員。

3. 五月　「四人幫」控制的文藝刊物《朝霞》叢刊在上海創刊。本年度出版了《朝霞》、《金鐘長鳴》、《鋼鐵洪流》、《珍泉》四輯。

4. 七月二十八日　江青、張春橋、姚文元審查湘劇舞臺藝術片《園丁之歌》時，對影片橫加指責，給影片扣上了「否定無產階級文化大革命」、「為反革命修正主義教育路線招魂」的帽子。一九七四年六月十四日，江青指示批判《園丁之歌》。一九七四年七月十九日，國務院文化組給北京、上海、天津、湖南的革命委員會發出《關於批判《園丁之歌》的通知》（抄送全國各省、市、自治區）。一九七四年八月四日，「初瀾」發表《為哪條教育路線唱讚歌》一文，一時間報刊上刊發了近百篇批判文章。一九七四年十一月，毛澤東在湖南觀看影片並做出「是齣好戲」的肯定性評價，「四人幫」竟把這話當作謠言追查。

5. 八月五日　毛澤東給江青唸他寫的詩《讀〈封建論〉——呈郭老》。詩曰：「勸君少罵秦始皇，焚坑事業要商量。祖龍雖死秦猶在，孔學名高實秕糠。百代都行秦政法，『十批』（引者注：指郭沫若所著《十批判書》）不是好文章。熟讀唐人《封建論》，莫從子厚返文王。」毛澤東認為，歷代政治家有成就的，在封建社會有建樹的，都是法家，主張厚今薄古；儒家則滿口仁義道德，一肚子男盜女娼，主張厚古薄今。

6.八月十三日　國務院批准將原中央直屬九所院校合併，成立中央「五七」藝術大學。周恩來批示將中央歌舞團、東方歌舞團和中央民族樂團合併為中國歌舞團，下設東方歌舞隊。十一月，中央「五七」藝術大學成立，下設戲劇學院、音樂學院、美術學院、戲曲學校、電影學校和舞蹈學校。江青任名譽校長，于會泳任校長，浩亮、劉慶棠、王曼恬任副校長。

7.九月八日至十一日　國務院科教組召開教育戰線批判孔子問題座談會。

8.九月十五日　上海市委控制的刊物《學習與批判》創刊。

9.九月　「北京大學、清華大學大批判組」成立，筆名多為「梁效」（引者注：諧音為「兩校」）。

10.十月　遲群等人在清華大學和北京大學發動了一場所謂的「反右傾回潮運動」，一直持續到次年一月。遲群在發動運動的講話中指出，知識份子隊伍中暴露了一小撮右派，要毫不留情地進行「反擊」。

11.十一月　「四人幫」製造了「無標題音樂事件」。十月，周恩來等中央領導批准了一份邀請兩位外國音樂家來華演出的報告，江青等人說這份報告宣揚「無標題音樂無社會內容」，認為周恩來的表態是「開門揖盜」。江青等人發起了一場席捲全國的大批判，從十二月十五日初瀾發表《要重視文化藝術領域的階級鬥爭》起，報刊共發表批判文章一百多篇。

12.本年　長春電影製片廠攝製了故事片《豔陽天》、《戰洪圖》、《青松嶺》；北京電影製片廠、上海電影製片廠重拍了《海港》（京劇）。

一九七四年

1.一月十六日 《火紅的年代》、《豔陽天》、《青松嶺》、《戰洪圖》開始在全國各地陸續上映。這是「文革」以來首次上映新拍的國產故事片。

2.一月二十三日 國務院文化組舉辦華北地區文藝調演。

3.一月三十日 《人民日報》發表評論員文章《惡毒的心，卑劣的手法——批判安東尼拍攝的題為〈中國〉的反華影片》。稱義大利著名導演安東尼經我國有關部門同意拍攝的影片《中國》是「間諜加漢奸搞出來的」。

4.一月 《紅旗》雜誌發表「初瀾」的《中國革命歷史的壯麗畫卷——談革命樣板戲的成就和意義》一文。

5.二月二十八日 《人民日報》發表「初瀾」的《評晉劇《三上桃峰》》。這篇經姚文元修改，江青、張春橋定稿的文章把《三上桃峰》說成是「一株否定無產階級文化大革命」、「為劉少奇翻案」的「大毒草」。全國各地報刊發表了大量批判《三上桃峰》的文章。山西省一批文藝工作者和領導幹部受到迫害，山西省文化局幹部趙雲龍被迫害致死。

6.三月十五日 《光明日報》發表張永枚以西沙之戰為題材的詩報告《西沙之戰》。十六日，《人民日報》轉載。該詩被視為「新詩學習革命樣板戲的成功範例」。

7.三月 江青召集于會泳、浩亮、劉慶棠、陳亞丁等人，號召「放火燒荒」，把矛頭指向軍內老幹部。于會泳等人據此組織創作了話劇《千秋業》、《衝鋒向前》。

8.四月二十四日　《人民日報》發表「江天」的《進一步普及革命樣板戲》一文。

9.四月　人民文學出版社出版《十二級颱風颳不倒——小靳莊詩歌選》。六月，天津人民出版社出版了《小靳莊詩歌選》第一集，一九七六年四月出版了第二集。

10.七月　《紅旗》雜誌第四期發表「初瀾」的《京劇革命十年》。文章系統宣揚了「空白」論、「創業期」論、「新紀元」論，稱「過去的十年，可以說是無產階級文藝的創業期」，第一批八個樣板戲的誕生宣告了中國社會主義文藝「新紀元」的到來。

11.九月二十日　《中國攝影》復刊。這是「文化大革命」以來最早復刊的文藝刊物。

12.九月　上海人民出版社開始出版「上山下鄉知識青年創作叢書」，包括汪雷的《劍河浪》（一九七四年）、張抗抗的《分界線》（一九七五年）等。

13.本年　北京電影製片廠攝製了《杜鵑山》（京劇）、《偵察兵》、《南征北戰》（係重拍）、《送貨路上》（湖南花鼓戲）；上海電影製片廠攝製了《火紅的年代》、《無影燈下頌銀針》、《渡江偵察記》（係重拍）、《一副保險帶》；八一電影製片廠攝製了《平原作戰》（京劇）、《閃閃的紅星》；長春電影製片廠攝製了《創業》、《鋼鐵巨人》、《平原游擊隊》（係重拍）、《向陽院的故事》、《半藍花生》（越劇）；珠江電影製片廠攝製了《沙家浜》（粵劇）；中央新聞紀錄電影製片廠攝製了《園丁之歌》（湘劇）。

一九七五年

1.一月七日　手抄本長篇小說《歸來》（「文革」後以《第二次握手》為名公開出版）的作者張揚因「以

小說反黨」的罪名被捕。

2. 一月 原國務院文化組改組為文化部，于會泳任部長，浩亮、劉慶棠任副部長。

3. 一月 周恩來帶病審看影片《海霞》，朱德、李先念等人也先後調看此片，均肯定此片。然而，在江青的授意下，六月間，《海霞》被作為「黑線回潮的代表作」遭致查封和批判。影片編導謝鐵驪、錢江上書毛澤東、周恩來。毛澤東七月二十九日在信上批示：「印發政治局全體同志。」七月三十一日，在鄧小平的主持下，中央政治局全體成員集體審看了《海霞》的兩個版本（即送文化部審看的片子和經過修改的片子），肯定了這部影片，並決定將修改版在全國公映。

4. 二月二十八日 戲劇藝術家、著名導演焦菊隱被迫害致死，終年六十九歲。

5. 三月八日 因主演《海瑞上疏》遭到迫害的著名京劇表演藝術家周信芳逝世，終年八十歲。

6. 七月二日 毛澤東批示：周揚一案，似可從寬處理，分配工作，有病的養起來並治病。

7. 七月十四日 毛澤東就文藝問題發表談話。主要內容為：黨的文藝政策應該調整一下，逐步擴大文藝節目；缺少詩歌、小說、散文、文藝評論；對於作家，要懲前毖後，治病救人，要幫助；魯迅在的話不會贊成把周揚這些人長期關起來；文藝問題是思想問題，但是不能急，人民看不到材料就無法評論；處分人要注意，動不動就撤職、關起來，是神經衰弱症的表現。其後，經中共中央批准，舉辦了聶耳、冼星海紀念演出會，解禁了一小批「毒草」影片，《人民文學》、《詩刊》等雜誌於一九七六年一月復刊。

8. 七月十八日 長影攝製完成了以大慶油田開發為題材的《創業》，江青等人給影片扣上了十大罪名，禁止上映。《創業》的編劇張天民分別上書毛澤東和鄧小平，提出不同意見。二十五日，毛澤東在信上批示：

「此片無大錯，建議通過發行。不要求全責備，而且罪名有十條之多，太過分了，不利調整黨的文藝政策。」

9. 八月　秉承「四人幫」旨意拍攝的首部表現與「走資派」做鬥爭的電影《春苗》上映。修改後的話劇《萬水千山》由總政文工團公演。

10. 八月十四日　毛澤東在與北京大學一位教師談話時評價《水滸》說：「《水滸》這部書，好就好在投降。做反面教材，使人民都知道投降派。《水滸》只反貪官，不反皇帝。屏晁蓋於一百零八人之外。宋江投降，搞修正主義，把晁的聚義廳改為忠義堂，讓人招安了。宋江同高俅的鬥爭，是地主階級內部這一派反對那一派的鬥爭。宋江投降了，就去打方臘。」江青、姚文元等人利用毛澤東的這番話在報刊上掀起一場「評《水滸》運動」，影射攻擊要求糾正「文化大革命」錯誤的周恩來、鄧小平等中央領導人。

11. 九月十二日　江青在接見大寨大隊幹部和社員時強調，評《水滸》「不單純是文藝評論，也不單純是對歷史，對當代也有現實意義。因為我們黨內有十次路線錯誤。今後還會有的。敵人會改頭換面藏在我們黨內」。十七日，江青在大寨召集北影、長影、新華社、人民日報社等一百多人談話時再次說：「評《水滸》是有所指的。宋江架空晁蓋，現在有沒有架空毛主席呀？我看是有的。」她還訓斥《創業》劇組的負責人和張天民。

12. 十月　著名畫家、美術教育家、作家豐子愷被迫害致死，終年七十八歲。

13. 十二月十三日　中共中央發出《關於陸定一問題的決議》的通知。決議說陸定一是一個長期混入黨內的階級異己份子、反黨份子，有重大內奸嫌疑，將其清除出黨。一九七九年六月八日，中共中央轉發中組部《關於陸定一同志問題的復查報告》，對陸定一予以平反。

14.本年 北京電影製片廠攝製了《海霞》、《紅雨》、《決裂》、《草原兒女》（舞劇）、《烽火少年》、《渡口》（河北梆子）；上海電影製片廠攝製了《戰船臺》、《春苗》、《第二個春天》、《小將》、《人老心紅》（淮劇）、《揀煤渣》（淮劇）；八一電影製片廠攝製了《沂蒙頌》（舞劇）、《激戰無名川》、《紅燈記》（維吾爾語歌劇）、《雷雨之前》；長春電影製片廠攝製了《金光大道》（上集）、《車輪滾滾》、《長城新曲》、《黃河少年》、《沙漠的春天》；西安電影製片廠攝製了《碧海紅波》、《阿勇》；珠江電影製片廠攝製了《小螺號》。

一九七六年

1.一月八日 周恩來逝世。三月，南京舉行悼念周恩來、抗議「四人幫」的群眾運動，被稱為「南京事件」。

2.一月三十一日 著名詩人、文藝理論家馮雪峰逝世，終年七十三歲。

3.一月 《人民文學》、《詩刊》復刊。《詩刊》復刊號發表了毛澤東一九六五年所寫的兩首詞《水調歌頭・重上井岡山》、《念奴嬌・鳥兒問答》。

4.二月一日 江青要求于會泳等人加緊將與「走資派」做鬥爭的電影改編為京劇，緊密配合「當前的鬥爭」。六日，張春橋向于會泳布置了「寫與走資派鬥爭的有深度的作品」的任務。十六日，江青又要求把一些寫「走資派」的作品改編為電影、戲劇。三月十六日至二十三日，文化部召開了「創作座談會」，確定了二十部表現與「走資派」做鬥爭的文藝作品的創作規劃。六月，《反擊》、《盛大的節日》、《千秋業》等一批描寫與「走資派」做鬥爭的影片投拍。七月一日，《歡騰的小涼河》上映。

5. 三月 《人民戲劇》、《人民電影》、《人民音樂》、《美術》、《舞蹈》等雜誌相繼復刊。

6. 四月五日 爆發了以「天安門事件」為中心的反對「四人幫」的全國性群眾抗議活動。這些抗議活動被作為「反革命事件」遭到鎮壓。一九七八年十一月十四日，中共北京市委宣布「天安門事件」是革命行動，為因該事件受到迫害的人平反。「四五」運動中，人民以詩歌為武器，悼念總理，批判「四人幫」。一九七八年人民文學出版社出版了童懷周選編的《天安門詩抄》。

7. 五月六日 劇作家孟超被迫害致死，終年七十四歲。

8. 九月九日 毛澤東逝世，終年八十三歲。

9. 十月六日 華國鋒、葉劍英代表中共中央政治局決定對江青、張春橋、王洪文、姚文元實行隔離審查。

10. 十月十八日 詩人郭小川逝世，終年五十七歲。

11. 十月二十一日 北京一百五十萬軍民在天安門廣場遊行，慶祝粉碎「四人幫」。

12. 十二月三十日 話劇《萬水千山》，歌劇《白毛女》，影片《東方紅》、《洪湖赤衛隊》，組歌《紅軍不怕遠征難》，評彈《蝶戀花・答李淑一》等首批復映、上演。《人民日報》發表評論《無產階級文藝的新春》。

13. 本年 北京電影製片廠攝製了《反擊》（未發行）、《山花》、《沸騰的群山》、《寶蓮燈》（上、下集，河北梆子）、《青春似火》、《牛角石》、《海上明珠》；上海電影製片廠攝製了《歡騰的小涼河》、

《年輕的一代》、《磐石灣》（京劇）、《征途》、《難忘的戰鬥》、《江水滔滔》、《審椅子》（京劇）、《新風歌》、《金鎖》、《阿夏河的祕密》、《管得好》（呂劇）、《三定樁》（萊蕪梆子）、《小店春早》（黃梅戲）；八一電影製片廠攝製了《紅軍不怕遠征難——長征組歌》（舞臺藝術片）、《南海風雲》、《紅雲崗》、《南海長城》；長春電影製片廠攝製了《雁鳴湖畔》、《芒果之歌》、《長空雄鷹》、《鎖龍湖》、《山村新風》、《金光大道》（中集）、《半邊天》（呂劇）；西安電影製片廠攝製了《開山的人》；珠江電影製片廠攝製了《楓樹灣》、《山裏紅梅》、《紅霞萬朵》（黃梅戲）；峨嵋電影製片廠攝製了《寄託》；廣西電影製片廠攝製了《主課》；中央新聞紀錄電影製片廠攝製了《兩張圖紙》（湖南花鼓戲）。

一九七七年

1. 二月十三日 《人民日報》發表文化部批判組的文章《還歷史以本來面目——揭露江青掠奪革命樣板戲成果的罪行》。

2. 五月十八日 《人民日報》發表文化部政策研究室批判組的文章《評「三突出」》。

3. 十一月 《人民日報》、《人民文學》編輯部邀請文藝界知名人士舉行座談會，批判「文藝黑線專政」論。

一九八一年

六月二十七日　中國共產黨第十一屆中央委員會第六次全體會議通過《關於建國以來黨的若干歷史問題的決議》。《決議》把「文化大革命」的過程分為三段：以一九六六年五月中央政治局擴大會議和同年八月八屆十一中全會的召開為「文化大革命」全面發動的標誌，至一九六九年四月黨的第九次全國代表大會為第一段；從黨的九大至一九七三年八月黨的第十次全國代表大會為第二段；從黨的十大到一九七六年十月為第三段。《決議》明確提出，「文化大革命」是一場由領導者錯誤發動，被反革命集團利用，給黨、國家和各族人民帶來嚴重災難的內亂，不是也不可能是任何意義上的革命或社會進步。

此處主要含括一九六六至一九七六年間在中國大陸發生的文藝事件，個別超越此時間跨度，但對「文革文學」的形成與評價有密切關聯的事件也收入在內。主要參考了以下文獻：王堯，《「文革文學」紀事》（《當代作家評論》二〇〇〇年第四期）；楊鼎川，《一九六七：狂亂的文學年代》（山東教育出版社，一九九八年）；陳鳴樹主編，《二十世紀中國文學大典》（一九六六年至一九九四年）（上海教育出版社，一九九六年）；《中國共產黨編年史》編委會，《中國共產黨編年史》（一九六六至一九七七）（山西人民出版社、中共黨史出版社，二〇〇二年）；謝學遠主編，《熱土》、《漩渦》（東方出版社，二〇〇一年）。

主要參考書目

中共中央文獻研究室編，《毛澤東文藝論集》，中央文獻出版社，二〇〇二年。
中國革命博物館黨史研究室編，《共和國重大歷史事件述實》，人民出版社，一九九九年。
王元化，《傳統與反傳統》，上海文藝出版社，一九九〇年。
王元驤，《文學理論與當今時代》，浙江大學出版社，二〇〇二年。
王泰來等編譯，《敘事美學》，重慶出版社，一九八七年。
王堯，《遲到的批判：當代作家與「文革文學」》，大象出版社，二〇〇〇年。
王新民，《中國當代話劇藝術演變史》，浙江大學出版社，二〇〇〇年。
王福湘，《悲壯的歷程：中國革命現實主義文學思潮史》，廣東人民出版社，二〇〇二年。
王曉明主編，《二十世紀中國文學史論》（一至三卷），東方出版中心，一九九七年。
申丹，《敘述學與小說文體學研究》，北京大學出版社，一九九八年。
朱棟霖、丁帆、朱曉進主編，《中國現代文學史一九一七至一九九七》（上、下），高等教育出版社，一九九九年。

朱寨、張炯主編，《當代文學新潮》，人民文學出版社，一九九七年。
余虹，《革命・審美・解構——二十世紀中國文學理論的現代性與後現代性》，廣西師範大學出版社，二〇〇一年。
吳秀明，《三元結構的文學——世紀之交的當代文學思潮研究》，春風文藝出版社，一九九八年。
吳秀明，《轉型時期的中國當代文學思潮》，浙江大學出版社，二〇〇一年。
吳秀明，《中國當代文學史寫真》，浙江大學出版社，二〇〇二年。
李松編著，《樣板戲：編年與史實》，中央編譯出版社，二〇一二年。
李運摶，《中國當代小說五十年》，暨南大學出版社，二〇〇〇年。
李澤厚，《中國古代思想史論》，人民出版社，一九八五年。
李顯傑，《電影敘事學：理論和實例》，中國電影出版社，二〇〇〇年。
沈貽煒，《電影的敘事》，華語教學出版社，一九九八年。
邢小群等編，《回應韋君宜》，大眾文藝出版社，二〇〇一年。
周明主編，《歷史在這裏沉思——一九六六至一九七六年紀實》（四至六卷），北嶽文藝出版社，一九八九年。
孟繁華，《中國二十世紀文藝學學術史》（第三部），上海文藝出版社，二〇〇一年。
孟繁華，《眾神狂歡：世紀之交的中國文化現象》，中央編譯出版社，二〇〇三年。
林賢治，《時代與文學的肖像》，人民文學出版社，二〇〇二年。
金春明、黃裕沖、常惠民編，《「文革」時期怪事怪語》，求實出版社，一九八九年。

金健人，《小說結構美學》，浙江文藝出版社，一九八七年。
俞吾金，《意識形態論》，上海人民出版社，一九九三年。
南帆，《小說藝術模式的革命》，三聯書店，一九八七年。
南帆主編，《二十世紀中國文學批評九十九個詞》，浙江文藝出版社，二〇〇三年。
封孝倫，《二十世紀中國美學》，東北師範大學出版社，一九九七年。
洪子誠，《中國當代文學史》，北京大學出版社，一九九九年。
洪子誠，《問題與方法：中國當代文學史研究講稿》，三聯書店，二〇〇二年。
洪子誠主編，《中國當代文學史・史料選：一九四五至一九九九》（上、下），長江文藝出版社，二〇〇二年。
胡惠林，《文化政策學》，上海文藝出版社，二〇〇三年。
韋君宜，《思痛錄》，北京十月文藝出版社，一九九八年。
夏軍，《現代西方的非理性主義思潮》，遼寧人民出版社，一九八六年。
夏剛，《大眾文化與當代審美烏托邦》，作家出版社，一九九六年。
孫先科，《頌禱與自訴——新時期小說的敘述特徵及文化意識》，上海文藝出版社，一九九七年。
席宣、金春明，《「文化大革命」簡史》，中共黨史出版社，一九九六年。
徐城北，《京劇與中國文化》，人民出版社，一九九九年。
殷企平，《小說藝術管窺》，百花文藝出版社，一九九五年。
巢峰主編，《「文化大革命」詞典》，港龍出版社，一九九三年。

張化、蘇采青主編，《回首「文革」》（上、下），中共黨史出版社，二〇〇〇年。
張文和、李豔編著，《口號與中國》，中共黨史出版社，一九九八年。
張西平，《歷史哲學的重建——盧卡奇與當代西方社會思潮》，三聯書店，一九九七年。
張京媛，《新歷史主義與文學批評》，北京大學出版社，一九九三年。
張炯主編，《新中國文學五十年》，山東教育出版社，一九九九年。
張景超，《文化批判的背反與人格——中國當代知識份子問題研究》，黑龍江人民出版社，二〇〇一年。
張器友，《近五十年中國文學思潮通論》，安徽教育出版社，二〇〇〇年。
莊錫華，《二十世紀的中國文藝理論》，上海三聯書店，二〇〇〇年。
許子東，《為了忘卻的集體記憶——解讀五十篇文革小說》，三聯書店，二〇〇〇年。
許晨，《人生大舞臺——「樣板戲」內部新聞》，黃河出版社，一九九〇年。
郭志剛、董健、曲本陸、陳美蘭主編，《中國當代文學史初稿》（上、下），人民文學出版社，一九八〇年。
陳平原，《中國小說敘事模式的轉變》，北京大學出版社，二〇〇三年。
陳永國，《文化的政治闡釋學：後現代語境中的詹姆遜》，中國社會科學出版社，二〇〇〇年。
陳白塵、董健主編，《中國現代戲劇史稿》，中國戲劇出版社，一九八九年。
陳思和，《雞鳴風雨》，學林出版社，一九九四年。
陳思和主編，《中國當代文學史教程》，復旦大學出版社，一九九九年。
陳徒手，《人有病，天知否——一九四九年後中國文壇紀實》，人民文學出版社，二〇〇〇年。

陳堅、盤劍，《二十世紀中國話劇的文化闡釋》，時代文藝出版社，二〇〇一年。
曾永成，《文藝的綠色之思：文藝生態學引論》，人民文學出版社，二〇〇〇年。
黃子平，《「灰闌」中的敘述》，上海文藝出版社，二〇〇一年。
楊匡漢、孟繁華主編，《共和國文學五十年》，中國社會科學出版社，一九九九年。
楊健，《中國知青文學史》，中國工人出版社，二〇〇二年。
楊鼎川，《一九六七：狂亂的文學年代》，山東教育出版社，一九九八年。
葉舒憲編，《結構主義神話學》，陝西師範大學出版社，一九八八年。
董之林，《追憶燃情歲月——五十年代小說藝術類型論》，河南人民出版社，二〇〇一年。
翟建農，《紅色往事：一九六六年至一九七六年的中國電影》，臺海出版社，二〇〇一年。
趙毅衡，《苦惱的敘述者——中國小說的敘述形式與中國文化》，北京十月文藝出版社，一九九四年。
劉青峰主編，《文化大革命：史實與研究》，中文大學出版社，一九九六年。
劉偉勝，《文化霸權概論》，河北人民出版社，二〇〇二年。
樊星，《世紀末文化思潮史》，湖北教育出版社，一九九九年。
潘旭瀾主編，《新中國文學詞典》，江蘇文藝出版社，一九九三年。
魯樞元，《猞猁言說——關於文學、精神、生態的思考》，社會科學文獻出版社，二〇〇一年。
蕭冬連等，《求索中國——文革前十年史》，紅旗出版社，一九九九年。
戴嘉枋，《樣板戲的風風雨雨——江青・樣板戲及內幕》，知識出版社，一九九五年。

戴錦華，《隱形書寫——九〇年代中國文化研究》，江蘇人民出版社，一九九九年。
〔加〕謝少波，《抵抗的文化政治學》，中國社會科學出版社，一九九九年。
〔法〕雅克・里納爾，《小說的政治閱讀》，湖南文藝出版社，二〇〇〇年。
〔法〕蜜雪兒・福柯，《知識考古學》，三聯書店，一九九八年。
〔美〕布魯斯・羅賓斯，《全球化中的知識左派》，中國社會科學出版社，二〇〇〇年。
〔美〕弗雷德里克・詹姆遜，《快感：文化與政治》，中國社會科學出版社，一九九八年。
〔美〕浦安迪，《中國敘事學》，北京大學出版社，一九九六年。
〔美〕華萊士・馬丁，《當代敘事學》，北京大學出版社，一九九〇年。
〔美〕費正清、賴蕭，《中國：傳統與變革》，江蘇人民出版社，一九九五年。
〔美〕鄧尼斯・朗，《權力論》，中國社會科學出版社，二〇〇一年。
〔英〕特里・伊格爾頓，《歷史中的政治、哲學、愛欲》，中國社會科學出版社，一九九九年。
〔英〕愛・摩・福斯特，《小說面面觀》，花城出版社，一九八一年。
〔德〕埃利亞斯・卡內提，《群眾與權力》，中央編譯出版社，二〇〇一年。
〔德〕馬克思，《一八四四年經濟學哲學手稿》，北京人民出版社，二〇〇〇年。

後記

無庸諱言，在一些人眼裏，政治鞭痕深重的「文革文學」彷彿是條羞於見人的「大尾巴」，最好永遠被打入「學術冷宮」緘藏。然而，正如經過數百萬年的進化，人的體表雖已然看不見尾巴，尾椎骨卻依然存留於體內。「文革文學」之於當代文學的反思性研究價值亦是如此。其間隱含的民族性精神頑疾並未銷聲匿跡，在新時期文學乃至當下文學中還不時能窺見它的影蹤，一些揮舞政治棍子的「棒喝式」非正常文藝批評的猙獰面目，令人悚然間恍惚又回到了刀光劍影、殺氣凜人的「文革」時代，也使我愈益認識到「文革文學」研究不僅是對歷史的拷問，也充盈著鮮活的現實意義。二十世紀九〇年代以降，「文革文學」研究漸由落寞轉而成為熱點之一，這也可以看作是對巴金倡導建立「文革」博物館和邵燕祥呼籲建立「『文革』學」的遲到的回應。

我是跟隨吳秀明教授攻讀博士學位時正式步入「文革文學」研究殿堂的，拙著即是在博士論文基礎上修改而成的。選題與寫作參酌了海內外先哲時賢的研究碩果，受誨於導師吳秀明教授醍醐灌頂的啟益，為再次表達對吳老師的謝意，此次修訂版出版仍然保留了吳老師為拙著初版所作之序。

拙著寫作過程中還有幸承蒙陳思和教授、金健人教授、陳堅教授、吳笛教授等師長撥冗見教，當年擔任我博士論文答辯委員會主席的董健教授和各位答辯委員，評審專家朱壽桐教授、王堯教授、王光東教授、孫先科教授等都給予了我諸多指正，而與遊弋於學海的同窗友好的切磋交流則給我宕開不少新的研究層面，朱靜芬、祝文珠等友人還幫助我蒐集了不少研究材料，藉修訂版付梓之際謹向他們致以飽含敬意的謝忱！

此外，我還要由衷地感謝張業松教授當年將我引薦給在中國現當代文學研究領域建樹甚豐的宋如珊教授。我與宋教授雖然僅在臺灣匆匆見過一面，主要是以電子郵件的方式交流，她的真誠友善卻給我留下了極佳極深的印象。宋教授不僅在《中國現代文學》上刊發了我的數篇論文，此次又促成拙著修訂本在臺灣出版，我只能以素樸的「謝謝」二字來表達我對她慷慨襄助的感激之情。

窗外夏陽高照，我正在整理行囊，即將攜稚女劉玥前往劍橋大學進行為期一年的訪學。我原本是擬赴海外「文革」研究重鎮哈佛大學費正清研究中心進行訪學的，也有幸得到了聲望卓著的王德威先生的獎掖攜佑。雖然最後由於種種原因未能成行，然而王先生的高潔品行卻仍讓我感佩不已，冀盼有機會當面言謝。在憧憬著學術人生新起點的同時，我越發感念親友們多年來的扶助之恩，希望自己能夠不辜負他們的期望，在劍橋大學有所收穫。

黃擘

癸巳仲夏於靜水齋

現當代華文文學研究叢書13　AG0168

廢墟上的狂歡
——「文革文學」的敘述研究

作　　者 / 黃　擎
主　　編 / 宋如珊
責任編輯 / 廖妘甄
圖文排版 / 詹凱倫
封面設計 / 秦禎翊

發 行 人 / 宋政坤
法律顧問 / 毛國樑　律師
出版發行 / 秀威資訊科技股份有限公司
114台北市內湖區瑞光路76巷65號1樓
電話：+886-2-2796-3638　傳真：+886-2-2796-1377
http://www.showwe.com.tw
劃撥帳號 / 19563868　戶名：秀威資訊科技股份有限公司
讀者服務信箱：service@showwe.com.tw
展售門市 / 國家書店（松江門市）
104台北市中山區松江路209號1樓
電話：+886-2-2518-0207　傳真：+886-2-2518-0778
網路訂購 / 秀威網路書店：http://www.bodbooks.com.tw
國家網路書店：http://www.govbooks.com.tw

2014年7月　BOD一版
定價：330元

國家圖書館出版品預行編目

廢墟上的狂歡：「文革文學」的敘述研究 / 黃擎著. -- 一版.
-- 臺北市 : 秀威資訊科技, 2014.07
面； 公分. -- (現當代華文文學研究叢書 ; AG0168)
BOD版
ISBN 978-986-326-248-0 (平裝)

1. 中國當代文學 2. 文學評論 3. 文化大革命

820.908 103006464

讀者回函卡

感謝您購買本書，為提升服務品質，請填妥以下資料，將讀者回函卡直接寄回或傳真本公司，收到您的寶貴意見後，我們會收藏記錄及檢討，謝謝！如您需要了解本公司最新出版書目、購書優惠或企劃活動，歡迎您上網查詢或下載相關資料：http:// www.showwe.com.tw

您購買的書名：______________________________

出生日期：________年________月________日

學歷：□高中（含）以下　□大專　□研究所（含）以上

職業：□製造業　□金融業　□資訊業　□軍警　□傳播業　□自由業

□服務業　□公務員　□教職　□學生　□家管　□其它____

購書地點：□網路書店　□實體書店　□書展　□郵購　□贈閱　□其他

您從何得知本書的消息？

□網路書店　□實體書店　□網路搜尋　□電子報　□書訊　□雜誌

□傳播媒體　□親友推薦　□網站推薦　□部落格　□其他__________

您對本書的評價：（請填代號　1.非常滿意　2.滿意　3.尚可　4.再改進）

封面設計____　版面編排____　內容____　文／譯筆____　價格____

讀完書後您覺得：

□很有收穫　□有收穫　□收穫不多　□沒收穫

對我們的建議：______________________________

____

____

____

請貼
郵票

11466
台北市內湖區瑞光路 76 巷 65 號 1 樓

秀威資訊科技股份有限公司 收

BOD 數位出版事業部

(請沿線對折寄回，謝謝！)

姓　　名：________________ 年齡：________ 性別：□女　□男

郵遞區號：□□□□□

地　　址：________________________________

聯絡電話：(日) ________________ (夜) ________________

E-mail：________________________________